FANTASY FRONTIER SPIRIT

Letenia Saga

Letenia Saga 3

ak.jin 판타지 장편 소설

초판 1쇄 찍은 날 § 2004년 4월 13일
초판 1쇄 펴낸 날 § 2004년 4월 23일

지은이 § ak.jin
펴낸이 § 서경석

편집장 § 문혜영
편집 책임 § 권민정
편집 § 장상수 · 서지현
마케팅 § 정필 · 강양원 · 이선구 · 김규진 · 홍현경

펴낸곳 § 도서출판 청어람
등록번호 § 제1081-1-89호
등록일자 § 1999. 5. 31
어람번호 § 제1-0484호

주소 § 경기도 부천시 원미구 심곡1동 350-1 남성B/D 3F (우) 420-011
전화 § 032-656-4452 팩스 § 032-656-4453
http://www.chungeoram.com
E-mail § eoram99@chollian.net

© ak.jin, 2004

ISBN 89-5831-007-3 04810
ISBN 89-5831-004-9 (SET)

FANTASY FRONTIER SPIRIT

ak. jin 판타지 장편 소설

3

Triumph

Letenia Saga

레트니아 사가

도서출판 청어람

CONTENTS

Warfare in Yeren

한가한, 하지만 한가하지 않은 이제 완연한 봄의 오후. 잠이 슬슬 올 법한 이런 때에 프라이슨 에션트는 산처럼 쌓여 있는 서류 처리를 하느라 여념이 없었다.

"으으으, 바빠 죽겠네! 대체 이 많은 서류를 제디스틴님은 어떻게 그렇게 빨리 처리하는 거야!"

거의 울음에 가까운 목소리. 제디스틴이 부관을 둬 그 서류를 나눠서 처리하고, 자신은 대부분의 서류를 검토만 한다는 것을 알면 프라이슨은 아마도 '내가 왜 그런 생각을 못했던가!' 라며 뒤집어지리라.

하지만 다행스럽게도 프라이슨은 그런 사실을 알지 못했고, 슬슬 눈이 침침해지려는 것을 애써 견디며 서류 처리를 계속했다.

"에? 이게 뭐야?"

프라이슨은 곧바로 집어 든 서류를 보고는 눈이 둥그레졌다. 그 서류의 제목이 '구 토라 령의 회복을 위한 향후 3개월 내의 전략 지침' 이었던 데다가, 그 서류의 기안자가 바로 현 토라 재건군 총사령관 제디스틴 리스나르트로 되어 있었기 때문이다.

자신에게 이런 서류를 결재받을 하등의 이유가 없는 제디스틴이 서류를 보내왔다는 것에 이상함을 느낀 프라이슨은 아직 다 끝나지 않은 서류 처리도 제쳐 놓고 곧바로 제디스틴의 방으로 달려갔다.

"어째서 이런 게 제 서류 더미 안에 끼어 있는 거죠?"

프라이슨에 비하면 얌전한 편인 서류 뭉치를 처리하던 제디스틴은 프라이슨의 말에 고개를 들어 그를 바라보았고, 프라이슨은 제딘에게 서류를 내밀며 따지듯 물었다.

"이런 건 제딘님이 스스로 결정할 수도 있는 것 아닙니까? 어째서 이런 것까지 제 서류 더미 속에 포함시켜 제 일거리를 늘리는 겁니까?"

프라이슨의 말에 제딘은 가볍게 한숨을 내쉬고는 말했다.

"그것만 처리하면 이제 더 이상 서류에 치어 비명을 지르는 추태 따위는 부리지 않아도 될 테니까. 지금의 행동으로 보아하니, 아무리 봐도 내용을 읽어보지 않은 모양이군. 여기서 읽어보게."

"……?"

의아한 얼굴로, 일단은 더 이상 서류 처리에 비명을 지를 일은 없다는 말에 프라이슨은 그 서류를 읽어보았고, 곧 눈이 휘둥그레져서 제딘을 바라보았다.

"이, 이건……?"

"……."

제딘은 묵묵히 고개를 끄덕였고, 프라이슨은 알 수가 없다는 듯 고개를 한 번 휘휘 젓고는 제딘에게 말했다.

"이해할 수가 없군요. 어째서 이런 무모한 작전을……?"

"도박이지. 내 생애 마지막이 될지도 모르는 최고의 도박."

희미한 미소를 지으며 제딘이 대답했고, 프라이슨은 침묵했다.

"부탁이니 그렇게 해주게. 그건 자네와 내 아들, 그리고 카이젠 이슈타르 폰 인시큐어 토라라는 미래가 필요한 사람들을 위한 것이네."

제딘의 말은 여느 때보다 더욱 무게가 실린 느낌으로 프라이슨에게 다가왔다.

"인사 이동을 발표하겠다."

제디스틴 리스나르트가 개인 사정을 핑계로 빠진 작전회의에서 프라이슨 에션트는 실로 그답지 않은 침울한 목소리로 말을 꺼냈다. 평소답지 않게 분위기를 잡는 그의 모습에 좌중은 조용해졌고, 프라이슨은 주위를 한 번 둘러보고는 다시 입을 열었다.

"가장 먼저 빌렌슈타인 요새 방위 사령관 로엔 리스나르트를 이번에 새로 기사단 1천 5백 명과 창병, 경갑보병 포함 8천 5백 명으로 편성되는 제7기사단의 기사단장으로 임명한다. 빌렌슈타인의 요새 방위는 현재 방위를 담당하고 있는 체시아 폰 리테아스가 이어받는다."

로엔은 가볍게 고개를 끄덕였다. 일단 세운 전적이 있는 만큼 이 인사는 당연하다 볼 수 있었기에 좌중도 그리 놀라는 눈치는 아니었다.

폭탄은 다음에 터졌다.

"다음으로, 재건군 총사령관 제디스틴 리스나르트를 그 자리에서 해임하고, 이번에 기사단 4천 명과 창병, 경갑보병 1만 6천 명으로 추가 편성되는 제1기사단 중앙 기사단의 기사단장 겸 구 토라 령 수복 작전을 총지휘하는 사령관으로 임명한다. 현재의 제1기사단 단장은 총참모장 겸 사령 보좌관으로 한 단계 승진한다."

좌중은 조용했다. 방금 전 로엔의 인사처럼 당연했기 때문에 조용한 게 아니라 너무나 충격적인 발언이었기에 조용했던 것이다. 특히 로엔은 앉아서 날벼락이라도 한 대 맞은 것처럼 황당한 표정으로 프라이슨을 바라보고 있었다.

좌중이 놀라든 말든 프라이슨의 말은 이어졌다.

"이어서 공석이 된 재건군 총사령관 자리에 토라의 3황자 카이젠 이 슈타르 폰 인시큐어 토라 전하를 임명한다. 이상으로 인사 이동 발표를 마친다."

"대체 알 수가 없어! 제딘님이 도대체 왜 총사령관 자리를 내놓은 거야! 다시 임명된 직위 따위는 겸직하면 되는 거잖아!"

"……."

나중에 로엔에게 이 말을 전해 들은 크레시는 분통을 터뜨렸고, 가이에는 얼굴을 살짝 찡그리는 것으로 그 대답을 대신했다.

"저도 이해할 수 없는 건 마찬가지입니다만, 아버지가 뭐라 말을 안 해주니 전혀 이유를 모르겠군요. 왜 그 딴 녀석에게 총사령관 자리를 내주는 건지! 이건 완전히 주도권을 녀석들에게 넘겨주는 거나 마찬가지라고요!"

"하지만 이번에 임명된 카이젠 3황자가 전략적인 면에서 뛰어난 능력을 가지고 있다는 건 사실입니다. 전술적인 면은 어떤지 모르겠지만."

이번의 인사에서 제7기사단 참모로 임명된 붉은 머리를 한 그린의 말이었다. 로엔 역시 그것을 알고 있었고, 그 말에는 별 토를 달지 않고 수긍했다.

"후, 확실히 그건 그렇지만, 그래도 종합적인 능력으로는……."

"제딘님께서도 생각이 있어서 그렇게 말씀하신 것이겠지요. 그리고 만에 하나 제딘님이 이번 전투에서 불상사를 당하실 때를 대비한 것일 수도 있구요. 이런 식으로 확실하게 못 박아두면 나중에 내분이 일어날 가능성은 없어지지 않겠습니까?"

그린의 말은 꽤나 설득력이 있어 로엔도 더는 불평하지 못하고 결국 입을 다물어 버리고 말았다.

"예? 제가 이 재건군의 총사령관이라고요?"

프라이슨이 고개를 끄덕이며 이번 인사 이동에 관한 서류를 내밀자 카인은 그 서류를 대충 훑어본 다음 의아한 표정을 지으며 말했다.

"이해할 수가 없군요. 제디스틴님은 지금껏 아무 문제 없이 이 재건군을 이끌어오지 않으셨습니까? 그런데 어째서 예전의 영토를 회복하려는 이 시기에 재건군 사령관 자리를 내놓는다는 것입니까?"

'전략적 식견은 있어도 이런 면으로는 그다지 예리하지 못한 모양이군.'

프라이슨은 그렇게 생각하고는 옆에 끼고 있던 또 다른 서류를 카인에게 내밀었다.

"자세한 것은 이 서류를 읽어보면 아실 겁니다."

다시 서류를 받아 읽어보던 카인의 눈이 감탄으로 변해갔다. 카인은 그 서류를 반 정도 읽다가 내려놓고는 약간 놀란 표정으로 프라이슨에게 말했다.

　"만에 하나 불상사가 일어날 경우 내분을 방지하자는 거군요. 거기다가 옛 영토로의 침공을 위한 명분을 위해서는 확실히 제가 사령관이 되어 있을 필요가 있겠군요. 금방 알아챘어야 하는데……."

　프라이슨의 표정이 약간 이상하게 바뀌었다. 방금 전의 평가에 대한 수정을 절실히 느끼면서 프라이슨은 카인에게 물었다.

　"어떻게 하시겠습니까?"

　"승낙하죠. 제 능력으로는 버겁기는 하지만, 필요하다면 하겠습니다."

　요새 가르미슈. 현재 세이레인 점령군이 근거지로 사용하고 있는 이곳은 높은 성벽과 깊은 해자 등으로 지금까지 단 한 번도 공성전에서 점령당해 본 적이 없는 철옹성임을 자랑하고 있었다. 물론 이 높은 성벽과 깊은 해자도 세이레인의 워프 게이트 앞에서는 무력했지만 말이다. 아무튼 이 가르미슈 요새의 중심부에서는 참모들의 요청으로 인해 작전회의가 열리고 있었다.

　"지금 쓰고 있는, 케네스 산맥을 우회해서 돌아오는 보급로로는 더 이상 이 대병력의 보급을 지탱할 수가 없습니다. 그래서 저는 다시금 케네스 산맥의 케이오스 협곡으로 통하는 보급로를 개척할 것을 건의합니다."

　한 참모가 자신의 말을 끝내고 자리에 앉자 세이레인 토라 방면군 총참모장 가토르는 눈살을 찌푸리고는 그에게 말했다.

　"디바이너 세인, 그대가 말하고자 하는 바는 알겠소만, 상대는 그리 만만치 않습니다. 그 가증스러운 로엔 리스나르트가 케이오스 협곡에서 어떻게 아군을 박살 냈는지 잊었단 말입니까? 설사 그에 대한 대비를 한다고 해도 이번에는 어떤 방식으로 아군의 보급부대를 박살 낼지 전혀 알 수가 없는 노릇입니다. 이런 상황에서 케이오스 협곡을 통해 보급품을 수송한다는 것은 아군을 굶겨 죽이려는 것과 별다를 바 없는 행동이오. 아시겠습니까?"

디바이너 세인은 가토르의 말에 '칫' 하는 소리를 내며 고개를 숙여 버렸고, 가토르는 그를 보면서 쓴웃음을 지을 수밖에 없었다. 길리언이 능력을 인정해서 그를 토라 방면군 총참모장으로 임명한 이래, 가토르는 의견만 내었다 하면 수많은 반대 의견에 부딪치곤 해서 이후 가토르는 입을 다물고 하나의 의견도 내지 않았었다.

하지만 그들이 처한 상황은 결국 그의 입을 열도록 만들었다. 현재의 세이레인 군은 대륙 최고로 알려진 전략가의 의견을 필요로 하는 것이다.

"그렇다면 현재 반란군이 점령한 여섯 개의 요새 중 케이오스 협곡에서 가장 가까운 시뤼나갈 요새를 치는 것은 어떻겠습니까? 그 요새를 점령한다면 보급문제를 해결하는 것도 그리 어렵지 않으리라 봅니다."

가토르는 의견을 낸 참모의 얼굴을 바라보았다. 클레릭 계급 신관 전사 중 유일하게 능력을 인정받아 참모진에 임명된 클레릭 레밍턴이었다.

'좋아, 저런 젊고 유능한 인재가 많이 나와야 나라가 발전하지.'
가토르는 그렇게 생각하면서 클레릭 레밍턴에게 말했다.
"흠… 그 의견은 꽤 쓸 만하군. 좋아. 사령관 각하께 이야기해 보지. 다른 의견은?"
가토르는 좌중을 돌아보며 물었지만, 더 이상의 의견은 나오지 않았다. 가토르는 다시 한 번 좌중을 돌아보며 확실하게 말했다.

"오늘 회의는 이것으로 마치도록 하지. 오늘 결정된 사항은 빠른 시간 내에 익제큐터 에르틴에게 품의하도록 하겠다. 이상."

"대체 이해할 수가 없습니다! 어째서 아버지가 이렇게 물러나야 하는 거죠?"

"내가 희망한 일이다. 이미 결정된 일 가지고 시끄럽게 토 달지 말거라."

언성을 높이는 로엔 앞에서도 제딘은 무덤덤했다. 하지만 그런 제딘의 미적지근한 태도가 더 화를 돋우는지 로엔은 다시 제딘의 책상을 양손으로 짚고는 제딘에게 말했다.

"이유가 뭡니까? 그 이유나 한번 들어보자고요."

제딘은 로엔을 지긋한 표정으로 바라보았다. 그 표정에는 그동안 살아온 세월과 겪어온 경험이 다르다는 것을 증명이라도 하듯 연장자만의 특권이라 할 수 있는 자신감과 여유가 깃들어져 있었다.

"글쎄, 군이 이유를 말하라면 너희들을 위한 거라고 말해 두지. 그러니 닷새 후에 있을 출정에 앞서서 네 부대 정비나 해두거라."

"……."

말도 안 되는 이유라며 분통을 터뜨리기에는 제딘의 말이 너무 갑작스러웠다. 그렇기에 로엔은 멍한 표정으로 제딘을 바라보았고, 제딘은 로엔의 표정을 보고는 피식 웃으며 눈앞에 있는 몇 안 되는 서류 중 하나를 집어 들고는 말했다.

"닷새 후에 시뤼나갈 요새 방위를 위해서 출정한다. 내 1기사단과 네 7기사단, 그리고 프라이슨 녀석의 3기사단까지 도합 5만의 병력이 출정한다. 지금쯤이면 녀석들도 보급으로 인해 꽤나 어려움을 겪고 있 겠지. 그럼 준비하도록 해라."

결국 본래의 목적은 달성하지 못한 채 로엔은 당혹한 표정으로 터덜 터덜 임시 사령부로 삼아 쓰고 있는 여관으로 돌아왔다. 힘없이 의자 에 앉는 로엔에게 카렌이 물었다.

"왜 그래? 좀비마냥 추욱 늘어져 가지고."

"묻지 마, 다쳐. 그것보다 닷새 후에 시뤼나갈 요새로 출정이란다."

로엔의 말소리는 작았지만 그 파급 효과는 컸다.

저쪽 테이블에서 포커를 즐기던 크레시와 그린, 그리고 가이에가 거 의 동시에 로엔을 바라보았다. 로엔은 그들의 시선을 느꼈는지 자리에 서 일어나며 그쪽을 향해 말했다.

"시뤼나갈 요새 방위를 위한 출정이라더군요. 제1기사단과 제3기사 단도 동원될 예정이던데, 아마도 꽤 큰 규모의 전투가 이뤄지지 않을까 생각됩니다."

"그 이야기, 확실한 건가?"

크레시의 물음에 로엔은 고개를 끄덕이고는 다시 입을 열었다.

"저 대단한 아버지가 하시는 말씀이니 확실하다고 봐야죠. 적은 케 네스 산맥을 이용하지 못하는 만큼 보급에 어려움을 겪고 있을 거고, 그 어려움을 해결하는 데에는 케네스 산맥, 그중에서도 케이오스 협곡 의 입구를 틀어막는 것이나 다름없는 시뤼나갈 요새를 공략하는 것이 최고니까요. 아마도 세이레인 군은 지금쯤 워프 게이트의 소중함을 새 삼 실감하고 있을 겁니다."

"뭐, 몇 억 아데나가 투입된 작품이니 무게감은 더하겠지."

크레시가 고개를 끄덕이며 로엔의 말에 수긍했다.

'그러고 보니 내 망토와 건틀릿도 몇 억짜리였지. 이거 가져다 팔면 우리도 워프 게이트 하나 장만할 수 있으려나?'

로엔은 그렇게 생각하며 약간은 뜨악한 표정으로 자신의 건틀릿을 훑어보았다.

"아! 생각난 김에 말씀드리는 건데, 기사단 내의 편제는 어떻게 하실 생각입니까? 기사단 1천 5백 명에 창 · 경갑보병 8천 5백 명이라면 기본 편제보다 기사단이 적은 수준이지 않습니까?"

붉은 머리가 인상적인 기사 그린의 물음에 로엔은 완전히 침착을 되찾은 목소리로 답했다.

"그렇긴 합니다만, 별수없죠. 사령부의 입장도 생각을 해줘야 하니까요. 기사단은 단기간에 양성되는 게 아니니만큼 기사단을 최대한 보호할 수 있는 편제로 할 생각입니다."

"음, 무슨 생각을 하고 계시는지 저로서는 짐작이 되지 않는군요. 좀 자세히 설명해 주시겠습니까?"

그린은 의아한 표정으로 로엔에게 물었고, 크레시와 가이에도 그 비슷한 표정으로 로엔을 바라보았다. 로엔은 고개를 끄덕이고 다시 입을 열었다.

"기사단을 독립적으로 운영할 생각입니다. 창병과 경갑보병으로도 어느 정도 전투는 수행할 수 있으니, 수가 적지만 개인의 기량이 뛰어난 기사단은 주로 기습이나 적의 허를 찌르는 작전을 수행할 때 사용할 것입니다. 솔직히 말해서 현재 기사단의 소모가 심한 편이지요. 우리는 세이레인과는 달리 기사단의 수가 그렇게 많지가 않으니, 최대한 신중히 운영할 필요가 있습니다."

"하지만 기사단을 너무 보호하는 것도 문제 아닌가?"

그때까지 로엔의 말을 듣기만 하던 크레시가 입을 열자 로엔은 고개를 끄덕였다.

"확실히 그렇습니다. 제가 말하고자 하는 바는 기사단은 전면전에서는 뒤로 빼고, 주로 정예부대가 필요한 지점에 투입한다는 것입니다. 정작 필요할 때 그 역할을 담당할 부대가 없다는 것만큼 심각한 문제는 없거든요."

크레시가 알았다는 듯 고개를 끄덕이자 로엔이 그린을 바라보며 말했다.

"그럼 기사단은 독립적으로 운영하는 걸로 하고, 창병과 경갑보병을 다섯 개 분대로 나누도록 하죠. 2천 명씩 나누어 네 개의 분대를 만들고, 남은 5백 명으로 한 개의 분대를 편성해서 기사단과 함께 제 직속부대로 두도록 하겠습니다. 그리고 남은 네 개의 분대는 크레시와 가이에, 그린, 그리고……."

거기까지 말하던 로엔은 갑자기 마땅한 인물이 생각나지 않는지, 인상을 살짝 찌푸리며 고개를 앞으로 약간 숙였다. 그렇게 한참을 생각하던 로엔이 갑자기 고개를 들어 크레시에게 물었다.

"아, 그러고 보니… 제이 헌터가 어느 부대 소속이었지요?"

크레시는 갑작스런 로엔의 물음에 고개를 갸웃하고는 가이에를 바라보았고, 가이에 역시 생각나지 않는다는 듯이 어깨를 으쓱하고는 그린을 바라보았다. 머리가 붉은, 이름이 상당히 인상적인 기사 그린은 갑자기 자신에게 셋의 시선이 향하자 약간 부담스러워하면서도 기억을 더듬어 각 기사단의 지휘관들의 이름 중에서 '제이 헌터' 라는 이름을 찾았다. 하지만 그의 기억 속에서도 그런 이름은 존재하지 않아 그린은 고개를 흔들고는 로엔에게 말했다.

"적어도 타 기사단 각급 지휘관들의 이름 중에는 그런 이름이 존재하지 않습니다만……."

로엔은 상당히 아쉬운 표정으로 다시 그린에게 말했다.

"그렇습니까? 그럼 각 기사단에 수배를 해서라도 그를 좀 찾아주세요. 내가 알기로 그의 전술은 상당히 평가가 좋은 것으로 알고 있으니까요. 어쨌거나 세 개의 기사단은 여기 있는 세 분에게 맡기도록 하죠. 그럼 잘 부탁드리겠습니다."

시뤼나갈 요새는 그 점령의 어려움이 현재 가토르를 위시한 세이레인의 토라 방면군이 포진하고 있는 가르미슈 요새에 필적한다고 해서 일명 '판데모니엄 포트리스'라고도 불린다. 그 악마적이라 불릴 정도의 공성의 어려움은 예전 세이레인 독립전쟁과 제3차 레트니아 대륙전쟁에서 화려하게 빛났고, 깊게 파인 해자와 요철형의 이상적인 성문, 그리고 드높게 쌓인 성벽의 설계는 공성 측 군대로 하여금 깊숙하게 숨겨져 있던 공포감을 끌어내게 만드는 데 충분했다.

하지만 이 시뤼나갈 요새 역시 세이레인의 워프 게이트 앞에서는 무력해 가르미슈 요새가 무너진 것과 같이 허무하게 점령되었다.

"그런데 이 성을 어떻게 되찾은 거죠?"

그 시뤼나갈 요새의 성벽 위에서 멀리 평원을 바라보며 로엔이 제딘에게 물었다. 애용하는 중형 판금 갑옷을 입고 얼마 전 로엔의 검에 부러진 검—개벽의 오딘—대신 새로 장만한 검을 패용한 채 로엔의 옆에 서 있던 제딘은 로엔의 말에 감고 있던 눈을 가늘게 뜨며 대답했다.

"점령했지. 그뿐이다."

"그런 대답은 저라도 할 수 있다구요."

로엔은 한심하다는 표정을 지으며 제딘에게 말했다. 제딘은 눈을 가늘게 뜬 채로 로엔을 흘겨보다가 이내 시선을 평원 쪽으로 돌리며 말했다.

"세이레인과 똑같은 방법을 썼지."

"네?"

로엔은 뜨악한 표정으로 제딘을 바라보았다. 세이레인과 똑같은 방법이라니… 설마 세이레인이 '워프 게이트 완공 1주년 기념 특별 무료 서비스'라도 해서 공짜로 한 번 쓰게 해줬단 말야? 한심한 생각을 떠올리던 로엔은 고개를 절레절레 저어 그 생각을 떨쳐 낸 다음 다시 제딘에게 물었다.

"똑같은 방법이라면?"

"나이트 길드 도서관에 토라의 십이요새의 설계도가 있었지."

"아!"

로엔의 물음에 제딘은 팔짱을 끼며 대답했고, 로엔은 그제야 이해가 간다는 듯 감탄사를 발하며 고개를 끄덕였다. 제딘은 약간 고개를 들어 멀리 보이는 산을 바라보며 말했다.

"하지만 가르미슈에서는 힘든 전쟁이 될 거다."

"현재 가토르를 사령관으로 하는 세이레인 토라 방면군은 요새 시뤼나갈을 기준으로 북동쪽으로 하루 거리 정도에 위치해 있습니다. 예상되는 병력은 약 7만 정도, 그중 기사단이 대략 2만 정도로 보입니다."

병사의 보고에 제딘은 고개를 끄덕이고는 모여 있는 참모진들에게 말했다.

"보고대로, 가르미슈 요새의 세이레인 군이 여기서 약 하루 정도의 거리에 포진하고 있다고 한다. 원래는 장기적인 공성전으로 성내 물자를 고갈시키는 것이 정석이겠지만, 현재 세이레인 군은 보급이 원활치 못해 그럴 여력이 없을 것이다. 따라서 우리는 세이레인 군이 급박하게 몰아오는 틈을 노린다."

제딘은 잠시 말을 멈추고는 좌중을 돌아보았다. 이제 전투가 하루 앞으로 다가왔다는 것을 다들 느끼고 있는 모양인지 모두의 얼굴에 긴장감이 감돌았다.

그 모습에 제딘은 만족스러운 듯 고개를 끄덕이고는 다시 말을 이어갔다.

"제1기사단과 제2기사단, 제5기사단은 요새 시뤼나갈의 방어를 담당한다. 우리의 목표는 수성이 아닌 최대한 적의 병력을 타격하는 데 있음을 잊지 마라. 성의 이점에 의지한 소극적인 방어보다는 적극적인 공략으로 적의 병력을 소모시켜라. 그리고 제7기사단은 독자적으로 움직이며 틈을 보아 성 밖으로 진격해 세이레인 군을 타격하는 역할을 맡는다. 이 타격에 대한 재량권은 제7기사단장 로엔 리스나르트에게 일임한다."

"알겠습니다."

로엔은 제딘의 말에 짧게 대답했다. 제딘은 시선을 돌려 제2기사단장 헥터를 바라보며 말했다.

"제1기사단은 북문 측 성벽 위를 담당한다. 오목한 요철 형태의 성문 쪽 성벽으로 최대한 적을 끌어들여 성벽 위에서 타격한다. 물론 적의 구름사다리에 대한 방어 역시 제1기사단이 담당한다. 제2기사단은 남문 측 성벽을 담당한다. 구체적인 사항은 제1기사단의 역할과 같다.

그리고 제5기사단은 성벽 아래를 담당한다. 바리케이드를 치고 포진하여 성문이 뚫렸을 때를 대비한다. 방금 전에도 말했듯, 최우선 사항은 수성이 아니다. 적에 대한 타격이다. 알겠나.”

“네!”

그곳에 모인 참모진은 큰 소리로 대답했고, 제딘은 다시 한 번 좌중을 돌아보며 말했다.

“이번 전투의 성과에 따라 요새 가르미슈까지도 점령하게 될 수 있음을 유념하라. 이상.”

“재량권이라…….”

그린, 크레시, 가이에 등 제7기사단의 참모진과 함께 늦은 점심을 먹던 로엔이 문득 중얼거리자 식사에 몰두하던 모두는 로엔을 바라보았다.

“부담감을 느끼시는 겁니까?”

타오르는 듯한 붉은 머리가 인상적인 기사 그린이 빵을 반으로 쪼개며 로엔에게 묻자 로엔이 고개를 끄덕였다.

“그렇군요.”

그린이 이해된다는 듯 중얼거렸다. 그러자 얼마 전 로엔의 요청으로 제4기사단에서 제7기사단으로 전출된 제이 헌터가 쾌활한 어조로 말했다.

“뭘 부담씩이나 가지고 그래요? 그냥 이겨 버리면 되는 거지.”

“…난 저런 단순한 사고를 가지고 있는 녀석이 전술에 재능이 있다는 걸 도저히 믿을 수가 없어.”

“동의.”

제이의 말에 크레시가 고개를 절레절레 저으며 말했고, 가이에 역시 스테이크를 자르다 말고 한마디를 했다. 그 타박에도 불구하고 제이는,

"사실은 저도 믿어지지는 않는데, 옆에서 재능이 있다고 그러더라구요."

라고 말해 식사 중인 모두의 밥맛을 떨어뜨리는 데 큰 공헌을 했다.

크레시가 냅킨으로 입을 닦으며 로엔에게 말했다.

"그래서 어떻게 할 생각이야?"

그 물음에 로엔은 의자 등받이에 깊숙하게 기댄 채 팔짱을 끼며 툭 던지듯 대답했다.

"성 밖에 포진하려고요."

"네?"

"지리적인 이점을 스스로 포기한다고?! 어째서 그런……!"

로엔의 말에 그곳에 있던 모두가 경악했다. 그중 가장 먼저 정신을 차린 크레시가 자신의 의견을 피력하려는데, 로엔이 크레시를 제지하며 말했다.

"분명 이번 전투는 성을 중심으로 한 전투가 되긴 하겠지만, 전투의 목적 자체는 분명 수성이 아닌 적의 타격입니다. 반드시 성에 얽매일 필요는 없단 이야기지요."

"과연… 성 밖에서 적의 배후를 노리며 성내의 군세와 유기적인 연계를 꾀한다는 것입니까."

그린이 이해된다는 듯 고개를 끄덕였다. 로엔은 와인을 한 모금 들이키고는 와인 잔을 높이 치켜들었다.

"세이레인에겐 핏빛 악몽이 될 겁니다, 우리 판데모니엄의 악마들과 벌이는 지옥의 전투는."

커다란 돌이 던져지고 끓는 물이 퍼부어진다. 어딘가에서 마법이 시전된 듯, 불꽃과 얼음의 결정이 이곳저곳에서 화려하게 날린다. 끊임없이 사다리가 성벽에 걸쳐지며, 또한 밀려나거나 부서진다.

시뤼나갈 요새의 첫 전투는 이미 토라 재건군의 제1기사단장 제디스틴 리스나르트가 예견했듯 치열하게 벌어졌다. 마땅한 공성 무기가 없는 와중에서 세이레인의 토라 방면군 사령관 가토르는 나무를 베어 충차를 만들어오는 치밀함을 보였고, 충차에 대한 뾰족한 대책을 강구하지 못한 제딘은 이에 남문 밖에서 포진하고 있던 로엔 리스나르트의 제7기사단을 움직여 이를 공략하게 했다.

신호 마법이 하얀 연기를 뿜으며 하늘 높이 치솟아올랐고, 이를 본 로엔 리스나르트는 손을 높이 들어 진격을 명령했다.

"제1목표는 적의 충차다! 전군 돌격!"

기사단 1천 5백 포함, 도합 9천 5백의 병력이 이미 난전으로 변해버린 공성 현장의 배후로 돌아 질서정연하게 진격하는 모습은 장관이었다. 하지만 가토르 역시 이를 예견하고 있었던 듯, 차분히 병력을 재편성해 성벽에서 서서히 물러났다. 그때 상황을 지켜보던 제딘이 손을 높게 치켜들었다.

"제5기사단 돌격!"

도개교가 내려지며, 그 안에서 3천의 기사단을 위시한 클레르프의 1만 2천 병력이 뛰쳐나와 노도와도 같이 세이레인 군을 향해 진격해 나갔다. 졸지에 양 방향에서 토라 재건군을 맞이하게 된 세이레인은 급격히 전열이 무너지기 시작했다.

"병력은 이쪽이 압도적이다! 익제큐터들은 뭘 하고 있는건가! 전열을 재정비해 맞서 싸우며 서서히 물러나라!"

예상외의 상황에 가토르가 악을 쓰며 지휘관들을 독려했지만, 양 방향에서 급격히 무너져 나가는 전열을 가다듬기에는 역부족이었다.

"후퇴하라! 후퇴하라! 예렌 평원에서 재집결하여 전력을 가다듬는다! 전군 후퇴하라!"

더 이상 놔뒀다간 피해만 커지겠다고 여긴 가토르가 이를 갈며 고함을 질렀고, 그 퇴각 명령에 세이레인 군은 전위가 후위가 되고 후위는 전위가 되어 퇴각해 나가기 시작했다.

그 모습을 바라보던 제딘이 중얼거렸다.

"생각보다 훈련이 잘되어 있군. 전열이 무너지는 상황에서 나온 퇴각 명령임에도 저렇게 정돈된 퇴각이라니……."

"역시 만만한 인물은 아닌 것 같군요, 가토르는."

제2기사단장 헥터가 계속되는 전쟁 때문에 깎지 못해 텁수룩한 수염을 쓰다듬으며 말했다.

제딘은 잠시 승리에 환호하는 5, 7기사단을 바라보다가 이내 몸을 돌려 성벽을 내려가며 말했다.

"그래도 승리는 우리의 것이 될 것이다."

"…힘들겠군."

승리로 인해 약간은 흐트러진 병력을 재정비하면서 로엔이 중얼거렸다. 그린 역시 그에 동의한다는 듯 고개를 끄덕이고는 로엔에게 말했다.

"솔직히 제딘님이 타이밍을 잘 잡지 않으셨다면 패퇴하는 쪽은 자명하게도 이쪽이었을 테죠."

“아아.”

로엔 역시 그 말에 동의한다는 듯 고개를 끄덕였다.

“이겼는데도 이런 걱정을 해야 한다니… 처량하구만.”

고개를 절레절레 젓는 로엔의 어조에는 짙은 한숨이 배어 있었다.

다음날 아침, 제딘은 기사단장들을 사령부로 호출했다.

“다들 짐작하고 있겠지만, 오늘 밤 23시를 기해 현재 예린 평원에서 주둔 중인 세이레인 토라 방면군을 기습할 예정이다. 적에게 최대한의, 또한 효율적인 타격을 위해 성의 방어를 위한 한 개 기사단을 제외한 전 병력이 여기에 투입된다. 기습의 효과를 극대화하기 위해 전 병력은 오늘 저녁 20시까지 휴식을 취한다.”

“세이레인에서 이틀 연속으로 공성을 감행해 온다면 어떻게 합니까?”

전 병력 휴식이라는 말에서 충분히 나올 수 있는 질문이 제2기사단 참모장 에릭 휴스에게서 제기되었다. 그러자 제딘은 그 정도는 예상하고 있었다는 듯 그를 바라보며 말했다.

“장시간의 행군과 연이은 공성 때문에 세이레인 군은 현재 다시금 공성을 시도할 만한 전력이 없을 것이다. 만약 오늘도 도발을 해온다면 그건 가토르가 스스로의 능력이 그것밖에 되지 않음을 스스로 증명하는 꼴밖에는 되지 않겠지.”

“그렇군요. 그럼 남아 있을 기사단을 정하는 일만 남았는데…….”

“제가 하죠.”

제딘의 말에 에릭이 고개를 끄덕이고는 주위를 둘러보려는데, 로엔이 손을 들며 말했다. 이 의외의 발언에 모두의 시선은 로엔에게로 향했고, 로엔은 별일 아니라는 듯 팔짱을 끼며 말했다.

"새로 편성된 후 시간이 부족했던 관계로 제7기사단의 정비가 완전치 못합니다. 기사단 정비도 겸해서, 성의 수비는 저희 7기사단이 맡도록 하겠습니다."

이 말에 대한 좌중의 반응은 의외라는 것이었다. 그간 '공을 노리고 어려운 임무만 맡아 운 좋게 성공시켜 온 애송이' 정도로 인식되어 오던 로엔이, 누구 하나 알아주지도 않는 일을 자신이 맡겠다며 말을 꺼낸 것이다. 의외라는 반응을 얻기에 충분한 행동이었다.

제딘은 자신의 아들이 무표정하게 성의 지도를 바라보는 것을 잠시 바라보다가 이내 고개를 돌리며 말했다.

"그럼 수성의 임무는 제7기사단에게 맡긴다. 기습에 대한 구체적인 전술 회의를 19시에 다시 가질 것이니, 각 기사단장 이하 참모진은 모두 참석하기 바란다. 이상."

예렌 평원. 만반의 준비를 갖춘 공성에서 불의의 일격을 당한 세이레인 토라 방면군은 현재 실의에 잠겨 있었다. 그 침울한 분위기의 와중에서도, 가토르를 비롯한 세이레인 군의 참모진들은 이후의 전술에 대해 늦게까지 토의하고 있었다.

"긴 행군에, 곧바로 이어진 공성으로 병사들이 너무 지쳐 있습니다. 만약 오늘 같은 상황에서 저 토라의 잔당들이 기습전으로 들어오기라도 한다면 버텨낼 재간이 없습니다."

케이오스 협곡의 전투에서 대패한 후 세이레인 토라 방면군으로 편입된 디바이너 에리온이 발언하자 가토르는 한심하다는 듯 그를 바라보았다.

"비교적 자네의 형세 판단이 정확하긴 하네. 하지만 적의 한 배 반 가까이 되는 병력이라는 유리한 전략적 상황에서도 피로라는 단 한 가지 조건 때문에 패배를 걱정해야 할 처지에 놓일 정도로 이 세이레인의 군세가 약해 빠졌다는 것인가?"

"그, 그건……."

에리온은 가토르의 지적에 더듬거리다 입을 다물었고, 그런 그를 한심하다는 듯 바라본 가토르가 말했다.

"어쨌거나 기습의 가능성을 배제할 수는 없지. 피로에 지쳐 있기는 하겠지만, 낮에 충분한 휴식 시간을 가졌으니 만약의 기습에 대비할 수 있도록 만전의 준비를 기하여주기 바란다."

"특별한 전술적 작전은 없는 겁니까?"

디바이너 세인의 말이었다. 가토르는 고개를 끄덕이고는 말했다.

"적이 어떻게 기습할지, 아니, 기습 자체가 있을지 없을지도 모르는 상황에서 어떤 작전을 세운다는 것은 '우린 이렇게 싸울 테니 들어와 봐' 라고 광고해 주는 꼴밖엔 되지 않아. 알겠나, 세인."

"…네."

세인은 별로 개운치 않아 보이는 표정으로 대답했다. 그 표정을 무시하며 가토르는 자리에서 일어났다.

"그럼 이 정도에서 끝내지. 각 부대당 최소 두 명씩의 불침번을 두고, 혹시 있을지 모를 기습에 만전을 기해주기 바란다. 이상."

'기사단의 정비' 라는 핑계 하에 에바, 유스와 함께 자신의 숙소에서 쉬고 있던 로엔은 제이 헌터가 살짝 찌푸린 채 자신의 방으로 들어오자 의아한 표정을 지었다.

"무슨 일이라도 생겼나요?"

제이는 고개를 끄덕였다.

"제디스틴 리스나르트님의 호출입니다."

"아버지가?"

로엔은 영문을 모르겠다는 표정을 하며 자리에서 일어났다.

"분명 우리 기사단은 성의 방위를 담당하기로 결정되었을 텐데?"

"글쎄요. 저도 전령으로부터 호출되었다는 이야기만 들었을 뿐이라……."

의문조의 로엔의 말에 제이가 모른다는 듯 어깨를 으쓱했다. 로엔은 가볍게 한숨을 내쉬고는 옆에 벗어두었던 은빛 망토를 다시 두르며 제이에게 말했다.

"다녀올 테니, 혹시라도 무슨 일이 생긴다면 가이에와 크레시님, 그리고 그린과 함께 협의해서 처리해 주기 바랍니다. 그럼 전 이만. 가자, 유스, 에바."

기사단의 사령부, 즉 로엔의 아버지 제디스틴 리스나르트가 집무실로 쓰고 있는 곳과 로엔의 숙소는 걸어서 약 5분 정도의 거리에 위치해 있다. 다른 사람들에 비해 걸음이 빠른 편인 로엔은 금방 제딘의 집무실에 도착할 수 있었고, 로엔은 집무실의 문을 가볍게 두드리며 말했다.

"로엔입니다. 들어가도 될까요?"

"들어와라."

로엔이 들어가니 제딘은 자신의 책상 위에 지도를 펴놓은 채 생각에 골몰하고 있었다. 그 모습을 잠시 바라보던 로엔은 헛기침을 두어 번 해 제딘의 시선을 자신에게 돌려놓았다.

“무슨 일로 부르신 거예요?”

제딘의 집무실 안에는 아무도 없었기에 격식을 차릴 필요가 없다고 생각한 로엔의 말이었다. 그 말에 제딘은 입가에 미소를 띤 표정으로 대답했다.

“아, 거기 두 분 오래간만이군. 그간 잘 지냈나?”

로엔의 물음에 대한 답이 아닌, 로엔 뒤에 서 있는 에바와 유스, 두 여자에 대한 인사였다. 당연하게도 로엔의 인상은 확 찌푸려졌고, 에바와 유스는 얼굴 가득 환한 웃음을 지으며 제딘의 인사를 받았다.

[정말로 오래간만이네요. 요즘엔 주인님이 불러주질 않아서 얼마나 외로웠는지… 아 독수공방의 슬픔이여…….]

[그렇다니까요. 에바 말이 딱이에요. 아, 저도 정말로 슬퍼요.]

웬일로 에바와 유스는 죽이 잘 맞았고, 그녀들이 한마디씩 할 때마다 로엔 이마엔 실핏줄이 하나씩 늘어갔다. 결국 견디다 못한 로엔이 폭발했다.

“너, 너희들! 이제 그만 하지 못해?!”

[히이잉, 주인님은 나만 미워해~]

[흑흑흑, 사랑이 식었나 봐…….]

둘은 로엔이 발작하기 직전에 가서야 장난을 멈추었고, 로엔은 답답하다는 듯 고개를 절레절레 저으며 한 손으로 부채질을 하고 나머지 한 손으론 가슴을 친다는, 어떻게 보면 정신병자와 동급으로 취급될 수도 있을 행동을 하다가 제딘에게 물었다.

“내가 못살아, 정말. 아무튼, 왜 부른 거예요, 아버지?”

로엔과 두 여자 ―정확하게는 천사― 들이 벌이는 쌩 쇼를 재미있다는 듯 바라보던 제딘은 로엔이 자신을 죽일 듯이 노려보자 웃음기를 지우며 말했다.

"자식, 그만 좀 노려보거라. 사실 널 부른 이유는 23시에 있을 기습전에 관련해서 통보할 게 한 가지 있어서다."

"제 기사단은 이번에 성을 방어하기로 했잖아요. 뭔가 바뀐 거라도 있어요?"

제딘은 로엔의 말에 팔짱을 끼며 대답했다.

"아니, 제7기사단은 예정대로 수성에 임한다. 내가 말하고자 하는 것은 제7기사단의 마법사단을 임시로 제1기사단에 편입시킬 거라는 거다."

"마법사단은 왜요?"

어째서 기습 따위에 속도도 느린데다 수성전에서 마법 퍼붓는 것 외에는 아무런 쓸모가 없는 마법사단을 차출해 가느냐는 물음이었다. 제딘은 진하게 웃었고, 그 표정을 본 로엔은 인상을 찡그리며 말했다.

"뭐예요, 그 중년 변태 같은 웃음은. 어쨌거나, 마법사단은 왜요?"

"이런 후레아들 같은 놈을 봤나. 아버지에게 중년 변태라니! 언젠가 날 잡아서 성 축제날 거위 잡듯 맞아보고 싶은 게냐?"

능글능글한 제딘의 말에 로엔은 다시 한 번 한숨을 크게 내쉬었다.

"관두죠. 그나저나 이유나 말해 봐요. 기습 작전 따위엔 하등 쓸모도 없을 마법사단을 대체 어디다가 써먹는다는 거예요?"

그러자 제딘이 상체를 앞으로 약간 내밀며 은근한 목소리로 말했다.

"그건… 비밀이다."

"…도저히 이해할 수가 없는 인간이야."

결국 마법사단을 어디에 쓸 것인가에 대한 대답을 듣지 못한 로엔은

터덜거리며 숙소에 돌아왔고, 언제 모였는지 가이에와 크레시, 그린,
그리고 제이가 로엔의 방에 모여 있다 로엔을 맞이했다.

"아, 지금 돌아오시는… 이해할 수 없는 인간이라니, 누구를 말하는
건가요?"

제이가 로엔을 반기다가 어리둥절한 표정으로 반문했고, 로엔은 짜
증난다는 듯 망토를 침대에 휙 집어 던지며 대답했다.

"제가 그렇게 말할 사람이 이 시뤄나갈 요새에 한 명밖에 더 있어요?"

"제디스틴 사령관님 말씀하시는 겁니까?"

그린의 질문에 로엔이 고개를 끄덕였다. 그러고는 망토를 집어 던졌
던 침대 위로 벌렁 누우며 말했다.

"이번 기습전에 우리 기사단의 마법사단을 차출해 간다는군요."

"마법사단을?"

크레시였다. 그는 이해가 가지 않는다는 표정으로 로엔을 바라보았
고, 로엔은 팔을 뻗어 휘젓고는 크레시에게 말했다.

"네. 도대체 마법사단이 무엇 때문에 기습 작전에 필요한 건지는 도
저히 모르겠지만요."

"물어보지 않았나?"

"물어는 봤죠. 그런데 '비밀이다' 라는 한마디만 하고는 전혀 이유
를 알려주려 하지 않으니… 저도 답답해 죽겠어요."

로엔의 대답에 크레시는 '음…' 하는 짧은 신음성을 내고는 입을 다
물었다.

"제디스틴님이 뭔가 생각이 있으시겠죠. 일단은 지켜볼 수 밖에요."

그린의 말에 로엔은 상체를 일으켜 침대에 앉으며 말했다.

"그렇죠. 그린, 스아딘님께 마법사단이 차출됐다고 말씀드려 주세요."

“알겠습니다.”

그린은 고개를 한 번 끄덕이고는 밖으로 나갔다. 그 모습을 보면서 로엔이 의문에 가득 찬 표정으로 중얼거렸다.

“정말로… 어디다 쓰려고 그러는 거지?”

23시 47분. 제디스틴 리스나르트를 필두로 한 토라 재건군은 소리 없이 예렌 평원의 세이레인 군 주둔지로 다가서고 있었다. 아무래도 체력에서 일반 군사들에 비해 열세인 마법사단이 섞여 있다는 것을 감안해서인지 비교적 천천히 군사를 이동시키던 제딘은 멀리서 반짝이는 불빛을 통해 대략 거리를 짐작해 적당하다 싶은 지점에서 군대를 멈추게 한 다음 스아딘을 돌아보며 말했다.

“경계는 철저하군. 역시 가토르야. 그런데, 보기에 어때? 내가 일러 준 대로 할 수 있겠어, 스얀?”

“문제없어.”

아스트랄·클레어보이언스(Astral·Clairvoyance) 마법으로 적진을 살펴보던 스아딘은 자신있게 대답했고, 제딘은 그런 자신의 친우를 신뢰가 담긴 표정으로 바라보았다.

“좋아. 그러면 부탁하지.”

“맡겨만 두라고.”

스아딘은 그렇게 말하고는 마법사단을 이끌고 어둠 속으로 사라졌다. 멀리 보이는 세이레인 군의 주둔 진영을 바라보던 제딘은 충분한 시간이 지났다 생각되자 팔을 들어 올리며 크게 외쳤다.

“전군 함성을 지른다!”

“와아아—!”

세 개 기사단 병력 3만 5천이 일제히 내지르는 함성이 성난 사자의 포효와도 같이 예렌 평원을 울렸다.

쌓인 피로를 감당하지 못하고 숙면에 빠져 있던 세이레인 군은 갑작스런 함성에 당황했지만, 그 와중에 아직 침착함을 잃지 않은 몇몇 신관 전사들—가토르를 포함한—은 패닉 상태의 병사들을 회복시키기 위해 여기저기서 고함을 질러댔다.

"적의 기습이다! 전투 준비를 갖춰라!"

"뭘 하는 거야! 적이 목에 칼을 들이댈 때까지 허둥댈 셈이냐!"

디바이너 에리온이 자신의 병장기를 찾지 못하고 허둥대는 병사들의 엉덩이를 걷어차며 외쳤다. 하지만 갑작스런 함성으로 인한 혼란은 쉽게 가라앉지 않았고, 세이레인 군은 15분이 지나서야 간신히 군대를 정돈할 수 있었다.

하지만 함성과는 달리 토라 재건군의 공격은 없었다. 군대를 정돈하지 못한 15분간 자신들을 공격했더라면 엄청난 피해를 입힐 수도 있었을 토라 재건군이 자신들을 공격하지 않은 것에 대해 가토르 이하 익제큐터들이 의아해하고 있는 그때, 갑자기 뜻하지 않은 방향에서 공격이 날아왔다.

"윈드 · 아트모스피어 나이프(Wind · atmosphere Knife)!"

"선더 · 레인 오브 라이트닝(Thunder · Rain of Lightning)!"

함성이 들려온 곳과 반대 편의 방향에서 수많은 마법이 퍼부어지기 시작한 것이다. 이 예상치 못한 공격에 세이레인 군은 당황했고, 후방의 전열이 급격히 무너지기 시작했다.

"마법에 겁먹지 마라! 사람 한 명 제대로 죽일 수 없는 마법이다! 전열을 가다듬고 조직적으로 마법에 대항하라!"

가토르가 악을 쓰며 외쳤지만 신성마법을 사용할 수 있는 디바이너 급 이상 신관 전사들을 제외하면 세이레인 군에겐 마법을 막을 뾰족한 방법이 없었다. 가토르가 피해를 감수하고서라도 마법사단을 치기 위해 막 디바이너 세인에게 명령을 내리려던 찰나, 제딘이 손을 들며 외쳤다.

"전군 돌격!"

"와아아—!"

3만 5천의 토라 재건군은 피에 굶주린 야수와도 같이 포효하며 세이레인 군을 향해 돌진해 왔다. 마법사단의 마법에 정신을 팔고 있던 가토르는 이를 갈며 노도와도 같이 몰려오는 토라 재건군 쪽을 돌아보았다.

"제기랄… 빌어먹을 리스나르트! 전군, 반전하여 토라의 잔당들을 상대하라!"

가토르가 반전할 것을 외칠 때 이미 토라 재건군은 세이레인 군의 코앞에까지 당도해 있었다. 가토르의 명령에 황급히 반전을 시도하던 세이레인 군은 미처 전열이 정비되기도 전에 토라 재건군과 맞닥트리게 되었다.

"병력은 이쪽이 많다! 토라의 잔당 따위를 쓸어버려라!"

"비겁한 세이레인의 개새끼들을 살려두지 마라! 적은 손발도 제대로 놀리지 못하고 있는 상황이다!"

여기저기서 독려의 외침이 터져 나왔고 난무하는 피와 마법, 그리고 비명성으로 예렌 평원은 점차 수라장으로 변해갔다. 하지만 전황은 마법사단의 공격에 당황하다 토라 재건군에게 일격을 당한 세이레인에게 압도적으로 불리하게 나가고 있었다. 전투에서 거의 쓸모가 없던 것으로 여겨졌던 마법사들을 활용하리라고는 전혀 생각할 수 없었던 가토르는 악에 받친 목소리로 외쳤다.

"전군 퇴각! 퇴각하라! 예렌 평원을 벗어난다! 퇴각!"

피비린내가 진동하고, 어디에서 나타났는지 까마귀들이 시체를 파먹고 있는 예렌 평원의 한가운데에서 제딘 리스나르트가 제1기사단의 참모장 마이크 로웰에게서 보고를 받고 있었다.

"대승입니다. 아군의 사상자는 약 2천여 명이며, 그중 기사단의 피해는 150여 명 정도로 경미합니다. 적의 피해는 대략 7천 명의 사상자를 낸 것으로 추산되며, 현재 제1기사단이 잔존해 있는 세이레인의 패잔병들을 소탕 중입니다."

승리감에 흥분된 탓인지 상기된 표정인 마이크의 보고에 제딘은 천천히 고개를 끄덕였다. 그러고는 시체가 산을 이룬 예렌 평원을 잠시 바라보다 마이크에게 말했다.

"패잔병을 소탕 중인 병사들을 소환해라. 시뤼나갈 요새로 돌아간다."

대승을 거두고 개선했음에도 불구하고 제딘의 표정은 그다지 밝지 못했다. 전략적으로 유리한 조건을 확보해서 거둔 승리가 아닌, 적의 허를 찔러 당황하게 만든다는 전술로 거둔 승리인데다가 아직도 적의 병력이 아군에 비해 압도적으로 많다는 사실이 제딘의 어깨를 누르고 있었기 때문이다.

사실 토라 재건군의 전력은 단지 일곱 개의 기사단이 있을 뿐이었다. 그나마 1~6기사단의 경우에만 1만 2천 정도의 정규 기사단의 병력으로 편성되어 있을 뿐, 로엔의 제7기사단의 경우는 병력이 부족해

9천 5백의 기사단과 5백의 마법사단으로 간신히 1만을 채우고 있을 뿐이었다. 앤텀 방면군의 병력만으로도 15만을 자랑하는 세이레인과는 확실히 차이가 있었다. 다만 한 가지 토라 재건군에 다행스러운 일은, 토라 재건군이 일어나기 전에 있었던 라비니어스와의 전쟁 때문에 세이레인이 토라 방면에 전력을 기울일 수가 없다는 것이었다.

"의용병이 속속 모여들고 있기는 합니다만, 훈련도 제대로 되지 않은 병력인 경우가 태반이라 훈련을 마치기 전까지는 별 도움이 되질 않습니다. 거기다 이 병력들을 정규 병력에 포함한다 해도 세이레인의 전력에 비하면 1/5도 되질 않습니다."

제딘이 개선한 후 곧바로 열린 작전회의에서 제2기사단장 헥터가 말했다. 다들 이 사실에 공감하고 있다는 듯 고개를 끄덕이자 헥터가 이어서 말했다.

"사실 우리가 이렇게 세이레인과 대등하게 싸울 수 있는 것은 라비니어스의 존재가 세이레인에게 위협적이라 이쪽으로 전력을 기울일 수 없기 때문입니다. 안 그래도 얼마 전의 전쟁에서 패해 신경이 예민해진 라비니어스가 토라 다음은 자신들이 되지 않을까 여겨 병력을 증강하고 있기 때문입니다."

"……"

좌중은 조용했다. 헥터의 말이 옳기 때문이기도 하지만 현재 토라 재건군의 실제 능력이 어떤지는 자신들이 가장 잘 알고 있는 까닭이었다. 헥터는 좌우를 한 번 돌아본 후 제딘을 바라보며 말했다.

"따라서 제2기사단장 헥터 폰 스트라우스는 라비니어스와의 동맹을 건의하는 바입니다."

헥터의 건의에 회의장이 약간 소란스러워졌다. 저마다 이 건의가 성사될 확률을 놓고 의견이 분분한 가운데 제딘이 탁자를 두어 번 두드려 좌중의 시선을 집중시킨 뒤 헥터에게 말했다.

"성사될 가능성은?"

"솔직히 반반입니다. 하지만 항상 식량 자원의 부족으로 어려움을 겪고 있는 라비니어스에게 있어서 사우스그레이 평원의 필요성은 절실합니다. 지금이 사우스그레이 평원을 점령할 수 있을 적기라는 걸 라비니어스에게 주지시킨다면 대(對)세이레인 연합 전선을 펴는 것도 그리 어렵지는 않을 것 같습니다."

헥터의 논리 정연한 발언에 그럴듯하다는 듯 참모진은 고개를 끄덕였다. 제딘 역시 가능하다는 듯 고개를 끄덕였지만, 긍정과는 좀 다른 내용의 말을 헥터에게 꺼냈다.

"일리있는 말이다. 하지만 자넨 뭔가 착각하고 있는 듯하군. 난 자네의 말을 결정할 수 있는 재량권을 가진 토라 재건군의 사령관이 아니다. 나는 단지 시뤼나갈 요새의 방어를 담당하고 있는 군사령관이자, 제1기사단장일 뿐이다. 하지만 자네의 발언은 티아마트 요새로 돌아간 후 카이젠 3황자에게 정식으로 건의하도록 하겠다."

"…알겠습니다."

헥터는 제딘이 그렇게 말할 것을 생각하지 못한 듯 떫은 표정으로 대답하고는 자리에 앉았다. 제딘은 부드러운 표정으로 헥터를 잠시 주시하다 고개를 돌려 좌중을 둘러보며 말했다.

"작전 지시를 하달하겠다. 지금부터 일주일간은 적의 어떠한 도발에도 응하지 않고 수성 태세를 견지한다. 적이 응전해 오면 물리치되, 어떤 도발로 아군을 성 밖으로 끌어내려 하더라도 응하지 말라. 만약 이 지시를 어기는 자가 있다면 요새 방위 사령관이자 작전 지휘관 제디스틴 리스나르트의 이름으로 즉결 처단하겠다. 이상."

같은 시각. 아톤 산맥의 케이오스 협곡 입구까지 퇴각한 세이레인 토라 방면군은 긴급히 대책회의를 열고 있었다.

"어제 보여준 그 추한 모습이 정병 중의 정병이라는 세이레인 군의 모습입니까! 아무리 양측에서 협공을 받고 있었다지만 적군의 두 배라는 압도적인 병력 우위에 놓인 상황에서 전열을 무너트리다니, 그게 말이나 되는 소리입니까?!"

연속된 패배로 약이 오를 데까지 오른 가토르가 탁자를 쾅쾅 두드리며 참모들을 질책했다. 하지만 참모들도 할 말은 있는 듯 디바이너 세인이 움츠러드는 어깨를 조금 펴며 가토르에게 말했다.

"하지만 저쪽의 전술에 허를 찔려 미처 대응할 틈이 없었습니다."

그 말에 가토르는 세인을 죽일 듯 노려보았다.

"그걸 말이라고 하는 겁니까! 확실히 상대의 기만전술에 허를 찔린 것은 사실입니다. 하지만 그 기만전술에는 냉정, 침착을 회복할 충분한 시간적 여유가 있었습니다. 언제부터 이 세이레인 군이 허를 찌르는 전술에 한 번 당했다고 패배하는 약졸이 된 것입니까! 워프 게이트가 없으면 제대로 된 승리 한 번 거두지 못한다는 것입니까?!"

가토르의 질책에 세인은 잔뜩 움츠러들었다. 그런 세인을 노려보던 가토르는 한숨을 크게 내쉬고 말했다.

"이대로는 가르미슈의 익제큐터를 볼 낯이 없습니다. 저뿐만 아니라 여러분을 위해서라도 지금까지의 전술적 차원에서의 패배가 아닌, 저 케이오스 협곡에서의 대패를 만회하고 나아가 역전시킬 수 있는 전략적 차원에서의 승리가 필요합니다. 지휘관에게 있어서 가장 중요한 부분은 냉정, 침착입니다. 이것을……."

"긴급한 보고입니다!"

가토르가 훈시를 하던 중 갑자기 막사의 휘장을 제치고 한 병사가 막사 안으로 들어왔다. 그 모습에 디바이너 에리온이 그 병사에게 질책했다.

"여기가 어디라고 함부로 들어오는……!"

"됐네. 긴급한 보고라니, 어떤 보고인가?"

가토르가 손을 들어 질책하려는 에리온을 제지하며 물었다. 그러자 그 병사는 오른팔을 어깨 높이까지 들어 약식 예절을 취한 뒤 가토르에게 다가가 말했다.

"길리언 아스나드 폰 미드가르드 네오토라 전하께서 가토르님과 익제큐터 이상 사령관님들께만 긴급히 전해 드리라는 서언입니다."

그러고는 그 병사는 가토르에게 길리언의 직인으로 봉해진 편지 한 통을 건네주었고, 심각한 표정으로 그 편지를 열어본 가토르의 표정이 점차 밝아지기 시작했다. 마침내 편지 읽기를 마친 가토르는 승리를 확신하는 듯한 표정으로 병사의 등을 두드려 주며 말했다.

"정말로 반가운 소식이로군. 가지고 오느라 수고했네."

"네, 감사합니다!"

병사는 다시 약식 예절을 취한 후 밖으로 나갔고, 아까보다 훨씬 밝아진, 하지만 준엄한 표정으로 가토르가 참모들에게 말했다.

"지시를 하달하겠습니다. 지금부터 전군은 성안에 주둔 중인 두더지들을 밖으로 끌어내는 데 온 힘을 다하시기 바랍니다. 무슨 수를 쓰든 상관하지 않겠습니다. 이쪽의 도발에 적이 응해서 성 밖으로 나올 경우, 거짓으로 패한 척 예렌 평원으로 후퇴합니다. 토라의 두더지들이 아군의 의도를 알아채지 못하도록 다소의 희생이 생기더라도 철저하게 위장해야 합니다. 그 다소의 희생이 안타깝기는 하지만, 그것만이 우리가 이번 전쟁에서 승리하는 길임을 잊지 말아주시기 바랍니다. 이상."

격변하는 대륙의 정세 한가운데에서, 토라 재건군 제7기사단장 로엔 리스나르트는 꽤나 독특하면서도 유능한 자신의 참모진들과 함께 식사를 하고 있었다.

"오! 오늘 메뉴는 의외로 괜찮은데요?"

제이 헌터가 훈제 거위의 날개를 뜯어내며 말했고, 크레시 라자루스가 그 말에 고개를 끄덕이며 다리 한쪽을 뜯어냈다.

"그렇군. 매일 풀 쪼가리만 보다가 오래간만에 고기를 보니 반갑기 그지없구만."

"……."

그 옆에 앉아 있는 아사신 길드 1급 암살자 가이에 인디스트로는 포커 페이스를 유지한 채 남아 있는 다리를 주욱 잡아 찢는 것으로 대답을 대신했다. 물론 그 대가로 다른 이들의 원성, 혹은 살기가 담뿍 담긴 시선을 몸으로 받아내야 했지만, 예리하게 터져 나오는 가이에의 한마디는 모두의 입을 다물게 하기에 충분했다.

"단백질 부족."

"이거야 참, 그렇게까지 말씀하신다면야……."

붉은 머리가 인상적인 기사 그린이 허탈한 표정으로 가이에를 바라보며 헛웃음을 지었다. 물론 그 와중에서도 그의 손은 마지막으로 남아 있는 날갯죽지를 찢어내고 있었다.

로엔은 이 황당하기 그지없는 상황을 어이가 없다는 듯 바라보다가 이내 한숨을 내쉬며 중얼거렸다.

"투덜거리면서도 자기 몫은 잘도 챙겨가네요?"

"당연하지. 먹고 살기 위해선 필수적인 생존 전략이라고."

크레시가 우물거리던 거위 살코기를 넘긴 후 별 이상한 말을 다 한다는 듯 로엔을 바라보았고, 로엔은 고개를 절레절레 젓고는 거위의 가슴살을 발라내 먹기 시작했다.

로엔과 그 참모진이 열심히 고기를 먹고 있을 때, 크레시의 오른쪽 출입구 옆 구석의 공간에서 갑자기 빛이 나기 시작했다. 갑작스런 빛에 한참 거위 가슴을 뜯어 먹던 로엔이 눈이 둥그레져서 그곳을 바라보았다.

"뭐지?"

"글쎄요? 로엔님의 두 미녀 부하들 같은 천사가 또 나타나는 것 아닐까요?"

"미녀는 무슨……."

황당한 듯 로엔이 손사래치며 그린의 말을 부정했다. 이미 갑자기 나타난 빛 따위는 화제의 범위 내에서 벗어나 버린 지 오래였다. 워낙 빛이 나며 누군가가 등장하는 장면을 자주 겪어보았기에 빛이 난다는 것 따위는 이들의 관심거리가 되기엔 한참 부족했다.

하지만 의외의 부분에서 이 빛은 그들을 놀라게 했다. 그 빛무리의 사이에서 튀어나온 것이 다름 아닌 로엔의 친우 카렌 미하이언이었던 탓이다.

쿵—

"컥!"

예전 아스나트 이프론이 로엔의 앞에 나타날 때와 거의 비슷한 모습으로 카렌이 크레시의 옆으로 추락하자 로엔은 얼빵한 표정으로 카렌을 바라보았다.

"얼레, 카렌이네?"

다른 이들 역시 전혀 예상하지 못했던 부분에서 카렌이 나타나자 의외라는 표정으로 바라보았고, 카렌은 바닥에 떨어질 때 부딪친 뒤통수를 부여잡으며 신음했다.

"아야야……."

"카렌 군? 여기엔 무슨 일인가? 게다가 방금 그건……?"

그나마 이 갑작스런 상황에 가장 먼저 적응한 크레시가 묻자 카렌은 뒤통수를 어루만지면서 대답했다.

"아야. 아, 차원 이동 마법 시험을 하고 있었는데요… 그런데 좌표가 설마 여기일 줄은……."

"설마 이프론의 차원 좌표 말야?"

그제야 상황을 이해한 로엔의 물음에 카렌이 고개를 끄덕였다.

"응, 디멘셔널 · 워프(Dimensional · Warp) 마법을 연습하고 있었는데, 이거 마력 많이 잡아먹네. 두 번밖에 하지 않았는데 지쳐서 죽을 지경이야."

"흐응……."

로엔은 이해한다는 듯 고개를 끄덕였다. 하지만 그 대화를 이해하지 못한 사람이 하나 있었다. 방 안에 있던 사람 중에서 로엔과 카렌을 제외하면 유일하게 마법적 지식을 가진 사람, 바로 가이에 인디스트로였다. 가이에는 거기 있던 사람들이 단 한 번도 보지 못한 표정, 바로 경악한 표정으로 카렌의 어깨를 붙잡았다.

"차, 차원계 마법, 진실?!"

"아, 아얏!"

갑작스럽게 어깨를 강하게 붙잡힌 카렌이 비명을 질렀고, 그제야 자신이 무슨 짓을 했는지 깨달은 가이에가 카렌의 어깨를 놓아주었다. 카렌은 아마도 벌겋게 물들어 있을 자신의 어깨를 가볍게 주무르며 가이에를 바라보았다.

"아야. 오늘 머리 깨지고 어깨 깨지고 정말 여러 군데 다치네. 그런데 차원계 마법 맞는데 뭐 이상한 거라도?"

카렌으로서는 당연한 의문이었지만, 카렌과 로엔이 간과한 것이 하나 있었다. 그것은 레트니아 대륙 어디의 아카데미나 마법의 탑, 그리고 마법 강습소에서도 차원 마법은 가르치지 않는다는 것이었다. 뒤늦게 그 사실을 떠올린 로엔이 카렌과 가이에 사이에 나서며 말했다.

"자, 자, 가이에도 그만 해. 사실 그렇게 의문을 갖는 것도 당연한 거지. 카렌은 마법의 아버지라 불리는 사람, 아스나트 이프론에게서 차원 마법을 배웠으니까."

어조는 담담했지만 그 말이 주는 충격은 강렬했다. 마법에 관해 전문적으로 배우는 사람들이 가장 먼저 접하는 것이 '마법의 아버지' 아스나트 이프론이었다.

"아스나트 이프론… 생존?"

가이에는 믿을 수 없다는 표정으로 로엔을 바라보았다. 가이에의 포커페이스가 깨졌다는 것에 상당히 신기해하면서도 로엔은 가이에의 물음에 대답했다.

"아아. 정말로 아스나트 이프론인지는 모르겠지만, 살아 있어."

"……"

여전히 믿지 못하겠다는 표정을 짓긴 했지만, 일단 가이에는 자리에 앉았다.

"그런데 그저께까지만 해도 최우선 전략이 적의 타격이었는데 지금은 수성이라니, 제디스틴님은 무엇을 생각하고 계시는 건지 모를 일이네요."

잠시 화제에서 벗어나 거위 고기를 먹고 있던 제이가 불쑥 질문을 던졌다. 그린은 잠시 고개를 갸웃하다가 나름대로 생각을 정리했는지 빵을 반으로 쪼개며 말했다.

"글쎄요. 아마도 세이레인 군을 심리적으로 초조하게 만드실 생각인 것 같은데요. 일단 세이레인은 이 요새, 가르미슈와 그 뒤편의 요새 카시나를 점령해야만 케이오스 협곡을 통해 보급 물자를 원활하게 공급받을 수 있습니다. 보급선이 원활치 않으니 자연히 여러 가지 물품이라든가 하는 것들이 달릴 밖에요."

"적들이 조급해하는 틈을 노린다는 것인가?"

수긍이 가는 설명이라는 듯 크레시가 고개를 끄덕였다. 그린은 고개를 끄덕이고는 씹고 있던 빵을 삼킨 후 다시 말했다.

"제 생각에는 그렇습니다. 다만 조급해하는 틈을 어떤 식으로 공략할지는 전혀 짐작 가지도 않지만요."

다음날부터 시뤄나갈 요새 공방전은 지금까지와는 다른 양상으로 전개되어 갔다. 성문 앞까지 진격해 온 세이레인 토라 방면군 참모장 가토르가 앞으로 나와 외쳤다.

"토라의 개들은 들어라! 쓸데없는 발악으로 무의미한 피를 흘리지 말고 항복한다면 그 하찮은 목숨만큼은 살려주겠다!"

그 말이 먹히지 않을 것이라는 것은 가토르 자신이 더 잘 알고 있었다. 하지만 때로는 도발을 위해 저런 먹히지도 않을 말을 해야 할 때도 있다. 가토르의 말이 어느 정도 효과가 있었는지, 시뤼나갈 요새의 높은 성문 위에 토라 재건군 제1기사단장 제디스틴 리스나르트가 모습을 드러냈다.

"그 토라의 개였다가 먹이를 주는 도둑놈에게로 꼬리치며 돌아선 주제에 별 웃기는 소리를 다 하는군."

제딘은 담담한 어조로 말했지만, 마법의 보조를 받고 있기라도 한 듯 그 목소리는 멀리까지 퍼져 나갔다. 제딘의 말에 가토르는 붉어지는 얼굴을 애써 감추며 맞고함을 질렀다.

"닥쳐라! 겁쟁이처럼 블릭스 대공께 의탁해 레나스의 시골 구석에 처박혀 살던 촌놈이 말이 많구나! 너도 사나이라면 나와라! 나와서 승부를 내자!"

"아무것도 모르는 바보 주제에 아는 척 지껄이지 마라. 언제부터 영주가 직접 영접을 나와서 자기 영지에 살아주십사 부탁하는 것이 의탁이란 단어의 정의가 되어버린 것인가? 자신이 저지른, 그때까지 섬기던 조국을 배신하고 적국에 가담한 짓을 표현하는 단어가 의탁이니 그 의탁이란 단어의 정의를 바꾸고 싶어진 모양이지?"

코웃음 치는 제딘의 말에 다시금 가토르의 얼굴이 벌겋게 달아올랐다. 도발하려다 오히려 도발당한 격이 되어버린 가토르가 손을 번쩍 들어 올리며 외쳤다.

"전군 공격하라!"

이미 수성에 대한 예측을 해 그에 대비라도 해둔 듯, 공성을 진행하는 세이레인 군의 공격은 치밀했다. 수많은 모래주머니가 시뤼나갈

요새의 해자에 던져졌고, 차츰 메워지는 해자 위로 사다리가 걸쳐졌
다.

"뭣들 하고 있는 거야! 끓는 물을 들이붓고 사다리는 밀쳐 쓰러뜨려
버려! 절대 성벽 위로 적들이 올라오게 해선 안 된다!"

제2기사단장 헥터 폰 스트라우스가 성벽 위에서 병사들을 독려했다.
그 순간 세이레인 군의 충차가 시뮈나갈 요새의 남문에 정면으로 충돌
했다.

콰앙!

충차가 성문에 충돌하는 순간 성문이 심하게 요동쳤고, 충돌과 동시
에 울려 퍼진 육중한 소리가 병사들의 귀를 울렸다.

"제기랄, 저 충차를 어떻게 해야 하는데……!"

제7기사단장 로엔 리스나르트가 이를 갈며 충차 쪽을 바라보았다.
그때 그 옆에 있던 카렌 미하이언이 하늘을 향해 팔을 휘저으며 캐스
팅을 시작했다.

"디멘셔널 · 가이아 · 미티어 샤워(Dimensional · Gaia · Meteor
Shower)!"

"좋았어!"

"이런 제기랄!"

다음의 충돌을 준비하기 위해 물러나던 적군의 충차를 향해 때맞춰
운석의 비가 떨어지는 모습은 장관이었다. 그 모습에 로엔은 두 주먹
을 움켜쥐며 환호성을 질렀고, 회심의 미소를 지으며 충차를 바라보던
가토르는 인상을 찡그리며 성벽 쪽을 노려보았다.

전황은 점차 세이레인 쪽에 불리하게 돌아가고 있었다. 마땅히 성벽
위를 공략할 만한 장비가 없는 세이레인에 비해, 수성하는 토라 군은

펄펄 끓는 물을 비롯해 큰 돌을 던지거나 마법사들의 마법을 적절하게 활용, 세이레인 군의 접근을 차단하고 있었다.

"이게 대체 무슨 추태란 말인가!"

한 병사가 끓어오르는 물을 뒤집어쓰고 비명을 지르며 바닥에 자빠지는 모습을 바라보던 디바이너 에리온이 발을 동동 구르며 고함을 질렀다. 하지만 별다른 수가 없는 것은 에리온도 마찬가지라 그저 병사들을 독려하는 것과 심각한 부상을 당해 후방으로 후송되는 병사들에게 간단한 치유술을 걸어주는 것 외에는 손을 쓰지 못하고 있었다.

"후퇴, 후퇴하라!"

더 이상 계속해 봐야 얻을 것이 없다고 판단한 듯, 가토르의 손이 다시금 위로 올라갔다. 후퇴 신호에 세이레인 군은 신속히 뒤로 물러났지만, 가토르에겐 의외스럽게도 미리 언질이 되어 있었던 토라의 군세는 추격전에 나서지 않았다.

굳게 닫혀 있는 시뤄나갈 요새의 성문을 바라보며 가토르 입술을 짓씹었다.

"그리 쉽게는 걸려주지 않는다는 것인가. 하지만 열 번 찍어 넘어가지 않는 나무는 없는 법! 반드시 쓰러뜨려 주겠다!"

세이레인 군이 물러간 후, 시뤄나갈 요새의 토라 재건군은 즉각 파괴, 혹은 손상된 요새의 복구에 나섰다. 병사들이 메워진 해자를 다시 파내고, 충차에 손상된 성문을 다시 보강하는 모습을 지켜보며 제5기 사단장 클레르프가 말했다.

"오늘은 어떻게든 물리쳤기는 합니다만, 앞으로도 이런 식의 공성이 계속될 거라 생각하니 참으로 암울하군요."

"어떻게든 견뎌서 이겨낼 밖에. 웃샤! 어쨌거나 이 전쟁의 승리는 누가 더 오래 참고 견디느냐에 달려 있네."

병사들 사이에 섞여 해자를 파내는 작업을 하고 있던 제디스틴 리스나르트가 이미 물을 충분히 먹어 이제는 굳어버린 모래주머니를 해자 밖으로 집어 던지며 대답했다. 이 굳어버린 모래주머니는 분명 다음 수성에서 훌륭한 투척용의 병기로 제 몫을 다해줄 것이다.

"승패의 관건은 인내심이란 말입니까?"

"그렇지. 그런데 자네는 작업 안 하나?"

뭔가 마음에 들지 않는 듯 묘한 표정으로 클레르프의 질문에 대답하던 제딘이 팔짱을 끼며 그에게 물었다. 갑작스러운 질문에 멍한 표정으로 제딘을 바라보던 클레르프는 곧 사태를 파악했는지 당황한 표정으로 제딘에게 말했다.

"아, 아니 저, 그게……."

"됐네. 작업 태만에 대한 벌충은 감봉으로 하지."

"제딘님, 그것만은 제발……!"

단호한 제딘의 말에 클레르프는 두 손을 싹싹 빌며 애원했으나, 이미 고개를 돌려 다시 작업을 시작한 제딘에게 그것이 먹힐 리가 없었다. 결국 클레르프는 축 처진 어깨를 끌고 제딘과 함께 병사들 틈에 섞여 해자를 파내기 시작했다.

"가이아 · 디그(Gaia · Dig)!"

카렌 미하이언과 스아딘 아스타리카, 그리고 그들이 지휘하는 제7기사단 소속 마법사단은 이제 병사들 사이에서는 인기인으로 부상하고 있었다. 수성 시에는 빠질 수 없는 중요한 병력들이자 병사들에게 있어서 짜증나는 일일 뿐인 복구 작업 속도를 현저하게 진척시켜 주는 그들의 마법은 해자를 복구하는 작업에서 그 위력을 유감없이 발휘했다.

"가이아·가이아 드라이버!"

"오오오!"

병사들에게서 터져 나오는 감탄사에 고무된 듯 스아딘이 대지계의 최강 마법, 가이아 드라이버로 해자를 멋지게 파내는 모습을 보며 로엔 리스나르트가 고개를 절레절레 저었다.

"저런 데다 마력을 낭비했다가 실제 전투에 돌입하면 어쩌려고 저러시는 건지……."

"뭐, 좋지 않습니까. 작업 속도가 빨라지는 데다 병사들의 사기까지 올라가니 일거양득이죠."

로엔의 참모장 그린이 빙긋 웃으며 그 불평에 대답했다. 로엔은 카렌이 마법 합체술 시그마를 응용, 가이아·드라이버로 해자를 파내는 것과 동시에 윈드·컨트롤링 에어 커런트(Wind·Controlling Air Current)로 파낸 모래주머니를 한곳에 쌓아 병사들의 탄성을 자신에게로 돌리는 것을 보며 다시금 고개를 절레절레 저었다. 그러면서도 로엔은 바닥이 잘 파이지 않아 병사들이 고생하고 있는 해자 쪽으로 다가가 큰 소리로 외쳤다.

"윈드·가이아 드라이버!"

같은 시각, 병사를 물려 예렌 평원으로 퇴각한 세이레인 군은 병사들에게 휴식 시간을 줌과 동시에 작전회의를 열고 있었다.

"아무래도 병사들의 사기가 너무 떨어지고 있습니다. 전략상의 후퇴도 중요하지만, 아군의 사기가 너무 저하되면 그것도 문제라고 생각합니다만."

가토르 주재 하에 열린 작전회의에서 디바이너 키렌이 근심스러운 표정으로 발언했다. 그 말에 동감한다는 듯 디바이너 에리온이 연이어 말했다.

"아군의 사기를 고취시킬 만한 전술상의 승리가 필요하다고 여겨집니다. 시뤼나갈 요새의 공략을 잠시 미루고 다른 곳을 공략한다면 어떨까 합니다만."

"……."

디바이너 에리온의 발언에도 불구하고 가토르는 아무 말도 없었다. 그곳에 참석한 디바이너들이 초조한 심정으로 가토르를 바라보는 가운데 가토르가 입을 열었다.

"제가 너무 시뤼나갈의 제딘 리스나르트의 공략에만 열을 올렸던 것 같군요. 군의 지휘자로서 전장을 대국적으로 보지 못하다니, 제 실수가 큽니다. 어쨌든 여러분의 말 덕분에 굳어 있던 머리가 좀 풀린 듯한 기분이 듭니다. 디바이너 에리온이 발언한 대로 전군은 시뤼나갈 요새를 포기하고 우회, 요새 카시나를 향해 진격하도록 하겠습니다."

"그, 그것은 위험 부담이 너무 큽니다! 저희가 요구한 것은 갈수록 저하되고 있는 군의 사기를 위한 국지적인 전술적 승리일 뿐입니다. 하지만 카시나라니요! 시뤼나갈의 제딘 리스나르트가 배후에서 치고 들어올 것이란 것은 보지 않아도 뻔합니다!"

가토르의 말에 디바이너 세인이 자리를 박차고 일어났다. 행동으로 옮기진 않았지만 그 심정은 회의에 참석한 다른 디바이너들 역시 마찬가지였는지 경악한 표정으로 가토르를 바라보고 있었다.

가토르는 침착한 표정으로 세인에게 말했다.

"일단 자리에 앉으세요, 디바이너 세인."

"철회해 주십시오! 그렇지 않으면 앉지 않겠습니다!"

세인은 강경한 태도로 버텼고, 가토르는 그를 사납게 노려보았다. 잠시 후 가토르가 의자 등받이에 몸을 기대며 세인에게 말했다.

"디바이너 세인, 지금 자리에 앉지 않는다면 항명으로 간주, 군령에 의해 처벌하겠습니다. 항명에 대한 처벌은 말하지 않아도 잘 알고 있겠지요?"

"……."

하지만 세인은 가토르를 노려볼 뿐 자리에 앉을 생각을 하지 않았다. 그러자 보다 못한 디바이너 키렌이 세인을 향해 말했다.

"일단 앉게, 디바이너 세인. 젊은 혈기로 오기를 부리는 것도 나쁘진 않지만 작전회의 중이 아닌가. 그리고 참모장에게도 무슨 생각이 있어서 저러는 것이겠지. 일단 앉게."

"……."

뭔가 마땅치 않은 표정을 지으면서도 일단 세인은 자리에 앉았다. 잠시 팽팽하게 긴장되었던 분위기는 다시 차분하게 가라앉았고, 가토르는 다시 의자에 기대고 있던 등을 떼어내며 자신의 전술을 설명했다.

"그, 그런……!"

가토르의 전술 설명을 듣고 있던 디바이너 에리온은 아까보다 더욱 놀란 표정으로 그를 바라보았다. 가토르는 그런 반응을 예상이라도 하고 있었는지, 미소 지으며 에리온에게 말했다.

　"사실 길리온 전하께서 저와 익제큐터 이상 사령관급 인사들에게만
공개하라고 하신 부분이지만, 전술 운용상 반드시 필요한 부분이기에
특별히 여러분에게 알려 드리는 것입니다. 내일 출발하겠습니다. 부족
하지만 오늘은 병사들에게 식량을 충분히 지급해 주도록 하고 푹 쉴
수 있게 해주시기 바랍니다."

A Preliminary Skirmish

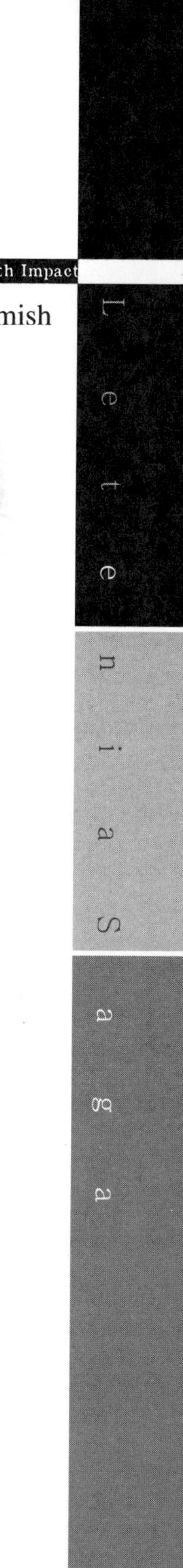

The sixth Impact

A Preliminary Skirmish

여름의 초입에 접어든 예렌 평원에서는 추적추적 비가 내리고 있었다. 세이레인 토라 방면군은 그 빗줄기를 뚫으며 케이오스 협곡 토라 방면 입구의 목줄과 다름없는 요새 카시나를 향해 진군하고 있었다.

"이제 저 빌어먹을 리스나르트가 걸려드느냐 아니냐만 남았군요."

말 위에서 행군하는 병사들을 인솔·지휘하던 디바이너 키렌이 옆에서 말을 모는 가토르에게 말했다. 가토르는 고개를 한 번 끄덕이고는 저 멀리 시뤄나갈 요새가 있을 방향을 바라보며 말했다.

"걸려들지 않는다 해도 상관없습니다. 카시나를 점령해 버리면 그만이니까요. 하지만 카시나는 현재 저 반란군들이 근거지로 쓰고 있는 티아매트 요새와 케이오스 협곡의 목줄이나 다름없는 곳. 제디스틴 리스나르트는 오지 않을래야 오지 않을 수 없을 것입니다."

가토르의 목소리에는 여느 때와는 다른 자신감이 배어 있어 그 말을 듣고 있던 키렌의 고개를 끄덕여지게 만들었다.

　예렌 평원에서 내리는 비는 토라 재건군의 네 개 기사단이 주둔하고 있는 요새 시뤼나갈을 차별하지 않고 고르게 그 축축함을 선사해 주고 있었다. 서늘하면서도 약간은 눅눅한 공기를 만끽하며 앞으로의 전략을 생각하고 있던 제디스틴 리스나르트의 집무실에 척후조를 이끌고 정찰에 나섰던 제1기사단 참모 워렌 홀렌스워스가 들어왔다.
　"척후조, 방금 복귀했습니다."
　"세이레인 군의 동태는?"
　"아톤 산맥 어귀에 포진해 있던 세이레인 군이 이동을 개시했습니다. 행군 경로와 방향에 근거하여 추론해 볼 때, 목표는 아마도 케이오스 협곡 입구의 요새 카시나인 것으로 보입니다."
　"카시나인가."
　워렌의 보고에 제딘은 침음하듯 중얼거렸다. 워렌은 잠시 제딘의 눈치를 살핀 뒤 조심스럽게 그에게 말했다.
　"어떻게 할 생각이십니까? 카시나는 세이레인의 보급로를 압박하는 전진 기지인데다 점령당할 경우 티아매트까지 위험해질지도 모르는 요충지입니다."
　워렌의 말에도 제딘은 아무런 말을 하지 않았다. 잠시 생각에 잠겨 있던 제딘은 곧 워렌에게 지시했다.
　"즉시 티아매트에 전령을 보내 한 개 기사단의 카시나 파견을 요청하고, 곧바로 전 기사단에 참모회의를 소집해라."
　"예!"
　워렌은 힘차게 대답하고는 밖으로 나갔다. 다시 집무실에 홀로 남은 제딘은 창밖으로 추적추적 내리는 비를 우울한 눈으로 바라보며 중얼 거렸다.

"예상은 했었지만 좀 빠른 것 같은데… 하지만 역시 가토르군, 반드시 나올 수밖에 없는 상황을 만들어내다니……."

제딘의 소집령에 즉각 각 기사단의 단장 이하 참모장들이 회의에 참석했다. 연속된 승리에 마음에 어느 정도 여유가 생긴 듯, 그들의 표정은 자신감에 넘쳐 있었다.

참모진들이 모두 참석했는지를 확인한 제딘이 천천히 입을 열었다.

"척후조의 보고가 들어왔다. 보고에 의하면 적은 현재 예렌 평원을 우회, 케이오스 협곡 입구의 요새 카시나를 향하고 있다고 한다. 아무래도 적은 이 시뤼나갈 요새를 포기, 배후에 적을 두는 위험을 감수하고서라도 카시나를 점령하여 손쉬운 보급로의 확보와 티아매트 요새의 압박이라는 두 마리 토끼를 모두 잡으려는 것으로 보인다."

"그러려다가 두 마리 다 놓친 경우를 허다하게 봐왔죠."

쾌활하기로는 제7기사단의 참모 제이 헌터와도 비견될 만한 제5기사단장 클레르프의 말이었다. 그 농담에 긴장감에 굳어 있던 좌중의 분위기는 약간 부드러워졌다. 제딘도 입가에 웃음을 띠면서 다시 말했다.

"확실히 그런 경우가 많긴 하지. 하지만 농담은 좀 자제해 주길 바라네, 클레르프 군."

"네, 네."

클레르프는 웃는 얼굴로 대답한 후 입을 다물었고, 제딘은 다시 현재의 상황에 대해 참모진에게 설명했다.

"이 사실을 통해서 난 가토르가 이 시뤼나갈에서 처박혀 있는 우리 군을 끌어내려 한다는 것과 숨겨둔 비장의 카드가 하나 있다는 것을 알 수 있었다."

"무엇인지 여쭤도 되겠습니까?"

굳어 있는 제딘의 표정이 심상치 않아 보였는지 제5기사단 참모장 루브레인 문플로워가 질문했다.

"예전 로엔이 세이레인에서 도망쳐 올 때의 이야기를 들었을 때, 난 한 가지 사실을 알 수 있었다. 그것은……."

제딘은 거기까지 말하고 잠시 로엔을 바라보았다. 하지만 로엔은 전혀 짐작 가는 바가 없는 듯 의아함과 긴장감이 가득한 채 제딘을 바라보고 있었다. 그 표정을 잠시 바라보다 제딘은 툭 던지듯 말했다.

"세이레인에 수치 불명의 기병대가 존재한다는 사실이다."

툭 던지듯 말했지만 그 말의 무게는 결코 가볍지 않았다. 제딘의 말에 그곳에 있던 모든 사람은 경악했고, 특히 제5기사단장 클레르프의 경우는 아예 입을 벌린 채 다물지를 못하고 있었다.

"기, 기병대라고 말씀하셨습니까? 지금?"

"그렇다."

경악한 사람들 중 가장 먼저 제정신을 회복한 헥터가 제딘에게 물었다. 헥터는 믿을 수 없다는 듯 몸을 앞으로 내밀면서 재차 물었다.

"어떻게 해서 그런 말도 안 되는 결론에 도달했는지 좀 말씀해 주십시오. 말이라는 것은 예전 토라의 대귀족가에서도 채 열 필을 보유하지 못하고 있던 비싼 동물입니다. 세이레인의 귀족가에서 사용하는 말을 전부 긁어 모은다 해도 5천의 기병단을 편성하기 힘들 터인데, 저 철혈 황제 길리언이 아무리 능력이 좋다 해도 그건 무리라고 생각합니다."

"나도 그대와 같은 생각이다. 하지만 가토르가 어째서 연속된 패배로 사기가 바닥까지 떨어졌을 군세로 아군을 평원으로 끌어내려 하는가를 생각해 보면 결론은 명확해진다. 기병대가 최대의 효율을 발할 수 있는 곳은 바로 평원. 일단 기사단으로 평수를 유지하는 상황에서 적절한 시점에 기병대를 투입해 아군을 전멸시키려 하는 것이겠지."

"그것만으로는 기병대가 있다는 것을 증명할 수 없습니다!"

헥터가 탁자를 강하게 치며 자리를 박차고 일어나자 그를 싸늘하게 노려보며 제딘이 말했다.

"전쟁이 증명만으로 승패를 결정할 수 있는 것이라면 난 이미 가토르를 죽이고 성도 세톤을 포위하고 있었을 것이다! 그럴 리가 없다는 말이 얼마나 많은 전장에서 패배를 불러왔는지 모르는가!"

"……."

제딘의 일갈에 헥터는 입을 다물었다. 어느 정도 제딘의 기세에 압도당한 면도 있었을 것이다. 헥터가 아직 무언가 불만이 있는 표정으로 자리에 앉자 제딘은 다시 헥터에게 말했다.

"한 가지 더 말해 주지. 로엔이 세톤에서 말을 타고 달아날 때 세이레인 군은 군의 특성상 트롯(Trot)으로 달릴 수밖에 없음에도 갤럽(Gallop)으로 달리던 저 녀석을 한참 동안 추격해 올 수 있었다. 그 이유가 어디에 있다고 생각하나?"

"그거야 리스나르트 군보다 기동성이 좋은 것을……."

헥터는 거기까지 말하고는 입을 다물었다. 제딘이 무슨 말을 하고 싶었는지 깨달은 탓이었다.

"이제야 깨달은 모양이군."

"이제 머리가 좀 트이는군요. 죄송합니다."

헥터는 고개를 살짝 숙여 사과를 표시했다. 제딘 역시 고개를 끄덕여 그 사과를 받은 다음 참모진을 돌아보며 말했다.

"다시 원점으로 돌아와 말하겠다. 적은 아군을 예렌 평원으로 끌어내 방금 말한 기병대와 연합, 공격을 전개할 것으로 보인다. 하나 아군에게는 선택의 여지가 없다."

"이건 어떻습니까?"

이제는 제1기사단의 참모가 되어 있는 로빈 하이워커가 의견을 내었다.

"차라리 이 시뤄나갈을 내주고 카시나에서 장기 농성전을 펼치는 것입니다. 기병대라면 공성전에선 거의 효용이 없으니 보급이 어려운 세이레인으로선 장기전을 펼치기 어려울 것입니다."

"각하한다. 요새 카시나에서의 농성전이라면 적은 배후에 케이오스 협곡을 두게 된다. 즉, 세톤으로부터 직접적인 보급을 받을 수 있다는 말이다."

로빈은 거기까지는 생각하지 못한 듯 즉시 꿀 먹은 벙어리가 되었다.

제딘은 옅은 미소를 띠며 자신의 참모장을 바라보다가 다시 좌중을 돌아보며 말했다.

"아군에게는 선택의 여지가 없다. 기동성을 최대한 살려 세이레인의 본진과 예렌 평원으로 달려올 기병대를 각개격파한다. 그럼 다들 각 기사단으로 돌아가 출진 준비를 하도록. 이상."

"출진 준비입니다. 다들 각 분대를 정비해 주세요."

갑작스러운 로엔의 말에 느긋하게 환담을 나누고 있던 크레시 이하

일동의 시선이 모두 로엔에게로 향했다. 그 시선들에 로엔은 잠시 어깨를 으쓱하고는 자신의 검을 뽑아 조심스럽게 닦아내며 말했다.

"우리가 여기 틀어박혀 있는 이상 점령은 어렵다고 생각한 모양인지 여길 포기하고 카시나로 가고 있다고 하네요."

"거위 다리 두 개를 전부 차지하겠다는 심산이군."

크레시의 간단한 감상이었다. 그 말에 로엔은 간단하게 고개를 끄덕였다.

"아군으로서는 별수없이 출격해야만 하는 상황입니다만."

로엔과 함께 회의에 참석했던 그린이 의자를 하나 빼내 앉으며 이어서 말했다.

"좋은 소식 하나와 나쁜 소식 하나가 있습니다. 어떤 걸 먼저 들으시겠습니까?"

"나쁜 소식."

"잉?"

제이가 무언가 말하려 하는 찰나에 제이의 뒤에서 조용한 목소리가 들려왔다. 평소에 잘 입을 열지 않는 가이에였기에 일동의 시선은 자연스럽게 가이에에게로 향했고, 가이에는 그런 시선들에도 별 느낌이 없는 듯 덤덤한 표정으로 말했다.

"매. 선타. 나음."

"……."

'매도 먼저 맞는 게 낫다' 는 말을 극도로 축약한 저 말에 로엔과 제이는 입을 딱 벌렸고, 그린은 하염없이 천장을 바라보기 시작했다. 마지막으로 크레시는 고개를 절레절레 저음으로써 로엔의 참모진 중에서 가장 연장자다운 관록을 보였다.

"나쁜 소식?"

잠시 공황 상태에 빠진 로엔들을 제정신으로 돌려놓은 것은 그들 중 유일하게 제정신을 유지하고 있던 원인 제공자, 가이에 인디스트로였다. 그 말에 간신히 정신적 공황 상태에서 벗어난 그린이 헛기침을 했다.

"어험, 험… 어쨌든 말씀드리죠. 제디스틴 사령관님의 말입니다만, 세이레인 군에 기병대가 있는 모양입니다."

"뭐, 뭐야!?"

전혀 예상하지 못했던 말에 크레시가 자리를 박차고 일어났다. 보병대 중심의 편제인 토라 재건군과 기병대가 부딪친다면 박살나는 쪽은 토라 재건군이 될 것은 자명했다. 그 사실을 알고 있었기에 경악한 것이다. 그것은 제이 헌터와 가이에 인디스트로 역시 마찬가지여서 믿을 수 없다는 표정을 한 채 그린을 바라보았다.

"그, 그린 자네가 그런 질 나쁜 농담을 할 줄 아는지는 미처 몰랐군. 기병대라니, 말이 얼마나 비싸고 유지비가 많이 드는데 세이레인에서 기병대를 편성한다는 것인가? 기병대 1만을 만들 자금으로 기사단 세 네 개를 편성할 수 있다고. 안 그런가, 로엔 군?"

크레시가 억지웃음을 지으며 로엔을 바라보았지만, 로엔은 시선을 검에 고정한 채 아무런 말도 하지 않았다. 그 모습에 크레시는 표정을 일그러뜨리며 탁자를 강하게 내려쳤다.

"이런 제기랄! 저 빌어먹을 길리언 놈은 불가능한 게 대체 뭐야?! 저번에는 워프 게이트, 이번에는 기병대!? 저 자식들은 전쟁 수행 자금을 오딘 대신전에서 내려받기라도 한다는 것인가!"

"진정하세요. 아직 확실하게 기병대가 있다고 밝혀진 것은 아닙니다. 다만 아군을 평원으로 끌어내려는 것에서 추론해 냈을 뿐이니까요. 마법사단도 없는 세이레인 군이 아군을 평원으로 끌어내서 그렇게 좋을 이유가 없으니까요."

"듣던 중 기쁜 소식이군. 그런데 아직 좋은 소식이 무엇인지는 듣지 못했군. 좋은 소식은 무엇이지?"

크레시의 말에 로엔을 포함한 모두의 시선이 다시 그린에게로 향했다. 로엔 역시 좋은 소식이라고 할 만한 소식은 듣지 못했기 때문에 호기심이 깃든 표정으로 그린을 바라보았다.

"이건 제 개인적인 루트를 통해 들은 것이라 시뤼나갈 요새에 있는 대부분의 사람들이 모를 것입니다만, 제3, 6기사단이 카르이를 수복했다고 합니다."

"지, 진실!?"

로엔의 참모진 중 유일하게 토라 아사신 길드에 소속되어 있었던 가이에가 눈을 크게 뜬다는, 그에게 있어서 거의 보기 힘든 표정으로 반문했다. 그 말에 그린은 고개를 끄덕이고는 자세하게 설명을 시작했다.

"제디스틴 사령관님이 말씀하지 않으신 것을 보니 아마도 아직까지는 대외비인 모양입니다만, 지금 여기 시뤼나갈에 주둔한 기사단들이 가토르의 8만 병력과 가르미슈의 5만 수비 병력을 묶고 있는 동안 카이젠 토라 3황자께서 제3, 6기사단을 이끌고 치열한 공성전 끝에 카르이를 수복하는 데 성공했다고 합니다. 뭐, 황자께서 알고 계셨을지 모르는 황실 전용 비밀 통로 따위가 큰 역할을 했으리라 생각됩니다만."

"의외네요. 그 유약해 보이던 카이젠 3황자가 직접 기사단을 끌고 카르이를 수복하다니……."

여과없는 솔직한 감상이 제이의 입에서 흘러나오자 다들 동감한다는 듯 고개를 끄덕였다. 마침내 검을 닦는 것을 끝냈는지, 로엔이 세로로 세운 검 위에 올려둔 얇은 종이가 소리없이 잘려 떨어지는 것을 확인하고는 만족스러운 어조로 말했다.

"저렇게 분발해주는데 이쪽에서도 질 수는 없죠. 자, 다들 돌아가서 각 분대를 정비해 주세요. 출진입니다!"

그 순간 카시나로 진군하고 있던 가토르의 세이레인 군은 뜻하지 않은 비보를 접하고 말았다. 구 토라의 수도 카르이가 함락되고 그곳을 수비하던 세이레인 군의 지휘관 익제큐터 키스테는 마지막의 마지막까지 싸우다 장렬하게 전사했다는 소식이었다. 가뜩이나 연속된 패전에 침울해져 있던 세이레인 군의 사기는 이제 바닥을 치고 있었다.

"대책을 세워야 합니다. 이래서는 토라 군을 이기기는커녕 겨우 1만의 병력으로 수비하고 있는 카시나 요새조차도 점령하기 힘들 것 같습니다."

가토르가 이후의 작전에 대해 골머리를 썩히고 있는 막사에 찾아온 디바이너 키렌의 말이었다. 비록 디바이너의 직위에 머물고 있긴 했지만 그는 세이레인 전군을 찾아봐도 다섯 손가락에 꼽을 수 있을 원로 디바이너로서, 본인이 익제큐터로의 승진을 사양하지 않았다면 지금쯤 팰러딘의 직위에 있었을 것이라는 말까지 나돌고 있을 정도로 노련한 신관 전사였다. 그런 그가 패배를 걱정할 정도로 현재 세이레인의 사기는 땅에 떨어져 있었고, 그것을 충분히 알고 있는 가토르 역시 한숨을 내쉬었다.

"하필 이런 때 그런 소식이 날아와서… 익제큐터 키스테님은 평소 그 고결한 성품 때문에 인망이 높으신 분이라고 들었습니다만……."

"아까운 분을 잃었습니다."

키렌이 맞장구쳤다. 가토르는 잠시 생각에 잠겨 있다가 자리에서 일어나며 말했다.

"익제큐터 키스테님을 이용하겠습니다. 그게 비록 망자를 욕되게 하는 일일지는 모르지만, 승리하는 것만이 그분의 원혼을 달래줄 수 있는 유일한 길임을 아는 이상 어쩔 수 없습니다. 키렌님, 훈시를 하도록 할 테니 전군에 소집령을 걸어주시기 바랍니다."

잠시 후, 가토르는 전군이 모인 가운데 단상 앞에 섰다. 처음의 8만 병력에서 사망자, 부상자를 제외한, 이제는 6만까지 줄어버린 병력이 가토르의 한눈에 들어왔다. 6만이란 대병력이 한곳에 모였다면 응당 소란스럽기 마련이겠지만, 현재 세이레인 군의 분위기는 침울하다는 것을 한눈에 알 수 있을 정도로 가라앉아 있었다. 어두운 분위기의 병사들을 잠시 내려다본 가토르는 그다운 웅장한 목소리로 연설을 토해 내기 시작했다.

"여러분, 우리는 조금 전 슬픈 소식을 전해 들었습니다. 그것은 다름 아닌 거점 카르이의 함락과 고결하신 익제큐터 키스테님의 전사 소식입니다! 분명 이것은 슬픈 소식임이 확실합니다. 하지만 우리는 슬퍼해서는 안 됩니다!"

가토르의 목소리는 병사 하나하나의 마음에 가 닿을 정도로 크게 퍼져 나갔다. 그 목소리에는 웬지 모를 무게감이 실려 있어 병사들로 하여금 절로 가토르의 연설에 빠져들게 했다.

"어째서 익제큐터 키스테님께서 후퇴하시지 않고 그토록 마지막의 마지막까지 싸우다 전사하셨는가를 우리는 기억해 내지 않으면 안 됩니다! 여러분, 그대들은 전사의 서약을 하면서, 신관 전사로서의 서약을 하면서 맹세했던 것을 기억하고 있습니까? 그것은 바로 저 드높으신 주신 오딘님에게 봉사하고 나아가 국가에 충성하겠다는 엄숙하고 고결한 서약입니다!"

가토르는 목이 터져라 외쳤다. 승리를 위해서, 비록 한 번밖에 보지 못하기는 했지만 그 고결한 모습이 아직도 기억에 생생한 익제큐터 키스테를 위해서, 그리고 마지막으로 자기 자신을 위해서 가토르는 자신의 모든 힘을 실어 병사들에게 외쳤다.

"키스테님은 그 맹세, 명예로운 신관 전사의 서품을 받을 때의 그 맹세를 위해 장렬하게 싸우다 전사하셨습니다! 그것은 자신과의 약속, 세이레인과의 약속, 나아가 주신 오딘님과의 약속을 지키기 위해 끝까지 싸우신 것입니다! 그에 비해 우리는 어떻습니까! 확실히 현재 아군의 상황은 최악임이 확실합니다. 적에 비해 압도적인 병력으로도 우세를 점하지 못한 채 패퇴하고, 결국 시뤼나갈이라는 저 요새 하나조차 점령하지 못한 채 이렇게 카시나를 향하고 있습니다!"

가토르의 외침은 날카로운 비수와도 같이 병사들의 마음 하나하나에 파고들었다. 익제큐터 키스테의 이름은 병사들에게 스스로에게 했던 약속, 가족들에게 했던 약속, 그 외의 수많은 맹세와 약속들을 돌아보게 만들었고, 가토르의 혼을 실은 외침은 그들에게 부끄러운 마음을 가지게 하기에 충분했다.

가토르의 외침은 계속되었다.

"하지만 우리는 낙담해서는 안 됩니다! 아니, 낙담할 수 없습니다! 실의에 잠긴 몸과 마음으로 무엇을 하겠습니까! 우리에게는 승리해야 할 의무가, 그리고 익제큐터 키스테의 복수를 해야 할 의무가 있는 것입니다!"

병사들의 마음에서 차츰 '결의'라는 감정이 살아나기 시작했다. 점점 병사들의 감정은 흥분 상태가 되어가기 시작했고, 가토르 역시 흥분해서 목이 찢어져라 외침을 토해냈다.

"다행히 현재 길리언 전하께서 아군에게 지원군을 보내주시고 있습니다. 보안을 위해서 여러분에게는 말하지 않았지만, 그 지원군은 저 요새 안에 틀어박히는 것밖에 할 줄 모르는 토라의 두더지들을 가볍게 박살 낼 수 있을 정도로 강력합니다! 저는 그들을 호위 삼아 아군에게 반드시 승리의 달콤한 열매를 안겨 드릴 것을 오딘 신의 창공 아래에 맹세합니다! 여러분, 아직 실의에 빠지기는 이릅니다. 우리는 현재의 실패를 딛고 최후의 승자가 될 것입니다!"

가토르의 부르짖음은 마지막에는 차라리 절규에 가까웠다. 그만큼 가토르의 외침에는 호소력이 있었고, 그것은 병사들의 가슴에서 꺼져 가던 전의의 불씨를 터져 나오는 활화산으로 만들기에 충분했다. 병사들은 북받쳐 오르는 가슴을 이기지 못하고 자리를 박차고 일어나 목이 터져라 외치기 시작했다.

"우리는 반드시 승리한다!"

"고결한 사자 키스테를 위해, 세이레인을 위해!!"

"키스테! 키스테를 위해!"

6만 병사들이 키스테를 연호하는 목소리는 예렌 평원을 진동시켰다. 그 모습에 가토르는 회심에 가득 찬 미소를 지으며 단상을 내려왔다. 그 뒷모습을 바라보며 디바이너 키렌이 벅찬, 하지만 약간은 수심에 젖은 어조로 중얼거렸다.

"가토르, 지금까지는 드러내지 않아 모르고 있었지만, 과연 소문대로 대단한 사람이다. 하지만 저 뛰어남이 후에는 독이 될지도……."

세이레인력 1441년 6월 7일. 요새 방어를 위한 5천의 병력을 남겨
둔 채 토라 재건군 제1, 2, 5, 7기사단 병력 4만은 카시나 요새 방어 지
원을 위해 시뤼나갈 요새를 떠났다. 제2기사단장 헥터 폰 스트라우스
를 선봉에 세운 재건군은 세이레인 군이 복수의 칼날을 갈고 있을 예
렌 평원으로의 진군을 시작했다.
[불길한 느낌이에요.]
"응?"
오래간만에 로엔의 옆에 나와 말의 속도에 맞춰 날아가던 에바가 약
간은 침중한 어조로 말했다. 갑작스러운 에바의 말에 유스와 로엔의
시선이 에바에게로 향했고, 에바는 다시 무거운 어조로 입을 열었다.
[불길한 느낌. 그 이상은 모르겠어요.]
"그 이야기는, 아군이 진다는 이야기야?"
로엔이 떨떠름한 표정으로 재차 질문했지만 에바는 고개를 저었다.
"어떤 면에서 불길한 것인지는 알 수 없어요. 그것이 패배인지, 아니
면 승리지만 좋지 않은 일이 일어나는 것인지. 다만 이것 하나만은 알
수 있어요."
그렇게 말하면서 에바는 재건군이 진군하는 방향, 즉 카시나 요새
쪽을 가리키며 말했다.
[저쪽 방향에서 하늘을 찌를 듯한 전의가 피어오르고 있는 게 보여
요.]
"……."
에바가 가리키는 방향을 바라보며 로엔은 침중한 표정으로 생각에

잠겼다. 분명 에바가 가리키고 있는 방향에는 세이레인 군이 있을 것이었다. 하지만 로엔의 생각에는 분명 연속된 패배로 세이레인 군은 그렇게 충만한 전의, 혹은 사기를 가지고 있지 않을 것이었다. 거기까지 생각하던 로엔은 고개를 살며시 저었다.

"아냐. 가토르를 얕보면 안 돼."

군사 아카데미에서의 일을 떠올린 로엔은 비록 전술적인 면에서 대승을 거두긴 했지만 그것이 운이 좋았을 뿐이라는 것과 결국 전략에 있어서는 밀렸었다는 사실을 상기해 내고는 다시금 고개를 절레절레 저었다. 상대는 대륙 최고의 전략가라 불리는 가토르다. 무슨 수단을 써서든 병사들의 사기를 끌어올렸을 것이다.

"무슨 생각을 하고 있는 건가?"

갑작스럽게 뒤에서 들려오는 크레시의 말에 로엔은 고개를 돌려 그를 바라보았다.

"아아, 가토르에 대해서 생각을 좀 하고 있었습니다."

"가토르인가."

로엔의 말에 크레시 역시 약간은 걱정스러운 표정으로 카시나 요새 쪽을 돌아보았다.

"기병대가 있는 것이 확실하다면, 가토르는 그 기병대를 최대한 활용하려 들겠지. 거기다가 상대는 아군의 두 배. 그간의 승리로 줄었다고 쳐도 최대한 적계 잡아 6만의 병력이다. 이 정도로 압도적인 군세를 소유한 가토르를 상대하라는 것은… 솔직히 피하고 싶군."

상대를 잘 알고 있는 듯한 크레시의 말에 로엔은 고개를 갸웃했다.

"가토르를 알고 있습니까?"

"아아. 꽤 전에 토라가 라비니어스를 칠 때, 그러니까 그게 1430년이니 11년 전이군. 아무튼 그때는 난 나이트 길드의 소속이 아니었어. 토라 제국군의 용병으로 있었는데, 그때 가토르가 지휘하던 부대에 소속되어 있었지. 그때 그가 사용한 용병술을 생각하면 아직도 소름이 돋는군.”

크레시는 그때의 기억을 떠올리려는 듯 잠시 눈을 감았다.

“로엔 군은 잘 모르겠지만, 라비니어스의 야만인들은 개개인의 전투력이 저 세이레인 신관 전사단의 디바이너 급 기사와 맞먹는다. 그런 무서운 자들이 3만씩이나 버티고 있었던 라비니어스 군을 가토르는 단 한 번의 전투로 박살 내 뿔뿔이 흩어지게 만들었어.”

“어떤 전술이었기에……?”

크레시는 감았던 눈을 떴다. 그 표정은 실제 겪은 전투였음에도 아직도 믿을 수 없다는 감정을 역력하게 드러내고 있었다.

“가토르는 아군의 나머지 부대 전체를 미끼로 이용했다. 라비니어스가 토라 군과 정신없이 싸울 때 자신의 부대를 쐐기형으로 편성, 라비니어스의 부대 측면을 강타해 적진을 둘로 분열시켰다. 라비니어스 군이 강인한 전사들로 구성된 부대라고는 하지만 측면 강습의 피해가 컸던 데다가, 분단된 상황에서 눈앞에 맞붙어 싸우던 토라 군이 압도적인 수적 우위를 점한 채 이를 드러내고 달려드는 데야 손쓸 도리가 없었지. 가토르는 결국 두 개의 분열된 군단을 본진과 합공해 각개격파, 라비니어스는 괴멸적인 타격을 입었지. 아군에게 한마디 통보도 없이 홀로 전개했던 멋진 전술이었어.”

로엔도 수긍이 간다는 듯 고개를 끄덕였다. 크레시는 로엔을 바라보던 시선을 하늘로 돌리며 말했다.

“가토르, 적이지만 정말로 무서운 상대다.”

"하지만 제디스틴님도 만만치는 않죠."

로엔과 크레시가 대화를 나누는 것을 보고 다가와 옆에서 대화를 듣고 있던 제이가 우울해진 분위기를 일신시켜 보려는 듯 쾌활하게 말했다. 그 말에 크레시 역시 피식 웃으며 응수했다.

"그렇군. 낙담하긴 아직 이르지. 우리에게도 가토르 못지않은 훌륭한 지휘관 '마에스트로' 제디스틴 리스나르트님이 있으니까."

어느새 비구름도 물러간 카시나 요새. 예렌 평원과 케이오스 협곡이 맞닿는 지역을 가로막듯 협곡의 입구에 자리 잡고 있는 이 요새는 그 지정학적 가치상 토라와 세이레인의 끝없는 공방전의 무대가 되어왔던 곳이다. 이 카시나 요새는 위치상 세톤—미르바라—케이오스—카시나—티아매트—아요노 · 드 · 모리오—카르이를 관통하는 이른바 세톤—카르이 라인의 중심에 위치한 요새로, '카시나를 차지하고 있는 국가를 보면 레트니아 대륙의 판도를 알 수 있다' 는 말까지 있을 정도로 전략 · 지정학상 중요한 요새 중 하나였다.

세이레인이 워프 게이트를 개발한 이후 비록 그 위치적 중요성이 많이 감소되었지만, 워프 게이트가 무력화된 지금에 있어서는 아톤 산맥 너머의 케이오스 성과 더불어 세이레인과 토라 이 두 국가의 목줄이나 다름없는 요새가 바로 이 카시나 요새인 것이다.

그 카시나 요새의 성벽 위에서 카시나 요새 방위 사령관 아레나 키랜더스가 예렌 평원 방향 약 2km 지점에 포진한 세이레인 군을 바라보며 근심스러운 표정을 지었다.

"말 그대로 개미 떼처럼 모였군. 티아매트에 지원 요청은 했나?"

"예. 전령의 말로는 티아매트 방어를 위해 남아 있던 제4기사단이 지원을 위해 출정했다고 합니다."

"제4기사단이라……."

왠지 모를 미소가 아레나의 입술 끝에 맺혔다. 아까보다는 한결 걱정이 덜한 듯한 표정으로, 아레나가 다시금 세이레인 군을 바라보았다.

"반년만인가, 맥마흔 이레이아."

토라와 세이레인 양자에게 막대한 타격을—굳이 그 타격의 정도를 따지자면 토라 쪽에 좀 더 치명적인—입힌 카시나 요새 공방전은 세이레인 군의 공격을 알리는 호각에서부터 시작됐다.

아직 티아매트에서 카시나를 지원하기 위해 보낸 4기사단이 도착하지 않은 상태에서 시작된 6만 세이레인 군이 일제히 돌격하며 내지르는 함성은 카시나 요새 방위 사령관 아레나 키랜더스의 심장을 덜컥 내려앉게 하기에 충분했다.

"빌어먹을, 벌써 들어오는 것인가!"

아레나는 밀려오는 세이레인 군을 바라보며 입술을 짓씹었다. 카시나 요새는 이전 세이레인 군이 고전했던 시뤼나갈 요새에 비해 성벽이 낮은 데다 해자 역시 얕은 까닭에 수적으로 압도당하는 수비 측에 절대 불리했다. 그것을 생각한 아레나는 즉시 자신이 해야 할 일을 결정짓고는 나팔수에게 외쳤다.

"제1분대는 성문을 지키고, 나머지는 나와 함께 성벽 위로 기어오르는 세이레인의 바퀴벌레들을 박멸한다! 전군 위치로!"

부우—!

나팔수의 둔중한 신호음이 길게 울려 퍼지며 카시나 요새 공방전의 서막을 알렸다.

"대체 무엇들 하고 있는 건가, 이딴 요새 하나 빨리 점령치 못하고!"

가토르는 시뮈나갈에서도 절실하게 느꼈던 아군 지휘관들의 무능함을 뼈저리게 느끼며 발을 동동 구르며 화를 냈다. 그 모습에 옆에서 병사들을 독려하던 디바이너 키렌이 황급히 가토르를 진정시켰다.

"적의 저항이 예상외로 완강합니다. 일단 침착하게 전황을 파악한 후 적의 약점을 찔러 들어가는 것이 우선입니다. 참모장, 침착을!"

키렌의 말에 가토르는 어느 정도 자신을 진정시키는 데 성공했다. 하지만 아군 지휘관들—디바이너 급 신관 전사들—의 무능함을 보면 분통이 터지는 것은 마찬가지였는지, 급기야 가토르는 동쪽의 성벽을 공략하며 병사들을 독려하던 디바이너 세인의 지휘봉을 빼앗고 말았다.

"성벽의 오른쪽이다! 오른쪽의 취약 지점을 집중적으로 공략하라!"

병사들의 밀도가 낮은 곳을 정확히 짚어내어 명령하자 세이레인 군 제4군단의 병력이 가토르가 지시하는 곳으로 집중되었다.

성의 사면에서 동시에 전개되는 공격에 이리 지시하고 저리 명령하느라 정신이 없던 아레나가 동쪽 성문의 위태한 모습에 표정이 백지장처럼 하얗게 질렸다. 하지만 다시금 자신의 할 일을 생각해 내고는 망루 위에서 신호를 기다리는 나팔수에게 다시금 고함을 질렀다.

"1분대, 1분대는 성문을 포기하고 동쪽 성벽의 취약지를 보강한다! 적에게는 마땅히 성문을 공격할 병기가 없다! 성문을 포기하고 동쪽 성벽을 지원하라!"

전투가 시작된 지 2시간이 지났지만, 전투의 열기는 식기는커녕 더욱 치열하게 달아올라 갔다. 성벽에서 돌무더기와 열탕이 쏟아져 내리자 아래에서 그 공격에 당한 병사는 끔찍한 고통에 울부짖으며 바닥을 구른다.

사다리로 성벽을 기어오르던 병사는 사다리가 밀쳐 쓰러지자 바닥에 추락해 아래에 있던 병사와 충돌하며 비명을 지르고, 그 위를 쓰러진 사다리가 육중한 무게로 덮쳐 간다. 그 모습을 본 동료들은 분노와 슬픔으로 인해 핏발 선 눈으로 그들의 이름을 되뇌며 다시 사다리를 성벽에 세운다.

병사들은 점차 살육과 슬픔, 그리고 고통의 광기에 이성을 잠식당해 갔다. 성벽을 기어오른 세이레인 병사가 사다리를 밀어내던 토라 병사의 왼팔을 자르는 것과 동시에 뒤에서 접근한 다른 병사의 검이 세이레인 병사의 심장에 쑤셔 박힌다.

살육, 그리고 유혈. 전쟁이 가져다 준 열기와 슬픔, 그리고 피의 광기에 미쳐 버린 병사들의 머리 속에 남은 것은 등 뒤의 아군과 눈앞의 적군, 이 두 가지뿐이었다.

길고 긴 사투에 마침내 종지부를 찍은 것은 더 이상은 아군의 희생만 늘일 뿐이라고 생각한 가토르의 외침이었다.

"전군 후퇴하라! 후퇴해서 병력을 재정비한다!"

죽이기 위해, 죽지 않기 위해 필사적으로 싸우던 세이레인 군은 가토르의 외침에 썰물 빠지듯 물러갔다. 그 모습을 바라보던 아레나는 안도의, 동시에 그들을 추격해 더 큰 피해를 줄 여력이 없다는 사실에 아쉬워하는 한숨을 내쉬었다. 가토르 역시 토라 군의 현실을 파악하고 있기에 추격에 대비하지 않고 병사들을 바로 물린 것이리라. 아레나는 사람이 개미처럼 보일 만한 지점에서 진을 치는 세이레인 군을 바라보며 다시금 한숨을 내쉬었다.

"몇 달 동안 모은 힘을 오늘 하루 동안 다 써버린 것 같군. 아주 진이 다 빠지는구만."

"벌써부터 엄살이시면 다음 전투는 어쩌려고 그러시는 겁니까?"

모우렌 메이즈 방위 사령 부관의 대꾸였다. 첫 번째 고비를 넘겼다는 생각에서인지 그의 표정은 걱정 어린 가운데서도 밝았다. 아레나 역시 부관의 농담에 여유를 되찾은 듯, 약한 미소를 띠며 그를 뒤에서 부터 끌어안았다.

"그러게 말일세. 겨우 한 번의 전투로 엄살을 떨다니, 맥마흔 녀석이 보면 크게 비웃을 일이겠구먼."

"다 좋은데 말입니다, 이 껴안은 것 좀 풀어주시겠습니까?"

퉁명스러운 모우렌의 대꾸에 아레나는 머쓱한 표정을 지으며 모우렌을 끌어안은 팔을 풀었다. 그러면서도 뭐라 한마디 불평하는 것은 잊지 않았다.

"스킨십이 부족한 사령관의 마음을 몰라주다니, 몹쓸 부관 같으니라고."

"그전에 병사들이 그걸 보고 사령관님을 뭐라고 할지부터 생각해 보시는 게 정신 건강상 훨씬 좋을 것 같습니다만."

어디까지나 정확한 모우렌의 대꾸였다. 할 말이 없어진 아레나는 다시금 세이레인이 진을 치고 있는 곳을 바라보았다.

"그건 그렇고, 어서 지원군이 와줘야 할 텐데… 모우렌, 격한 전투를 치른 병사들에게 충분한 휴식 시간을 주고, 식량을 넉넉히 배급해 주도록 하게. 병사들이 힘이 빠지면 우리가 아무리 용빼는 재주를 부린다 해도 이길 수가 없지 않겠는가."

"알겠습니다. 밀로드(Milord)."

밤. 모든 생물이 안식하는—비록 몇몇은 그렇지 않다 해도—새벽 2시의 야심한 시각. 세이레인 군의 일부가 서서히, 그리고 소리없이 움직이기 시작했다. 야간이라 시야가 좁아진다는 것을 이용, 이미 구축해 둔 진지를 버려둔 채 도둑고양이처럼 슬그머니 움직이기 시작한 그들은 일부가 절반이, 절반이 어느샌가 전체가 되어 있었다. 진지에 병력이 있는 것처럼 위장하기 위한 최소한의 병력을 남겨둬 철저하게 위장한 채 세이레인 군은 토라 군의 시선을 피해 조금씩 또 조금씩 이동해 갔다.

경계 근무를 서던 토라 군의 초병이 세이레인 군을 발견한 때는 이미 세이레인 군이 먹이를 향해 달려드는 이리처럼 그 날카로운 이를 드러낸 채 성난 파도와 같이 카시나 요새로 밀려들고 있을 때였다.

부우—!

긴급을 알리는 나팔 소리가 길게 꼬리를 어두운 밤하늘로 퍼져 나갔다. 이 기습적인 공격에 토라 재건군은 완전히 혼란에 빠져버렸다.

"전 장병은 당황하지 말고 신속히 무구를 착용, 적의 공격에 대응하라! 당황하지 마라! 단지 적이 쳐들어온 것뿐이다!"

자신은 제대로 갑주조차 갖추지 못한 채 막사에서 뛰어나온 아레나가 검을 치켜들고는 목이 터져라 외쳤다. 하지만 이미 혼란에 빠진 토라 군을 정상적인 임전 태세로 회복시키기에는 역부족이었다. 그것을 느낀 아레나는 즉시 병사들의 혼란을 잠재울 방법을 실행했다.

"아악!"

"빌어먹을, 뭣들 하는 거야! 다들 제정신 차리지 못할까!"

단지 근처에 있었다는 이유로 아레나의 칼에 등을 베인 병사의 비명 소리와 동시에 터진 아레나의 일갈은 토라 군의 정신을 번쩍 들게 하기에 충분했다. 적에게 죽기 전에 상관의 손에 죽을지도 모른다. 이 생각이 토라 군의 머리 속에 인식되는 순간, 토라 군은 일사불란하게 세이레인 군에 맞대응할 태세를 갖춰 나가기 시작했다. 그 모습을 보며 안도의 한숨을 내쉰 아레나는 자신의 검에 베어 등에서 피를 흘리고 있는 병사를 부축해 일으키며 옆에 서 있던 다른 병사에게 말했다.

"생명에는 지장이 없게 베었으니 의무대로 데려가게. 지혈하고 며칠 쉬면 다시 정상을 회복할 수 있을 것이네."

토라 군이 아레나의 일갈에 조직적인 응전 태세를 갖추기는 했지만, 이미 그 시간에는 많은 수의 세이레인 병사들이 성벽 위로 올라와 있었다. 그 와중에 아레나를 위시한 카시나 요새 방어군이 성벽 위를 제압하기 위해 올라가기 시작하면서, 전투의 양상은 점점 혼전의 극으로 치달아갔다. 이미 횃불이 꺼져 피아를 식별하기 힘든 상황에서 마주치는 적이라 인식되는 상대는 무조건 치고 찌르는 혼전이 계속되어 갔다.

전황은 점점 방어하는 토라 측에 불리하게 돌아가고 있었다. 칼에 찔려 성벽 아래로 떨어지거나 부상당해 신음하는 토라 군이 하나씩 늘어갔고, 성벽 아래에서 그 모습을 바라보며 가토르가 회심의 미소를 지었다.

그때였다.

"쳐라! 침략자들을 물리쳐라!"

"타국을 넘보는 거지 같은 세이레인의 주구를 무찔러라!"

함성 소리와 함께 세이레인 군의 배후에서 토라의 지원군이 덮쳐 왔다. 갑작스럽게 뒤통수를 얻어맞은 세이레인 군은 후면의 전열이 급격하게 무너져 갔고, 예상치 못한 상황에 당황한 가토르는 목이 터져라 고함을 질렀다.

"전열을 유지하라! 침착하게 대열을 정돈해 맞대응하지 못할까! 후면의 적을 견제하면서 아군의 진지를 세워둔 곳으로 천천히 후퇴한다! 병력은 아군이 압도적이다! 당황하지 마라!"

가토르의 악에 받친 외침이 다행히 효과가 있었는지 세이레인 군은 신속히 전열을 재정비, 가토르가 지시한 대로 효과적으로 토라 군을 견제하며 물러나는 데 성공했다. 그 외중에 요새의 토라 군과 지원군의 양면 공격에 적지 않은 피해를 입긴 했지만, 전군 붕괴의 최악의 상황을 모면한 것이 다행이라 할 수 있을 정도로 토라 군의 반격은 매서웠다.

"이이… 거의 점령 직전이었는데!"

가토르는 점령 직전에 예상치 못한 암초에 걸려 좌초당한 것이 못내 아쉬운 듯 이를 갈며 카시나 요새를 노려보았다.

같은 시간. 세이레인 군이 물러간 것을 확인한 토라 군은 성문을 활짝 열고 구원군을 받아들이고 있었다.

"고맙네. 한숨 놓았어."

아레나는 위기의 순간에 자신들을 구원한 친우를 진하게 끌어안는 것으로 인사를 대신했고, 토라 재건군 제4기사단장 맥마흔 이레이아는 느끼하다는 표정으로 아레나를 살짝 밀어내며 대답했다.

"만나기만 하면 끌어안는 그 버릇은 아직 못 고친 모양이군?"

"내가 항상 스킨십 부족에 시달린다는 것 자네도 알지 않나?"

아레나가 너털웃음을 터뜨리며 대꾸했지만, 맥마흔은 마땅찮은 표정을 지으며 고개를 절레절레 젓다가 아레나의 부관 모우렌 메이즈를 돌아보았다.

"자네가 고충이 컸겠군. 알 만하지. 그간 수고했네."

"알아주시니 그저 감사할 뿐입니다."

모우렌은 진심으로 감사하다는 듯한 표정을 지으며 맥마흔을 향해 고개를 숙였다. 그 모습에 아레나가 발끈하며 묘한 유대감을 형성하고 있는 그들 사이에 끼어들었다.

"이 사람들! 그게 무슨 말인가! 다른 사람이 들으면 내가 꼭 중년 변태인 줄 알겠네!"

모우렌과 맥마흔은 아레나를 빤히 바라보았다. 그 시선에 아레나가 주춤하며 뒤로 물러나는데, 둘은 약속이라도 한 듯 고개를 다시금 절레절레 저으며 말했다.

"몰랐던 말야? 구제불능이군."

"모르셨단 말입니까? 구제불능이시군요."

그 둘의 말이 묘하게 싱크로하는 것에 감탄하면서도, 아레나는 자신이 변태라는 불명예스러운 사실을 부정하기 위해 고함을 질렀다.

"이, 이 사람들이! 나, 난 결코 호모 변태 따위가 아니란 말이다!"

그날 새벽이 지나가고 동이 터 올 때까지, 카시나 요새 방위 사령관 아레나 키랜더스의 외침이 처절하게 카시나 요새에 울려 퍼졌다.

긴급히 재소집된 세이레인 지휘부의 분위기는 침울하기 짝이 없었다. 야습의 피로에 방금 전까지 부상병을 치료하느라 기력을 상당히 소진한 데에서 기인한 피로까지 겹친 듯, 다들 지친 기색으로 회의에 참석하고 있었다.

다 잡은 고기를 놓친 탓인지 가토르의 표정 역시 침울하기 그지없었다. 허탈한 우울감이 그의 감정 전반을 지배하고 있었다.

"지원군이 오기 전에 카시나 요새를 점령했으면 하는 것이 제 개인적인 바람이었습니다만, 운명의 셀레닐께서는 가장 잔혹한 방법으로 아군의 뒤통수를 두들겨 패시는군요."

가토르가 분위기도 일신해 볼 겸 짐짓 농담을 건네봤지만 돌아오는 반응은 썰렁하기 그지없었다. 우선 그 자신의 어조에서부터 힘이 빠져 있는데야 무엇을 더 말하겠는가.

다시금 침묵이 지속되었다. 행군에 이은 긴 시간 동안의 전투, 야습의 피로에 잠시 전까지 부상병을 신성 마법으로 치료하느라 쌓인 피로까지 겹친 세이레인의 참모진들은 더 이상 말을 꺼낼 기력조차 없을 정도로 지쳐 있었다. 그 모습을 안쓰러운 표정으로 바라보던 가토르는 안 되겠다 생각했는지 한숨을 내쉬며 말했다.

"다들 지쳐 있는 듯하니 간단히 몇 가지 사항만 전달하고 끝내겠습니다. 적은 구원군의 등장으로 사기가 오를 대로 올라 있을 것입니다. 더 더욱 아군에 불리한 것은 적에게 상당한 병력이 보충됨으로 인해 그간의 수동적인 태도에서 벗어나 능동적으로 전술 운용을 할 수 있는 여유가 생겼다는 것입니다. 그러므로 적의 기습에 대비한 경계 태세에 만전을 기해주시기 바라며, 내일은 적에 대한 도발을 하지 않을 생각이니 병사들에게 충분히 휴식을 취할 시간을 주시기 바랍니다. 이상."

세이레인력 1441년 6월 17일. 제디스틴 리스나르트가 이끄는 토라 재건군 제1, 2, 5, 7기사단은 예상치 못한 일단의 세이레인 군과 맞닥뜨려 대치 상태에 돌입해 있었다. 주신 오딘을 상징하는 쌍두의 갈가마귀 깃발이 나부끼는 것을 본 제딘이 그의 아들이자 제7기사단 단장을 역임하고 있는 로엔 리스나르트에게 말했다.

"저 까마귀 깃발에 황금 사자기까지 보이는 것을 보니 '듀크 오브

'소드 마스터' 께서 직접 왕림하신 모양이군. 기대되는걸."

"황금 사자인지 누런 고양이인지는 두고 봐야 알겠지만요."

로엔의 자신만만한 대꾸에 제딘은 피식 웃으며 자신의 아들을 바라보았다. 로엔의 표정은 '지금이라도 이스카 폰 블릭스와 리턴 매치를 갖는다면 이길 자신이 있다' 라고 말하는 듯한 자신감에 가득 차 있었다.

"아직 나조차 한번 꺾지 못한 녀석이 쓸데없이 자신감만 넘치는 게냐?"

"윽……."

정곡을 찔린 로엔의 표정이 살짝 찌푸려졌다. 그 모습에 속으로는 웃으며, 하지만 겉으로는 '자식의 계속적인 발전을 바라는 부모' 의 모습으로 제딘이 로엔에게 충고했다.

"적당한 자신감은 실력 향상에 큰 도움이 된다만, 방금처럼 상대를 경시한다면 돌아오는 것은 패배밖에 없을 거다. 사자 새끼의 교훈을 잊지 마라."

'사자 새끼의 교훈' 은 예부터 전해 내려오는 우화 중의 하나로, 자신이 백수의 왕인 것을 믿고 싸우는 방법을 제대로 연습하지 않은 사자 새끼가 겁없이 이리에게 덤비다가 도리어 이리에게 당해 죽는다는 내용이었다. 로엔도 어릴 적 그 이야기를 들어 알고 있었기에 순순히 제딘의 말에 수긍했다.

"알고 있다구요, 그런 건."

그러면서도 볼이 약간은 부어 있는 로엔을 보며 제딘은 다시 한 번 피식 웃었다. 다시 시선을 세이레인 군에게로 돌리며 제딘은 오른손을 높이 치켜들었다.

"그럼 어디, 듀크 오브 소드 마스터의 용병술은 어떤지 한번 보실까?
전군 돌격!"

벼락같은 제딘의 외침에 몰아치기 전의 폭풍처럼 고요히 전투를 준
비하고 있던 토라 군은 함성을 지르며 세이레인 군을 덮쳐 갔다. 비록
선수를 뺏기긴 했지만, 세이레인 군은 당황하지 않고 오목한 반원형으
로 진형을 편성해 쐐기진형으로 돌진하는 토라 군을 맞이했다. 양측의
검과 검, 창과 창이 부딪쳐 불꽃을 튀기면서 살육과 유혈의 향연은 시
작되었다.

검과 창, 도끼가 피부를 찢어발기고 심장을 꿰뚫는다. 한 세이레인
병사가 메이스로 적의 골통을 바수며 쾌감과 희열에 가득 찬 괴성을
지르는 순간, 어느샌가 뒤에서 접근한 다른 토라의 병사가 등에서부터
깊숙하게 검을 찔러 넣는다.

이 난전 속에서 제7기사단장 로엔 리스나르트의 활약은 단연 돋보이
는 것이었다. 무책임하게도 지휘를 아예 참모장 그린에게 떠넘겨 버린
채 '진짜 디바인 나이트' 이즈라핌에게 선사받은 순백의 검을 뽑아 들
고 적진 한가운데로 홀로 돌진한 그는 특이하게도 미스릴로 제작된 그
의 망토를 팔에 휘어 감아 휘두름으로써 날아드는 공격을 차단하며 적
의 틈으로 가차없이 파고들어 죽음이라는 이름의 안식을 선사했다.

"선더 · 레인 오브 라이트닝!"

로엔의 입에서 전격 계열 최강의 주문 시동어가 터져 나오는 순간,
하늘에서 떨어진 수십 줄기의 벼락이 로엔 근처 반경 10m 정도를 초
토화시켰다. 그 엄청난 위력에 수십 명의 세이레인 병사가 전투 불능
에 빠져 바닥을 뒹굴며 고통스러운 신음을 내질렀다. 그 모습에 만족
스러운 표정이 된 로엔이 다른 상대를 찾아 자리를 옮기려 하는데, 어

디선가 날아온 스로잉 엑스(Throwing Axe)가 그의 등을 강타했다.

"커헉―!"

한순간 숨이 막혀올 정도의 강한 타격에 로엔이 가슴을 움켜쥐고 비틀거렸다. 그 틈을 놓치지 않고 다가온 세이레인 군 기사의 검이 로엔을 노렸다.

휘익―

하지만 그 기사의 검은 바람 가르는 소리만을 낸 채 소기의 목적을 달성하지 못했다. 로엔이 바닥을 굴러 그의 검을 피해 버렸기 때문이다. 황급히 자리에서 일어나 마상의 상대를 바라본 로엔은 낯익은 얼굴에 침음했다.

"카이레인… 폰 클라인시커 후작?!"

로엔의 쥐어짜는 듯한 목소리에, 캐스크(Casque)를 뒤집어쓴 머리에서 얼굴 부분만을 드러낸 채 로엔을 노려보던 클라인시커 후작은 말이 필요없다는 듯 왼손에 든 스로잉 엑스를 로엔에게 집어 던졌다.

카앙!

검을 비스듬하게 들어 날아오는 스로잉 엑스를 쳐낸 로엔은 눈앞에 날아드는 클라인시커 후작의 바스타드 소드에 대경실색했다. 황급히 다시 바닥을 굴러 바스타드 소드를 피해낸 로엔은 재차 날아든 스로잉 엑스에 숨 돌릴 여유도 없이 또 한 번 바닥을 굴러야 했다. 스로잉 엑스를 피하거나 쳐내고 나면 말의 돌진 속도와 결합된 무시무시한 위력의 바스타드 소드가 날아온다. 맞받을 엄두를 내지 못하고 다시 피해내면 또다시 날아드는 스로잉 엑스의 공격. 실로 대륙에 단 두 명뿐이라는 크루세이더의 이름에 걸맞는 강력한 공격이었다.

하지만 로엔도 피하기에만 급급한 것은 아니었다. 연속되는 공격을 피하며 기회를 엿보던 로엔은 때마침 날아오는 스로잉 엑스를 힘껏 쳐내고는 마력을 끌어 모아 외쳤다.

"윈드 · 아트모스피어 나이프!"

수많은 바람의 칼날이 파공성을 일으키며 클라인시커 후작에게 날아갔다. 그렇지만 그 칼날들은 클라인시커 후작의 몸을 감싸고 있는 판금 갑옷에 생채기를 내는 것에 그칠 뿐 정작 클라인시커 후작에게는 피해를 주지 못했다. 하지만 로엔이 노린 것은 후작에게 타격을 주는 것이 아니었다.

히이힝—!

"크악!"

클라인시커 후작은 판금 갑옷으로 몸을 감싸고 있어 피해를 입지 않았지만, 그의 말은 그렇지 못했다. 날카로운 바람의 칼날에 온몸을 난자당한 말은 크게 요동치며 로엔에게 달려오던 기세 그대로 쓰러졌고, 클라인시커 후작 역시 말과 함께 비명을 지르며 바닥을 뒹굴었다.

달리던 말 위에서 무거운 갑옷을 입은 채 내동댕이쳐진 충격에 실신했는지, 클라인시커 후작은 움직임이 없었다. 로엔이 클라인시커 후작의 죽음을 잠정적인 것에서 기정사실로 만들기 위해 검을 들어 후작의 목을 내리찍으려는 찰나, 어디선가 휘체르니(Whichellnee) 한 대가 허공을 가르며 그에게 날아들었다.

쐐애액—

휘체르니. 탄력이 좋은 나무를 여러 겹 덧댄 다음 반원형으로 휘어 그 양 끝에 탄성이 극히 강한 줄을 걸어 만든 휘체른(Whichelln)이란 무기에 걸어 쏘는 일종의 소모성 무기이다. 휘체르니의 단가가 비싼데다 어떤 상황에서든지 능숙하게 다루기 위해서는 긴 시간의 훈련이 필요한 탓에, 간혹 전장에서 저격을 위해 오랜 훈련을 거친 몇몇 기사들이 사용하긴 했지만 거의 사용되지 않아 현재는 사냥꾼들에게 애용되는 무기였다.

황급히 몸을 틀어 날아온 휘체르니를 피한 로엔은 자신에게 정확하게 날아오는 상대의 휘체른 솜씨에 약간 감탄하며 클라인시커 후작에게서 조금씩 물러났다.

견제의 의도를 충분히 달성했다고 생각했는지 휘체르니는 더 이상 로엔에게 날아오지 않았다. 그리고 휘체르니가 날아온 방향에서, 역시 로엔이 알고 있는 기사가 말을 달려 그에게 다가오고 있었다.

"찬란하게 빛나는 오딘의 검, 테이시온인가."

뒤에서 로엔을 급습하려 하던 한 기사의 검을 잡아챈 후 균형을 잃은 기사의 목에 검을 박아 넣은 로엔은 자신이 있는 쪽으로 말을 달려오는 기사를 보고 침음하듯 중얼거렸다. 적들의 포위망은 점점 자신 쪽으로 조여들고 있었다. 아무래도 클라인시커 후작의 목숨을 취하는 것은 무리라고 생각한 로엔이 쓰러져 있는 후작을 바라보았다.

"그 목숨, 이번에는 보전해 드리죠. 그럼 이만."

아직도 의식을 회복치 못한 후작이 그 말을 들었을 리는 만무했지만, 로엔은 다시금 피에 절어 이젠 붉은색으로 보이는 검을 들고 병사들 사이로 뛰어들었다.

황급히 클라인시커 후작을 구원하기 위해 달려온 테이시온은 로엔이 병사들의 숲을 헤치고 사라진 방향을 바라보며 중얼거렸다.

"두 번이나 같은 상대에게 농락당하다니… 다음에는 결코 호락호락하게 당해주지 않을 것이다!"

예렌 평원에서의 공방전은 아직 어느 쪽도 뚜렷하게 밀리는 상황을 보여주지 않은 채 지루하게 전개되는 양상으로 치닫고 있었다. 긴 시간의 전투에 병사들 역시 지쳐 가고 있어서 전투가 소강 상태로 접어들기 시작할 즈음, 제디스틴 리스나르트가 아껴두었던 비장의 카드를 꺼내 들었다.

쉬이익—

신호 마법이 길게 꼬리를 끌며 하늘 높이 치솟았다. 그 신호에 뒤에서 참여하지 않고 신호가 오기만을 기다리던 스아딘 아스타리카와 제7기사단 마법사단이 일제히 마력을 끌어 모으기 시작했다.

"윈드 · 아쿠아 · 크리에이트 레이니 클라우드(Create Rainy Cloud)!"

"윈드 · 컨트롤링 에어 커런트!"

카렌이 시그마를 이용, 비구름을 형성해 내기 시작하자 다른 마법사 셋이 기류 조종 마법을 이용, 그 비구름을 세이레인 군 진영으로 밀어내기 시작했다.

툭. 투툭.

"…비?"

전황을 지켜보며 전술 지시를 내리던 '듀크 오브 소드 마스터' 이스카 폰 블릭스는 갑자기 떨어지는 물방울에 의아한 표정으로 하늘을 바라보았다. 방금 전만 해도 맑았던 하늘에 갑자기 거대한 비구름이 떠 있는 것이 이스카의 눈에 들어왔다.

"설마……."

이스카가 갑작스레 떠오르는 의구심에 그 비구름을 바라보는데, 한 줄기 뇌전이 황금빛 섬광을 일으키며 구름 속으로 빨려 들어가 방전을 일으키는 것이 그의 눈에 들어왔다. 그 순간 이스카의 의구심은 확신으로 바뀌었고, 그 확신은 그로 하여금 목청이 터져라 전군 퇴각을 명령하게 했다.

"퇴각! 퇴각하라! 신속히 현재의 위치를 이탈해 예렌 평원을 벗어난다!"

하지만 이스카의 외침은 한발 늦었다.

"선더·레인 오브 라이트닝!"

스아딘과 마법사들이 일제히 시동어를 외치는 순간, 충분히 대전된 구름에서 수십 수백 줄기의 벼락이 말 그대로 '벼락의 비'가 되어 세이레인 군을 덮쳤다. 이 자연과 마법의 위대한 결합은 엄청난 장관을 연출해 냈지만, 그 아래에서 벼락에 직격당한 세이레인의 진형은 아비규환을 방불케 했다.

"까아악!"

"크아아악!"

강렬한 전격에 직격당해 살이 지져지는 역겨운 내음이 전장으로 풍겨 나갔고, 여기저기서 병사들이 내지르는 고통의 부르짖음이 그곳에서 나오는 소리의 전부였다. 살이 녹은 처참한 몰골로 죽은 병사들이 쓰러져 있는 모습은 마치 지옥도를 보는 것 같았다.

이 처참한 광경에 토라 군 제2기사단장 헥터 폰 스트라우스는 눈을 질끈 감으며 고개를 돌렸다. 하지만 곧 이어 들려온 진군의 나팔 소리에 굳은 표정으로 말을 달려 앞으로 나아갔다.

한편 적진의 한가운데에서 전투를 벌이고 있던 로엔은 갑자기 쏟아지는 벼락의 비에 망토를 뒤집어쓴 채 바닥에 웅크려 있었다. 아직 전격의 기운이 남아 있는지 짜릿한 느낌이 도는 망토를 펄럭이며 일어난 로엔은 자연과 마법의 합작이 이루어낸 이 잔혹한 대참사에 속이 뒤틀려 그 자리에서 구토를 시작했다.

"우웩, 우웨엑!"

지금껏 많은 전투를 거쳐 오고 많은 장면을 봐왔지만, 이토록 처참한 장면은 처음 보는 로엔이었다. 정신없이 구토를 하는 그를 어느새인가 다가온 제5기사단장 클레르프가 두드려 주며 자조적인 어조로 내뱉었다.

"구토할 만도 하지. 이 정도로 처참한 장면은 전장에서도 흔히 볼 수 있는 게 아니니까. 마법이란 것은 참으로 두려우면서도 잔인한 것이야."

"잔인한 사람이에요, 아버지는."

속에 있는 것을 다 게워냈는지 핼쑥한 표정으로 일어선 로엔의 대꾸였다. 클레르프는 그 말에 고개를 가로저으며 우울한 승리자의 표정으로 말했다.

"네 아버지 제디스틴님이 잔인한 사람인 게 아니다. 다만 시대가 제디스틴님에게 잔인할, 그리고 잔혹할 것을 강요하고 있을 뿐."

토라 재건군의 봉기 후로 가장 큰 전투였다고 평가할 수 있을 예렌 평원의 대전투에서 토라 군의 마법에 의해 세이레인은 처참한 패배를 당하고 쫓겨갔다. 7만을 헤아리던 대병력이 어느덧 전투 가능 병력 5만으로까지 줄어 있을 정도의 대패였다.

전투가 있었던 지점에서 약 3km 정도 후퇴한 지점에 진을 친 세이레인 군의 분위기는 어둡기 그지없었다. '비참하다' 라고밖에는 달리 표현이 불가능할 패배를 당했다는 심리적인 우울감에 여기저기서 들려오는 부상자들의 처참한 신음 소리는 세이레인 군의 전의를 반, 아니, 그

이하로 꺾어버리기에 부족함이 없었다.

"길리언 전하께서 도착하실 때까지 기다리는 것이 좋을 것 같습니다."

후퇴해 진을 치기 시작할 즈음 의식을 회복한 클라인시커 후작의 말이었다. 전투의 패배에다 로엔에게 굴욕적인, 그로서는 정말 어이없는 패배를 당한 데 대한 수치심까지 겹친 탓인지 그의 표정은 일그러져 있었다.

"적군이 마법사단이 있다는 것을 간과한 내 불찰이 크네. 클라인시커 후작의 제안이 옳은 것이기는 하지만, 이렇게 수치스런 패배를 무슨 낯으로 전하 앞에 보여 드린단 말인가."

이스카의 말이었다. 그의 표정 역시 어두워, 현재 세이레인 군이 얼마나 침체된 분위기에 놓여 있는가를 단적으로 보여주고 있었다.

"하지만 아군의 병력 손실이 워낙 큰 데다 사기마저 꺾여 있어 지금 상태로는 도저히 승산이 없습니다. 역시 전하의 기병……."

"그 이야긴 그만두게. 후작의 말이 옳은 것은 알고 있네만, 이대로 물러난다면 적의 사기만 더욱 고무시켜 주는 결과를 낳을 뿐이지 않는가."

다시금 철군을 주장하는 클라인시커의 말을 가로막고 이스카가 말했고, 더 이상 권유해 봤자 소용없을 거라는 것을 깨달은 클라인시커 후작은 입을 다물어 버렸다. 이스카의 말에 어느 정도 수긍이 가는 점이 있다는 것 역시 입을 다물어 버린 데에 한몫했으리라.

"상대는 마법사단의 운용에 따라 다양한 전술을 구사할 수 있는 반면에, 상대적으로 대응 가능한 전술이 한정되어 있는 아군은 대단히 불리한 상황에 놓여 있습니다. 그렇다면 전하께서 도착하시길 기다리는 것보다는 차라리 익제큐터 에르틴이 방위하고 있는 요새 가르미슈로 후퇴, 그곳에서 병력을 재정비해 맞서는 것은 어떻겠습니까?'

팰러딘 테이시온 드 리크레디아 남작의 말이었다. 예전 워프게이트 방어전에서 '오딘의 성역을 수호하는 일곱 별' 중 유일하게 살아남은 그는 이번 전투에서 로엔에게 패배해 의식을 잃은 크루세이더 클라인시커 후작을 구원하는 등 많은 공을 세운 팰러딘이었다.

테이시온의 제안에도 이스카는 고개를 가로저었다.

"적들의 이동 방향으로 추정해 보건대 지금 적들은 가토르의 제2군단이 공략 중인 카시나 요새를 구원하러 가는 것이 분명하다. 만약 아군이 가르미슈로 후퇴한다면 적들은 우리를 버려두고 카시나를 구원할 것이 틀림없을 터. 그렇다면 제2군단은 카시나 요새 방어군과 구원군 사이에서 괴멸당할 것은 불을 보듯 뻔하다. 가르미슈에서 재정비를 하기엔 아군에게 주어진 시간이 너무나도 적다."

"그렇다면 어떻게 하실 생각입니까?"

이도 저도 아니면 어떻게 할 것이냐는 물음이었다. 이스카는 약간 어두운 표정으로 자신의 구상을 설명해 나갔다.

"현재 아군과 대치 중인 토라 군을 견제하며 카시나 요새 방면으로 물러나 가토르의 제2군단과 합류한다. 두 군단의 병력을 합한다면 10만, 어림잡아 적의 두 배라는 압도적인 병력을 편성할 수 있을 것이다. 그때쯤 도착할 길리언 전하의 군과 함께 일거에 적을 섬멸한다."

그럴듯한 이스카의 작전에 좌중은 고개를 끄덕였다. 병력의 일점집중이라는 전략의 기본에 바탕을 둔 좋은 작전이었던 것이다. 반론이 나오지 않자 이스카는 다시금 간부진을 바라보며 말했다.

"그럼 이 작전으로 결정된 것으로 한다. 실행은 내일부터이니 각 부

대는 충분한 휴식을 취해 병사들의 체력을 회복시켜 두기 바란다. 이
상.”

“아마도 이스카 폰 블릭스가 취할 수 있는 방법은 하나뿐일 것입니
다.”

같은 시각. 토라 군 역시 승리를 자축할 새도 없이 작전회의에 돌입
하고 있었다. ‘마법’이라는 비정상적인 수단을 이용해 상대에게서 처
참한 승리를 얻어냈다는 생각에서인지 좌중의 분위기는 그다지 들떠
있지 않았다. 그 어색한 분위기의 사이에서 제1기사단 참모장 로빈 하
이워커가 이후의 전술 지침을 설명하고 있었다.

“아마도 이스카는 천천히 군사를 후퇴, 카시나를 공략 중인 가토르
의 세이레인 군과 합류를 시도하려 할 것입니다. 그럴 경우 세이레인
군의 병력은 어림잡아 10만을 상회, 현재 카시나의 제4군단과 이곳의
제1, 2, 5, 7기사단, 그리고 카시나 요새 방위군의 병력을 총동원했을
때 추정되는 수치인 약 6만을 가볍게 압도하는 전략적 우위를 차지할
수 있게 됩니다.”

로빈의 설명에 막사 안에는 잠시 침묵이 감돌았다. 아군의 두 배라
는 산술적인 수치상 차이에서 다가오는 무게감이란 것이 결코 가벼운
것이 아니기 때문이었다.

“게다가 가토르의 군세가 이스카의 군세와 연합할 경우 적은 또 한
가지의 지리적 이점을 취할 수 있습니다.”

“보급로… 인가?”

헥터의 말에 로빈은 고개를 끄덕였다.

“그렇습니다. 적은 케이오스 협곡을 등짐으로써 기존 세이레인의 병

참선보다 훨씬 짧고 수월하게 군량을 수송할 수 있는 새로운 병참선을 확보하게 된 것입니다. 이스카도 분명 이 점을 염두에 두고 있는 것이겠지요.”

“그럼 저번의 경우처럼 별동대를 편성, 적의 보급로를 차단하면 될 것이 아닌가. 그러면… 아!”

막 로빈의 말에 반론을 제기하려던 제5기사단장 클레르프가 자신의 말에서 무언가 오류라도 발견했는지 짧게 탄성을 내지르고는 입을 다물었다. 그 머쓱해하는 모습에 제딘은 미소를 머금었고, 로빈 역시 만면에 미소를 살짝 머금으며 설명을 계속했다.

“생각하신 그대로입니다. 케이오스 협곡에서 저 로엔 군에게 당한 치욕적인 패배를 세이레인이 잊을 리가 없을 것입니다. 분명 철통같이 대비하고 있을 게 분명하죠. 게다가 현재 아군에게는 별동대를 편성해 운영할 만한 여력이 남아 있지 않습니다.”

클레르프는 그 말에 수긍한 듯 고개를 끄덕였다. 로빈은 상황 설명을 끝낸 듯 자리에 앉았고, 제1기사단장 제디스틴 리스나르트가 배턴을 이어받아 작전 설명을 시작했다.

“이에 대응하는 아군의 작전은 이렇다. 가장 첫 번째의 목표는 아군의 눈앞에 버티고 있는 종이 사자가 카시나의 세이레인 군과 합류하지 못하게 막아내는 것이다. 이를 위해서는 아군이 적의 앞쪽에서 카시나를 향해 진격하는 세이레인 군을 맞아 싸울 필요가 있다. 클레르프, 로엔!”

“네!”

로엔과 클레르프가 힘차게 대답하며 자리를 박차고 일어나자 제딘은 추상같은 목소리로 명령했다.

"그대들은 제5, 7기사단을 이끌고 아군의 본진보다 선행, 카시나로 향하는 이스카의 세이레인 군의 진격 속도를 최대한 지연시킨다. 지금 당장 기사단을 이끌고 달려가 세이레인 군의 진로를 차단한다. 오딘의 가호가 그대들과 함께하기를 바란다!"

"알겠습니다!"

로엔과 클레르프는 왼팔을 가슴께로 들어 올리는 약식 예를 취한 후 부관들과 함께 밖으로 나갔다. 그 뒷모습을 잠시 바라보던 제딘은 감상에 취할 여유 따윈 없다는 듯 남아 있는 참모진들에게 말했다.

"남아 있는 1, 2기사단은 내일 아침 모든 준비를 마친 후 선행한 5, 7기사단을 뒤쫓아간다. 이상!"

한때 비가 그쳐 푸른 캔버스를 내보이던 하늘이 다시 검게 물들어갔다. 우기의 초입에 들어가는 6월 하순의 카시나 요새에는 감도는 전쟁에의 긴장 때문에 계절의 변화를 느낄 여유조차 주어지지 않고 있었다.

"무엇을 꾸미기에 여태 움직임이 없는 것이지?"

카시나 요새 방위 사령관 아레나 키랜더스의 소박하다면 소박할 수 있는 의문이었다. 그 옆에서 가물가물하게 보일 만한 지점에 진을 친 세이레인 군을 바라보던 맥마흔 이레이아 역시 그 물음에 동감을 표시하며 팔짱을 끼었다.

"상대는 가토르야. 방심할 수는 없지."

"아아."

아레나는 그의 친우를 한 번 바라보고는 다시 세이레인 쪽으로 시선을 돌렸다. 정체 모를 불안감이 그의 정신을 조금씩 침식해 가는 듯 보였다. 그는 고개를 세차게 휘저어 그 불안감을 떨쳐 낸 뒤 크게 기지개를 켜면서 성벽을 내려갔다.

"무슨 꿍꿍이인지는 모르겠지만, 아무래도 이쪽에서 찔러봐야 움직여 줄 모양이군. 자, 작전회의다!"

같은 시각. 케이오스 협곡을 배후에 두고 카시나 요새가 보이는 지점에 진을 치고 있는 가토르의 세이레인 군 역시 작전회의에 한창이었다.

"이대로 블릭스 공작님을 기다리기만 하는 것은 너무 수동적인 것 아닙니까?"

앞으로의 지침에 대한 가토르의 설명을 듣고 난 디바이너 에리온의 말이었다. 가토르는 고개를 끄덕이고는 성도 세톤에서 온 한 장의 편지를 꺼내 에리온에게 건네며 말했다.

"확실히 그렇습니다만, 영광스러운 듀크 오브 소드 마스터 이스카 폰 블릭스 대공 전하의 생각은 저와 좀 다르신 것 같군요."

"……?"

에리온은 의아한 표정을 지으며 편지를 받아 들어 내용을 살펴보았다. 빠르게 편지의 내용을 살피던 에리온의 얼굴이 살짝 찌푸려졌다.

"이건… 좀 이상한 지침입니다. 최선을 다해 카시나를 공략하되 여의치 않을 경우 물러나 현재 카시나를 향하고 있는 본진을 기다린 후 그에 합류해도 좋다라니……."

그 모습에 가토르가 빙긋 미소를 지었다.

"아무래도 블릭스 전하께서는 현재 아군에게 최우선적인 과제가 병력의 보전이라 생각하고 계시는 모양입니다. 이 서찰은 아무래도 카시나를 포기하고 물러나 더 큰 싸움에 대비하라고 말씀하시는 듯합니다.”

“하지만 일단 재량권은 가토르 참모장께 넘어가 있는 것 같습니다만, 참모장께서는 어떻게 할 생각이신지?”

디바이너 키렌의 물음에 가토르는 잠시 생각에 잠겼다가 고개를 들었다.

“역시 이 서찰에 쓰여 있는 대로 하는 수밖에 없을 듯하군요. 몇 번 더 찔러보고 정 못 먹을 열매다 싶으면 물러날 밖에요.”

세이레인력 1441년 6월 23일. 가토르의 세이레인 군은 카시나 요새를 향해 대대적인 공세를 취하기 시작했다. 배후에 아톤 산맥을 두고 진을 친 덕분에 충분한 보급과 함께 나무를 베어 만든 두 대의 충차까지 동원한, 이번에야말로 카시나를 점령하겠다는 가토르의 의지가 담긴 강력한 공격이었다.

쿵! 쿵!

충차가 성문에 충돌하면서 육중한 소음이 전장에 울려 퍼졌고, 그 소리가 울려 퍼질 때마다 카시나 요새 방위 사령관 아레나 키랜더스의 얼굴은 조금씩 하얗게 질려갔다.

“제기랄, 시간을 주지 않고 견제했어야 하는 건데!”

땅을 치고 싶은 심정을 애써 억누르며 아레나가 손을 높이 들었다.

“제2분대는 성벽을 내려가서 제1분대와 함께 성문을 보강하는 작업을 지원한다! 절대로 적이 성문을 돌파하게 만들지 말라!”

일단의 군이 그의 명령에 성벽에서 물러나 아래로 내려가는 것을 보면서, 아레나는 초조한 심정으로 혀를 찼다. 상대는 기필코 카시나를 점령하겠다는 듯 예전까지와는 전혀 다른 기세로 성을 공략해 오고 있었다.

"이대로 가다가는……."

비록 맥마흔 이레이아의 제4기사단과 연계해 전투를 벌이고 있다고는 하지만, 상대는 토라 군의 두 배를 넘는 대군세. 단지 막아내기만 한다고 될 일이 아니었다. 소태 씹은 표정으로 아레나가 다시금 성벽을 향해 돌진해 오는 적의 충차를 바라보고 있는데, 전령이 달려와 그의 앞에 무릎을 꿇었다.

"제4기사단장 이레이아님의 전언입니다! 제4기사단은 북문을 열고 나갈 테니 그때까지 최대한 버텨보라는 전언입니다!"

아레나 키랜더스의 입가에 미소가 스쳐 갔다. 그의 믿음직한 친우가 무언가를 해보려 하는 것이다. 그는 고개를 끄덕이고는 다시금 목이 터져라 외쳤다.

"막아낼 수 있다! 제4기사단의 작전이 실행될 때까지만 버티면 이길 수 있다! 분수를 모르고 달려드는 세이레인의 개자식들에게 따끔한 맛을 보여주자!"

한편 성 밖에서 공성 상황을 지켜보던 가토르의 표정은 좋지 못했다. 공들여 만든 두 대의 충차까지 동원했음에도 아직까지 성문을 돌파하지 못하고 있는 것이었다. 가토르는 지휘봉으로 손바닥을 두드리다가, 수비가 취약해 보이는 성문 왼쪽의 한 지점을 가리키며 명령했다.

"저 지점을 집중적으로 공략한다! 카시나를 손아귀에 넣으면 승리는 우리의 것이 된다! 가라! 모든 힘을 다해 반란군을 제압하라!"

가토르의 명령에 세이레인 군의 사다리 부대가 성 남서부의 취약 지점으로 집중되었다.

아레나 키랜더스가 죽을힘을 다해 막아내고는 있었지만, 성문과 더

뚫어 뚫리는 것은 시간문제라고 여겨질 정도로 상황은 토라 군에 불리하게 돌아가고 있었다.

와지끈! 쾅!

결국 계속된 충차들의 충돌에 견디지 못한 성문이 부서져 나갔다. 아레나는 맥마흔이 빨리 와주길 학수고대하며 외쳤다.

"성문의 병사들은 준비해 둔 바리케이드까지 퇴각한다! 성벽에 있는 병사들은 최소한의 병력을 제외한 나머지는 전부 시가전에 대비한다! 바리케이드까지 전원 퇴각하라!"

"성문이 뚫렸다! 전군은 진입, 토라의 역당들을 처치한다! 전군 돌격하라!"

가토르의 명령과 함께 세이레인 군이 물밀듯 카시나 요새로 진입했다. 아레나가 바리케이드를 사이에 두고 처절하게 농성전을 펼치고 있었지만, 이미 대세는 세이레인으로 기운 것처럼 보였다.

"제기랄, 맥마흔 이놈 대체 뭘 하고 있는 거야!"

"와아—!"

그때 아레나의 처절한 절규에 대답이라도 하듯 세이레인 군 뒤편에서 함성이 터져 나왔다. 맥마흔의 제4기사단이 북문을 통해 빠져나와 세이레인 군의 후미를 급습한 것이었다. 이제 급한 쪽은 세이레인 군이 되었다.

"전군 후미에 신경 쓰지 말고 앞으로 진격하라! 반전하면 포위되어 희생만 늘어날 뿐이다! 병력을 최대한 집중하여 적의 바리케이드를 돌파하라!"

가토르가 악을 쓰며 독려했지만 성내의 시가지라 길이 좁은 데다 이길 수 있다는 자신감에 용기백배한 토라 군을 뚫기는 쉽지 않았다. 결국 가토르는 제4기사단 쪽의 포위망을 뚫기로 마음을 바꾸고 다시금 명령을 내렸다.

"반전한다! 성문 쪽의 적을 밀어낸다! 아군 전위는 성내의 토라 군을 견제하고, 후위 부대는 온 힘을 다해 적을 밀어붙인다! 명심하라! 아군의 병력은 적보다 많다! 충분히 돌파할 수 있다!"

병력의 수와 집중 쪽에서 세이레인 쪽이 우위라는 것을 인식하고 있던 맥마흔은 세이레인 군을 효과적으로 공략하면서 한쪽의 포위망을 열었다. 포위당한 탓에 죽을 각오로 달려드는 적을 섬멸시키는 것은 무리에 가깝다. 게다가 적군의 병력이 아군 병력보다 많으니 차라리 한쪽의 포위망을 열어주고 도망가는 적을 공격하는 것이 훨씬 수월하다는 것을 간파한 용병술이었다.

맥마흔의 예상대로 세이레인 군은 열려진 포위망 쪽으로 대형을 유지하며 빠져나가기 시작했다. 맥마흔은 그 반대쪽으로 병력을 집중하여 포위망을 빠져나가고자 하는 세이레인 군을 공격했다.

"포위망을 빠져나간 아군은 오른쪽으로 기동, 적을 공략하며 나머지 병력이 빠져나오는 것을 지원한다! 포위망을 빠져나오는 데에 전념하지 말고 적에게 대항하며 역으로 포위망을 형성하라! 아직 우리는 패배하지 않았다!"

가토르는 재빨리 현재 전세를 파악해서 명령을 내렸다. 양군은 두 마리의 뱀처럼 서로가 서로의 후미를 물어뜯기 위해 진격해 갔고, 이 상태로는 더 이상 얻을 것이 없다고 여긴 맥마흔은 손을 높이 들어 부대의 후퇴를 명령했다.

"후퇴하라! 전군 성안으로 후퇴하라!"

제4기사단은 썰물 빠지듯 전장을 이탈해 성안으로 밀려들어 갔다.

그 모습에 디바이너 키렌이 진격을 명령하려 하는 순간, 가토르가 그것을 제지하며 말했다.

"더 이상 공략해 봐야 얻을 것이 없습니다. 아군의 피해가 크니 차라리 물러나 후일을 기약하는 편이 나을 것입니다."

가토르의 제지에 키렌은 이를 갈며 물러나는 토라 군을 노려보았다. 하지만 상급자인 가토르가 내지르는 명령에 발걸음을 돌릴 수밖에 없었다.

"케이오스 협곡 초입까지 물러난다! 그곳에서 블릭스 대공 전하의 군대와 합류를 꾀한다! 전군 후퇴하라!"

이날의 전투는 어느 쪽의 승리라고 딱 집어 말할 수 없을 정도의 접전이었다. 다만 세이레인 군으로서는 연일 패배만 하다 그럭저럭 전과라고 할 만한 것을 얻었다는 자조적 만족감을 이룬 것이 성과라면 성과라고 할 수 있었다.

한편, 예렌 평원의 토라 제5, 7기사단은 치고 빠지는 작전으로 카시나로 향하는 이스카 폰 블릭스의 세이레인 군을 끊임없이 괴롭히고 있었다. 제5기사단이 출진할 채비를 갖춘 세이레인에게 질풍처럼 달려들어 전술이고 뭐고 전개할 틈도 없이 한바탕 휘저어놓고 달아나는가 하면, 경계 태세를 풀고 쉴 때쯤 슬머시 로엔의 제7기사단이 나타나 세이레인 군의 한 귀퉁이를 괴롭히다 도망가는 것이었다. 덕분에 세이레인 군은 약만 잔뜩 오른 채 이틀간 단 1km도 진군하지 못하고 그 자리에서 주둔하고 있어야 했다.

"어느 정도 먹혀 들어간 것 같지?"

방금 한바탕 세이레인 군을 휘젓고 온 클레르프가 로엔의 막사 안으로 들어오며 빙긋 웃었다. 로엔은 읽고 있던 책을 자신의 짐 사이로 던져 버리고는 검을 집어 들며 그를 바라보았다.

"지금쯤 약이 바짝 올라 있을걸요."

"그렇다고 병력을 둘로 나눌 수도 없을 테고 말이지. 각개격파의 밥이 될지도 모르니까."

클레르프가 만족스러운 표정을 지으며 모포가 깔린 바닥에 털썩 주저앉았다. 가뜩이나 최근 자금난이 걱정되고 있는 토라 군의 야전 주둔지에서는 이 정도만으로도 충분히 호사스러운 생활이었다. 무엇보다 점령지에서 세금을 걷지 않고 있는 탓에, 현재 마법의 탑 재정은 거의 바닥, 지금은 나이트 길드에서 자금을 끌어 대고 있는 실정이었다. 군량을 대기만도 벅찬 까닭에 필수 보급품의 충분한 조달조차 꿈도 꾸지 못하고 있는 토라 군이었다.

나갈 채비를 갖춘 로엔이 문득 클레르프를 돌아보며 말했다.

"세이레인 쪽에서도 당할 만큼 당했으니 이제 전략을 바꾸는 것이 좋을 것 같은데요. 슬슬 적의 인내심도 한계에 달해가는 것 같으니까요."

"아아, 좋을 대로."

클레르프가 몸을 뉘이며 손을 흔들자 로엔의 입가에 가벼운 미소가 걸렸다.

토라 군 제5기사단에 이어서 로엔의 제7기사단이 나타나 한바탕 난리를 치고 사라진 후 '영광의 듀크 오브 소드 마스터' 이스카 폰 블릭스의 세이레인 군 진영에서는 작전회의가 열렸다.

"병력을 둘로 나누는 것은 어떻겠습니까."

디바이너 알테아의 우문이었다. 이스카는 대답할 가치도 없다는 듯 고개를 저었고, 이어 팰러딘 테이시온 드 리크레디아가 의견을 내놓았다.

"이쪽에서 역습하는 것도 좋을 것 같습니다만."

좌중의 시선이 그에게로 향했다. 이스카는 괜찮은 의견이라 생각했는지, 턱을 쓰다듬으며 그를 바라보았다.

"말해 보게."

"방금 말한 그대로입니다. 현재 아군은 적들의 계속되는 유격전으로 인해 피로가 쌓일 대로 쌓인 상태입니다. 이대로 가다간 가토르 경과의 합류는커녕 제디스틴 리스나르트에게 박살이나 안 나면 다행인 상황으로 치달을 것입니다. 하지만 저쪽이 각개격파로 나오려 든다면 이쪽도 마찬가지의 방법을 사용할 수 있지 않겠습니까?"

상대가 병력을 둘로 나누었으니 이쪽도 굳이 가토르와 합류하는 데 집착하지 않고 적을 각개격파하는 것이 어떠냐는 이야기였다. 그 제안이 그럴듯해 보였는지 이스카는 고개를 끄덕였고, 테이시온은 계속 자신의 구상을 설명해 나갔다.

"상대는 아군에 비해 기동에서 우위이지만 병력 집중에선 오히려 못합니다. 더군다나 지금까지 유격전에 동원된 기사단은 두 개 기사단, 약 2만 4천여 병력으로 추정되는 만큼 위치를 파악한 후 포위 섬멸전을 벌인다면 아군의 승리는 확정적이 될 것입니다."

가능성있는 전술이었다. 저쪽이 병력의 빠른 기동으로 승부하러 온다면 이쪽은 병력을 집중, 압도적인 병력으로 포위섬멸전을 벌인다. 그 후 병력이 반으로 줄어든 제디스틴의 본진을 쳐부순다. 성공만 한다면 이상적인 각개격파가 이루어질 것이었다.

약간의 토론 끝에 세이레인 군은 테이시온의 전술을 채택하기로 결정지었다.

"지금부터 아군은 유격전을 벌이는 적의 위치를 파악하는 데 총력을 기울인다. 적의 위치가 파악되는 대로 출진, 압도적 병력의 우위를 바탕으로 적을 섬멸한다. 태만은 용납되지 않으며 경계를 게을리 해 다시금 적의 난동을 용납할 경우 '듀크 오브 소드 마스터' 이스카 폰 블릭스의 이름으로 처단토록 하겠다. 이상."

"이스카가 병력의 우위를 내세워 각개격파로 나오려 든다면 참 골치 아픈데 말야."

세이레인 군에게 위치를 파악당하지 않기 위해 진지의 위치를 옮기는 행군 중에 클레르프가 입맛을 다시며 중얼거렸다. 보다 효과적인 유격전을 위해서는 본거지의 위치를 자주 바꿔 적에게 아군의 위치를 파악당하지 않는 것이 무엇보다 중요했다. 전혀 예상치 못한 곳에서의 습격은 적을 긴장하게 만들고, 그것이 '피로' 라는 전투력의 손실로 이어진다.

"그래서 이제 유격전은 그만두기로 했잖아요. 이엿차!"

등에 자신과 클레르프의 막사를 짊어진 로엔이 그 무게에 끙끙대면서도 농담조로 대꾸했다. 장군급이라 해서 행군 중에 자신의 물건을 병사들에게 떠넘기는 것은 안 된다는 것이 클레르프의 지론이었고, 결국 클레르프에 비해 나이와 경력에서 밀리는 로엔이 둘이 함께 사용하는 막사를 떠안게 된 것이었다.

로엔은 다시금 등에서 흘러내리는 막사를 추어올리며 클레르프에게 물었다.

"앞으로 이틀 정도만 더 붙잡아두면 아버지가 도착할 텐데, 그때까지 저놈들을 붙잡아둘 방법이라도 생각해 두신 것 있으세요?"

"글쎄. 딱히 좋은 방법은 생각나는 게 없는걸. 일단 저쪽도 골탕을 먹을 만큼 먹었으니 유격전을 더 전개해 봐야 이 이상 좋은 결과는 나올 수 없을 테니… 가장 나쁜 상황은 역시 저쪽이 우리를 잡아먹으러 달려오는 것이겠지."

클레르프는 고개를 갸웃했고, 로엔은 계속 옆으로 기울어져 흘러내리는 막사를 짜증스럽게 추어올리며 투덜거렸다.

"웃샤! 쳇. 별로 먹을 것도 없을 텐데. 아, 아무튼 제게 좋은 생각이 하나 있는데 들어볼래요?"

"뭔데?"

좋은 생각이라는데 듣지 않을 이유가 없었다. 더군다나 그 의견이 클레르프 자신이 인정하는 사람 중의 하나에게서 나오니 더 더욱 듣지 않을 수 없었다.

로엔은 은근한 어조로 자신의 계획을 설명하기 시작했다.

"대단한 건 아니에요. 저번에 아버지가 가토르 엿먹일 때 써먹은 방법인데, 형도 기억하죠? 그때 야습."

"아, 그거?"

동고동락하는 사이 많이 친해졌는지 로엔의 클레르프에 대한 호칭은 형으로 바뀌어 있었다. 클레르프는 로엔의 말에 떠오르는 게 있는지 손뼉을 한 번 치며 로엔을 바라보았다.

"그걸 완전히 따라 하자는 것은 아니고 제가 약간 계획을 손봤는데, 그러니까……."

바야흐로 음모가 싹트는 토라 군 제5, 7기사단이었다.

　토라 군이 행군을 마치고 야트막한 구릉지를 방패 삼아 진을 친 후, 제5기사단과 7기사단의 참모진은 갑작스러운 작전회의에 호출을 받았다.

　"지금 모인 것은 다름이 아니라, 향후 작전 계획에 관한 지침을 내리기 위해 피곤할 와중에도 이렇게 작전회의를 소집했습니다."

　"지침… 입니까?"

　제7기사단 참모 크레시 라자루스가 약간 떫은 표정으로 반문했다. 그저 지침 정도라면 피로를 회복한 다음날 아침에 해도 되지 않았냐는 완곡한 항의의 표현이었다. 클레르프는 그의 항의에 그저 웃으며 전술 지침에 대한 설명을 시작했다.

　"지금부터 아군은 세이레인 군에 대한 유격전을 포기한다."

　갑작스러운 선언에 로엔과 클레르프, 그리고 제7기사단 참모 가이에 인디스트로를 제외한 모두는 순간적으로 멍청한 표정이 되었다. 지금까지 잘 써먹어왔고, 나름대로 짭짤한 재미도 봤던 작전을 이렇게 쉽게 포기한다는 말에 어이가 없어서였다.

　"확실히 오늘 전투에선 방비가 되어 있었던 탓에 치고 빠지기가 쉽지 않기는 했습니다만, 그래도 너무 쉽게 포기하는 것 아닙니까?"

　제5기사단 참모장 그렉 하트였다. 그 물음에는 로엔이 대답했다.

　"더 이상 적을 자극하면 오히려 이쪽이 압도적인 병력 차에 의해 각개격파의 밥이 될 가능성이 있습니다. 그렇기에 클레르프 단장님과 상의한 결과 하나의 전술을 채택하기로 하였습니다."

　좌중은 조용했다. 현재 로엔이 말하고 있는 것은 그들도 충분히 인지하고 있었던 까닭이다. 로엔은 조용한 분위기에 만족하며 자신이 구상하고 클레르프가 약간의 수정을 가한 전술을 꺼내놓았다.

"일단 두 개의 기사단을 본대와 별동대로 나눕니다. 그리고 본대가 적을 도발해 신경을 그쪽으로 쏠리게 한 사이 별동대는 적의 병참대를 급습, 군량에 최대한으로 손실을 가한 후 후퇴하는 것입니다. 위험 부담이 큰 전술입니다만, 성공한다면 적의 사기를 크게 꺾을 수 있습니다. 세부적 전술 구상은 내일 아침 출진 전에 말씀드릴 것이지만, 이 전술은 성공 확률이 대단히 높은 전술입니다."

"들어보니 성공할 경우 적에게 큰 타격을 줄 수 있는 전술이군요. 하지만 그전에 아군의 본대가 격파당할 것에 대한 대책은 있습니까?"

로엔의 전술 구상을 듣고 난 후 붉은 머리가 인상적인 제7기사단 참모장 그린이 로엔에게 질문했다. 로엔은 고개를 끄덕였고, 이번에는 클레르프가 입을 열었다.

"본대는 최대한 시간을 끌며 맞붙어 싸우되, 포위되지 않도록 별동대와 반대쪽으로 기동하며 적을 밖으로 끌어들인다. 만약 적이 아군의 각개격파를 생각하고 있다면 반드시 아군을 확실하게 포위하기 위해 진격해 나올 것이고, 그렇게 시간을 끄는 사이에 별동대는 적의 군량에 타격을 입힌다. 예상 소모 시간은 1시간여. 예상한 시간이 지나면 본대와 별동대는 작전의 성사 여부에 관계없이 즉각 퇴각, 피해를 최소화한다."

"그리고 적이 아군에 이끌려 나오지 않는다면 그 상태에서 시간만 끌면 되는 것이군요. 어차피 적의 신경은 이쪽으로 쏠려 있을 테니 말입니다."

5기사단 참모 러더퍼드가 그 말을 받아 말했고, 클레르프는 고개를 끄덕여 긍정의 뜻을 표시했다. 약간의 토의가 있은 후 참모진은 이 전술에 대해 만장일치로 찬성의 뜻을 표시했다.

클레르프는 마지막으로 참모진들의 의견을 수렴한 후 향후 지침을 내렸다.

"내일 새벽 4시부터 5, 7기사단은 출진 준비를 시작하며, 5시 정각에 모든 준비를 마친 후 이곳에서 다시 작전회의를 갖는다. 별동대의 지휘는 7기사단 단장 로엔 리스나르트가 맡으며, 별동대 편성에 관한 재량권 역시 그에게 일임하도록 한다. 그리고 별동대에 편성되지 않은 제7기사단의 나머지는 임시적으로 제5기사단에 편입되는 것으로 한다. 이상."

세이레인력 1441년 6월 24일 새벽. 토라 군 제5, 7기사단은 질서정연하게 출진 준비를 갖춘 채 조용히 진지에서 대기하고 있었다.

"무모합니다! 겨우 한 개 분대 2천의 병력과 5백의 마법사단으로 별동대를 편성하겠다니!"

7기사단 참모 제이 헌터가 경악에 찬 외침을 토해냈다. 로엔은 별동대를 편성하면서 제7기사단 8천 5백의 병력 중 겨우 2천 5백만으로 별동대를 편성하겠다고 선언한 것이었다. 게다가 그 2천 5백의 숫자 안에는 마법사단 5백의 병력이 포함되어 있었다. 그 병력으로 튼튼한 방비 태세를 갖추고 있을 것이 분명한 세이레인의 병참 부대를 치겠다니, 제이가 무모하다며 로엔을 뜯어말릴 법도 했다.

"전혀 무모하지 않아요. 제 나름대로의 계책이 있으니 헌터 씨는 클레르프 단장님의 지휘 아래 최선을 다해주기나 하세요."

"물론 그렇게 할 겁니다만, 그래도 다시 한 번 재고해 보심이……."

"헌터 군 말이 맞습니다. 물론 생각하신 것이 있겠지만, 위험 부담을 생각한다면 한 개 분대를 추가 편성하는 쪽이……."

그린 역시 제이 헌터의 말에 동의하며 로엔에게 권했다. 하지만 로엔의 태도는 확고부동하여 바뀔 여지가 보이지 않았다.

"괜찮습니다. 제가 먼저 말씀드린 대로 크레시님의 1분대와 스아딘님의 마법사단만으로 별동대를 편성하도록 하겠습니다. 나머지는 제5기사단에 임시 편입되는 것으로 합니다."

"하지만……."

제이가 무언가 더 할 말이 있는 듯 입을 열었다가 다시 다물었다. 로엔의 강경한 태도에 더 말해 봐야 소용없을 것이라는 것을 깨달은 탓이었다.

"어차피 적의 주력은 본대 쪽에 집중될 것이니 이쪽으로 관심을 돌릴 병력은 그렇게 크지 않을 것입니다. 게다가 제가 예상하는 공격 시간은 십여 분, 그 정도 시간이면 충분합니다."

"어떻게?"

제이 헌터는 황당한 표정을 지었다. 그것은 그 옆에 있던 가이에 역시 마찬가지였는지, 잘 열지 않는 입을 열어 로엔에게 반문했다.

"글쎄 두고 보시면 알아요. 적을 속이려면 아군부터 속이라는 말도 있으니, 더 이상은 말씀드릴 수 없습니다."

"그러시다면 어쩔 수 없죠. 말씀대로 하겠습니다."

그린이 체념한 표정으로 고개를 끄덕였다. 로엔은 잠시 무언가를 생각하는 듯하다가 건틀릿을 바라보며 입을 열었다.

"유스, 에바, 나와봐."

[꺄아아~ 오래간만이에요, 주인니~임!]

[저도요, 저도요, 저도요!]

순간 번쩍 하는가 싶더니 여전히 시끄러운 두 여자가 나타나 로엔의 양팔을 붙잡고 늘어졌다. 하지만 웬일인지 로엔은 귀찮아하는 기색 없이 그 둘의 응석을 받아주며 말했다.

"그래, 그래, 나도 오래간만이야. 그런데 둘에게 물어봤으면 하는 것이 있는데, 괜찮겠지?"

[물~론이에요! 무엇이든 물어보세요요~!]

[오~홋홋호! 저희들은 모르는 것이 없답니다! 일반 상식에서 침실 테크닉까지, 무엇이든 물어봐 주세요오~]

로엔에게 간만에 불려 나온 탓인지 유스와 에바는 굉장히 죽이 잘 맞았다. '침실 테크닉' 이란 말 때문인지, 로엔은 약간 붉어진 표정으로 그녀들에게 말했다. 여전히 이런 쪽으로는 순진하기 그지없는 로엔이었다.

"치, 침실 테크닉이라니… 그 딴 건 물어볼 생각이 없고. 일단 가면서 이야기하지."

[아잉~ 사실 바라고 있던 거죠?]

[로. 엔. 님.은 부끄럼쟁이~]

"누, 누가 부끄럼쟁이야!"

로엔이 둘의 놀림에 발끈해서 외쳤다. 말없이 그 모습을 바라보던 크레시가 이마를 감싸 쥐며 고개를 흔들었다.

"매번 당하면서도 개선의 여지가 보이지 않는군. 내 생각이지만, 평생 저럴 것 같아."

"저도 같은 생각입니다."

"역시 잡혀 산다는 것이겠죠?"

"동감."

로엔의 추태를 바라보는 제7기사단 '블러드 나이츠' 참모진들의 간단한 감상이었다.

"제발 날 좀 내버려 둬어!"

견디다 못한 로엔의 외침이 처절하게 울려 퍼지며 토라 군의 진군은 시작되었다.

"마법의 방향 제어할 수 있어?"

진군하는 중에 약 30㎝ 정도 떠 있는 상태로 편하게 가고 있는 로엔이 에바에게 물었다. 로엔은 지금 에바의 도움을 받아 무색 투명한 마법 구체 내에서 편하게 가는 중이었고, 그 때문에 병사들의 선망과 질투의 눈총을 동시에 받아야 했다. 크레시가 자신도 로엔처럼 갈 수 있게 해달라며 은근슬쩍 접근해 봤지만, 유스의 '아.저.씨.는 싫어요♡'라는 한마디에 격침, 분루를 삼키며 물러나야 했다.

"아, 아, 아저씨라니… 난 아직 30대라고……."

절망적인 표정으로 고개를 푹 숙인 채 걸어가는 39세의 '아저씨' 크레시의 모습을 흘끗 보던 에바는 그래도 양심에 약간은 찔렸는지 어깨를 으쓱하며 로엔의 물음에 반문했다.

[마법의 방향 제어라면?]

"아아, 누군가가 발사한 마법의 방향을 임의적으로 제어할 수 있냐고."

에바는 잠시 생각에 잠겼다가 고개를 저으며 답했다.

[불가능해요. 발사된 마법이라 해도 일단은 그 마법을 시전한 마법사와 마나에 의한 연계가 되어 있기 때문에 직접 시전한 마법이 아닌 이상은 발사된 마법을 타인이 조종한다는 것은 불가능해요.]

"그런 거야?"

자신이 마법을 배울 때 들어보지 못한 이론이었기에 로엔은 그 이론에 약간의 관심을 나타내며 다시 에바에게 물었다. 에바는 고개를 끄덕였고, 이번에는 유스가 그 말을 받아 설명을 시작했다.

[그러니까 예를 들자면, 굉장히 튼튼해서 타인이 중간에 끊을 수 없는 실이 마법과 시전자를 연결하고 있다고 생각하시면 돼요. 그러니 누군가가 남의 마법을 임의대로 움직인다는 것은 시전자가 그 실을 끊어버리기 전에는 불가능하죠.]

"그럼 방금 말한 대로 시전자가 그 마법의 실이란 것을 강제로 끊어버리면?"

[그래도 불가능해요. 일단 끊어버린 실은 자연의 마나에 동화되어 다시 찾아낼 수가 없거든요. 그러니 어떤 상황이 되었든 일반인이 타인의 마법을 제어한다는 것은 있을 수 없는 일이 되는 거죠.]

로엔은 유스의 말에 고개를 갸웃했다. 무언가 이상하다 느껴지는 부분이 있는 모양이었다.

"일반인은? 특별한 사람은 그걸 할 수 있다는 거야?"

유스는 고개를 끄덕였다.

[네. 아주 강대한 마나를 지닌 경우, 그리고 마나의 컨트롤이 극에 달해서 굉장히 세심한 컨트롤을 할 수 있는 자라면 자신의 '실'을 여러 개 뻗어내 타인의 마법에 강제적으로 커넥션을 만들 수 있어요. 물론 타인의 마법에 사용된 마나의 반발력을 억제할 수 있을 정도로 굉장히 강력한 마나를 가진 사람의 경우지만요.]

"그렇다면 결국 불가능한 일이라는 말이잖아."

에바와 유스는 고개를 살래살래 저었다. 로엔은 호기심이 이는 것을 느끼고는 그녀들에게 다시 물었다.

"가능한 사람이 있단 이야기야?"

[왜, 로엔님도 한 번 보신 적이 있을 텐데요?]

뚱딴지 같은 에바의 말에 로엔은 고개를 갸웃했다.

"내가 그런 대단한 사람을 본 적이 있다고?"

에바는 고개를 끄덕였다.

[네. 아스나트 이프론님요. 하긴 하는 짓을 보면 사람은 아냐. 그렇지?]

[그건 그렇다. 레이가르님과 자장면 내기 마법 대결을 해서 이겨 버리다니… 진짜 그 무식한 마법 능력에는 경의를 표하고 싶어진다니까.]

레이가르는 레트니아에서 널리 믿어지고 있는 세이렌 교에서 일컬어지는 최고 악신이자 지옥 7군주의 창조자라 알려진 대악신이었다. 그녀들의 말에 왠지 현실감이 사라지는 것을 느끼며 로엔은 다시 질문했다.

"레이가르라면, 혹시 지옥의 주인이자 '7군주의 창조자', 혹은 '만군의 지배자'라고도 불리는 그 레이가르를 말하는 거야?"

[그럼 레이가르님이 그 레이가르님 말고 또 있었어요?]

유스가 의아하다는 듯 반문했다. 로엔은 자신의 추측이 맞았음을 느끼며 고개를 돌려 그녀를 외면해 버렸다.

"너희들이랑 이야기하고 있으면 내가 적응이 안 돼 돌아버릴 것 같아."

[아잉~]

에바가 로엔의 팔에 달라붙으며 애교를 부렸다. 로엔은 왠지 모르게 자신의 뒤통수에 와 박히는 살기들을 애써 무시하며 그녀를 팔에서 떼어냈다.

"아무튼 내가 하는 이야기를 들어봐. 지금 내가 구상하고 있는 것인데……."

로엔은 그녀들에게 자신의 계책을 설명했고, 유스와 에바 역시 지금은 장난이나 칠 때가 아니라는 것을 알고 있는지 진지한 표정으로 로엔의 말을 경청했다. 잠시 후, 로엔의 말을 다 들은 에바가 시시하다는 듯 코웃음 치며 말했다.

[에이, 무슨 이야기인가 했더니 듣고 보니 간단한 것이었잖아요?]

"가, 간단한 거였어?"

로엔은 얼떨떨한 표정으로 그녀를 바라보았다. 하지만 그 말에 대한 부가 설명은 유스가 시작했다.

[네. 로엔님도 아시는 것인데 떠올리지를 못하신 것뿐이에요. 워터의 법칙, 아시죠? 그것의 응용이에요.]

"워터의 법칙?"

그제야 로엔의 머리 속에 번뜩 하나의 생각이 스쳐 갔다. 워터의 법칙은 물이 아래를 향해 흐르는 것처럼 세상의 모든 물질은 아래를 향한다는 법칙으로, 물리학에서 중요한 위치를 차지하는 법칙 중 하나였다.

"그래, 바로 그거야!"

이제야 자신이 생각하던 계책의 실마리를 얻은 로엔이 이마를 한 대 탁 치며 크게 웃었다. 그 모습에 크레시가 의아한 표정으로 로엔을 돌아보았지만, 로엔은 개의치 않고 에바와 유스의 어깨를 잡으며 말했다.

"이제 알았다. 고마워. 많은 도움이 되었어."

[뭘요. 주인님께 봉사하는 것은 저희의 의무인걸요. 낮에도 그리고

밤에도♡]

　다시금 뒤통수에 박히는 살기에 로엔은 식은땀을 흘리며 그녀들의 화제를 최대한 다른 쪽으로 돌리기 위해 노력해야 했다.

　예렌 평원에서 이스카가 이끄는 세이레인 군과 토라 군의 격돌은 토라 재건군 제5기사단의 도발로 시작되었다.

　"7시 방향에서 토라 군이 출현했습니다! 추정 병력은 2만! 두 개 기사단급의 병력입니다!"

　"좋다! 분명 저 기사단이 적 선봉대의 전부일 것이다. 예정대로 테이시온 경은 오른쪽을, 클라인시커 경은 왼쪽을 맡아 적을 삼면으로 압박해 들어간다! 목표는 적의 섬멸이다! 진격하라!"

　이스카의 호령이 울려 퍼짐과 동시에 세이레인 군은 압도적인 병력의 우세를 이용해 세 갈래로 나뉘어 포위망을 형성하기 시작했다.

　토라 재건군 제5기사단장 클레르프는 예상대로 세이레인 군이 포위 섬멸전으로 나오자 손을 높이 들어 올리며 외쳤다.

　"적당히 교전하면서 뒤로 물러나라! 별동대가 적의 뒤를 칠 시간을 벌어야 한다! 오른쪽으로 물러나면서 적의 좌익이 절대로 아군을 둘러싸지 못하게 하라! 포위당하면 끝이다! 적의 좌익을 견제하며 진군한다!"

　토라 재건군은 서서히 오른쪽으로 물러나며 세이레인 군을 맞았다. 하지만 세이레인 군이 적극적으로 나오는 데 비해 재건군 쪽은 소극적으로 전투에 임하고 있어서, 비록 유혈과 폭력이 난무하되 전투가 치열하게 벌어지지는 않았다.

　"테이시온은 좀 더 빠르게 기동하지 않고 무엇 하는 것인가! 빠르게 포위망을 형성해야 적을 섬멸할 수 있거늘!"

이스카는 자신의 의도대로 돌아가지 않는 전장을 보며 혀를 찼다. 훈련이 잘되지 않은 오합지졸일 것이라는 그의 예상과는 달리, 토라 재건군은 포위망을 형성하려는 세이레인 우익군의 위협적인 기동에도 불구하고 전열을 잘 유지한 상태로 좌익의 군대를 맞아 선전하고 있었다. 특히 일반 병사가 아닌 기사들의 경우에는 오히려 세이레인보다 한 수 위의 실력을 선보이며 전장을 누비고 있었다.

그 사이에서 가이에 인디스트로가 이끄는 제7기사단 3분대의 활약은 특기할 만한 데가 있었다. 분대장부터가 워낙 말이 없는 탓에 제3분대의 지휘는 깃발에 의해 이루어지고 있었는데, 중요한 전투일 경우 가이에가 말로써 직접 지휘를 하곤 했다. 지금이 바로 그런 경우였다.

"오른쪽! 우회 기동 저지!"

가이에의 짤막한 외침과 함께 제3분대가 앞으로 돌출, 카이레인 폰 클라인시커가 이끄는 세이레인 군 좌익과 충돌했다. 방금 전까지와는 달리 치열한 전투가 전개되기 시작했고, 필사적인 제3분대의 분투에 힘입어 적진을 우회 기동, 이스카의 의도대로 포위망을 형성하려던 클라인시커 후작의 시도는 무산되고 말았다.

"제길!"

욕지거리를 내뱉으며 클라인시커 후작이 캐스크의 안면 보호구를 거칠게 들어 올렸다. 단 2천의 병력을 뚫지 못해 우회 기동이 저지된 것이었다. 잠시 상황을 둘러본 클라인시커 후작은 아군의 병력이 집중되지 못하고 있다 여겼는지 휘하의 군에 명령을 내렸다.

"아군의 정면에서 진로를 가로막는 적 부대를 집중 타격한다! 1분대, 4분대, 5분대는 삼면의 포위망을 형성, 적을 섬멸하라!"

하지만 클라인시커 후작에겐 불운하게도 칼자루를 쥐고 있는 쪽은 가이에 쪽이었다. 적진에서 움직임이 이는 것을 눈치 챈 것과 동시에 가이에의 목소리가 전장을 날카롭게 울렸다.

"후퇴!"

간결한 명령에 3분대는 질서 정연하게 서서히 뒤로 물러나 다른 분대들과 보조를 맞추며 전투를 전개해 나갔다. 결국 세이레인 좌익 1, 4, 5분대는 닭 쫓던 개 지붕 쳐다보는 꼴이 되고 말았고, 그 모습을 바라보던 클라인시커 후작은 결국 분통을 터뜨리며 앞으로 말을 달려나갔다.

"내가 직접 선두에서 지휘하겠다! 전군 나를 따르라!"

세이레인 군 좌익은 산개하는 듯하더니 어느새 둘로 나뉘어 하나는 토라 군의 전면을, 다른 하나는 토라 군의 오른쪽을 압박하기 시작했다. 이 놀라운 용병술에 클레르프는 대경하며 급히 병력을 뒤로 물릴 것을 지시했다.

"후퇴! 전군 일단 후퇴하라!"

하지만 세이레인 군 중군이 좌익과 협동, 토라 군을 물고 늘어지는 통에 그것마저도 쉽지 않았다.

치열한 접전이 양군 사이에서 벌어졌다. 토라 군 병사가 내지른 파이크가 세이레인 군 병사의 몸을 꿰뚫고, 그 옆에서 다른 세이레인 군의 병사가 적을 무릎으로 찍어누른 채 메이스로 머리를 내리찍고 있었다. 선혈과 파괴, 폭력의 미학의 모든 것이 이곳에서 나타나고 있었다.

클레르프는 세이레인의 포위망이 점점 완성되어 가자 초조함을 느끼기 시작했다. 포위망이 완성되면 아군은 전멸이다. 그 사실을 충분히 인식하고 있던 그는 차라리 병력을 뒤로 물리기보다는 다소의 희생이 있더라도 포위망이 약한 부분을 택해 돌파하는 것을 선택했다.

"전군은 쐐기형으로 진형을 재편해 적의 둘로 나뉜 좌익의 사이를 돌파한다! 다소의 희생은 상관없다. 모든 병력을 그쪽으로 집중해 적의 포위망을 돌파하라!"

"적은 포위망의 돌파를 위해 쐐기형으로 진형을 재편하고 있다! 포위망이 완성되지 않았어도 상관없다! 적이 돌파를 노리는 만큼 포위망을 조이면서 전열을 더욱 두텁게 하라! 이번 기회에 완전히 적을 섬멸하는 것이다!"

클레르프와 이스카의 외침이 쩌렁쩌렁하게 전장에 울려 퍼지며 전투는 점입가경으로 치열하게 진행되고 있었다.

한편, 세이레인 군 병참에의 타격을 목표로 하는 2천 5백의 토라 재건군 제7기사단 별동대는 대부분의 적 전력이 제5기사단으로 쏠린 틈을 타 조심스럽게 세이레인 진영으로 접근하고 있었다.

"흐음……."

야트막한 구릉지 위에서 우기 덕분에 길게 자란 수풀을 엄폐물 삼아 바닥에 바싹 엎드린 채 세이레인 군 진영을 바라보던 로엔은 낮은 신음을 흘렸다. 그러자 뒤에 쪼그려 앉아 그를 바라보던 에바가 뚱한 어조로 중얼거렸다.

[주인님, 지금 그러고 있는 모습이 꼭 바퀴벌레 같아요.]

"시, 시끄러."

마침 그 생각을 하고 있었던 듯 로엔은 움찔했고, 에바와 유스는 쿡쿡대며 웃었다. 잠시 그 둘을 노려보던 로엔은 체념한 듯 한숨을 내쉬고는 다시 전방을 바라보았다.

"거리는 1km 정도인가. 초계 때문에 더 접근하기는 무리일 듯싶고,

이 구릉지를 엄폐 삼아 시도해 보는 것밖에는 길이 없겠군."

[전투 병력을 앞에 세워 그냥 돌진하면서 마법사단으로 지원하는 것은요?]

유스의 우문에 로엔은 고개를 저었다.

"마법사단은 일단 아군에 보조 마법을 건 다음 바로 군량에 타격을 가해야 하는데, 그때 아군 전투 병력이 군량에 너무 가까이 있다면 그 마법에 피해를 입을 가능성이 있어. 게다가 이 일은 전투 병력이 얼마나 마법사단에게 시간을 끌어주느냐에 달려 있는데, 이쪽이 먼저 가지 않는다면 저쪽은 울며 겨자 먹기로 군량이 공격받는 것을 막기 위해 나올 수밖에 없지. 그 시간을 벌어주는 거야."

[그렇군요.]

에바와 유스는 납득했다는 듯 고개를 끄덕였다. 그 모습에 빙긋 웃으며 로엔은 바싹 엎드렸던 몸을 일으키며 기운차게 말했다.

"그럼 시작해 볼까?"

세이레인 군 이스카 폰 블릭스 직할 보급부대장 유르겐스 남작은 초조한 심정으로 출격한 세이레인 군이 돌아오기를 기다리고 있었다. 용병학에 비추어볼 때 방어의 이점을 포기하고 적을 섬멸하기 위해 출격했다는 것이 그의 생각에는 좀 이해되지 않는 부분이기는 했지만, '사자 밑에 여우 새끼 없다'는 옛 격언을 증명이라도 하는 듯 그는 일단 자신에게 맡겨진 임무에 충실하고 있었다.

오랜 경계 근무에 약간씩 태만해지는 병사들을 질타해 추스르던 그의 시야에 문득 이상한 것이 들어왔다. 그것은 하나의 불덩어리로, 빠른 속도로 세이레인 군 상공을 향해 날아가고 있었다.

“저게 뭐지?”

유르겐스 남작이 의아한 표정으로 그것을 바라보았다. 그런데 그대로라면 계속 떠올라 세이레인 군을 지나쳤을 그 불덩이는 포물선을 그리며 빠른 속도로 낙하하기 시작했다. 그제야 사태의 심각성을 눈치 챈 유르겐스 남작은 당황한 표정으로 소리 높여 외쳤다.

“적! 적의 습격이다! 1, 2분대는 적의 기습에 대비하고, 3분대는 물을 퍼올 수 있는 모든 도구를 동원해 군량에 옮겨 붙을 불을 끈다! 전군은 긴급히 움직여라!”

콰앙—!

불덩이가 바닥에 떨어지자 폭발이 일어나며 흙먼지가 자욱하게 일어났다. 그 모습을 바라보며 회심의 미소를 지은 로엔이 스아딘을 돌아보았다.

“보셨죠? 저렇게만 하면 되는 거예요.”

“그렇군. 모든 물질은 워터의 법칙에 영향받는다는 것을 알고는 있었지만, 설마 에테르에 속하는 마나까지 그에 영향받을 줄 몰랐는걸. 좋은 것을 배웠어.”

그렇게 말한 스아딘은 손을 높이 들어 올리며 외쳤다.

“자, 다들 봤겠지! 적당한 시점에서 마법의 방향 제어만 풀어버리면 된다! 파이어 · 이몰레이션 플레일(Fire · Immolation Flail)!”

시동어를 외친 스아딘의 몸 주변으로 일곱 개의 화구가 생성되었고, 스아딘의 뒤에 서 있던 다른 마법사들 역시 각자 자신있는 원거리 화염계 마법을 캐스팅하기 시작했다.

“가라! 이번 전투 역시 우리의 승리다!”

스아딘이 소리 높여 외치며 생성한 화구들을 세이레인 진영을 향해 던지는 것을 신호로 세이레인 군에 막대한 타격을 입힌 제2차 예렌 평원 전투의 2막이 오르기 시작했다.

한편 클레르프가 이끄는 토라 재건군 제5, 7연합 기사단은 궤멸의 위기에 직면해 있었다. 돌파하려 했던 세이레인 군의 포위망은 생각보다 두터웠고, 점점 완성되어 가는 적의 포위망을 바라보며 클레르프는 입술을 짓씹었다.

"전군은 쐐기형으로 진형을 재편하라! 다시 한 번 돌파를 시도한다!"

무디어진 창날 끝의 날카로움이 클레르프의 외침에 재차 예리하게 벼려지기 시작했다. 전군 궤멸의 위기에도 불구하고 침착하게 진형을 재편하는 토라 군을 보며 클라인시커 후작이 손을 치켜들었다.

"적군은 다시금 일점 돌파를 노릴 작정이다! 포위망을 더욱 죄면서 두텁게 하여 적을 압박하라! 결코 적이 포위망을 돌파하게 내버려 두어서는 안 된다!"

창칼이 부딪치는 차가운 금속성이 전장에 울려 퍼진다. 창에 가슴을 꿰뚫린 병사가 비명을 지르며 바닥에 쓰러지고, 그가 들고 있던 깃발은 부러져 바닥에 나뒹군다. 과다 출혈로 이미 체력의 한계에 달한 병사가 마지막 힘을 짜내어 검을 적병의 허리에 내지르는 순간, 또 다른 적의 할버드(Halbert)가 그 병사의 가슴을 훑고 지나간다. 지휘관들이 전황을 조금이라도 더 아군에게 유리하도록 끌어오려 고심하는 것과는 별개로, 피에 미친 병사들의 광기는 점점 극에 달해가고 있었다.

점차 치열해지는 전투의 속에서 모든 것을 꿰뚫을 수 있을 것 같은 창과 뭐든지 막아낼 수 있을 듯한 방패의 승부는 아직 결말이 나지 않고 있었다.

"아직인가?"

아귀처럼 달려드는 적병을 베어 넘긴 클레르프가 초조한 심정으로 적진을 흘깃 바라보았다. 슬슬 로엔이 이끌고 간 별동대가 적의 군량을 습격할 때가 되었던 것이다. 그리고 로엔은 클레르프의 기대를 저버리지 않았다.

"아군 진영, 군량이 있는 곳에서 연기가 치솟아오르고 있습니다! 적의 습격으로 보입니다!"

"뭐라고!"

급히 달려온 한 디바이너의 보고에 이스카가 경악에 찬 외침을 터뜨렸다. 이제는 눈앞에 있는 적이 문제가 아니었다. 자칫하면 눈앞의 개미새끼를 잡으려다 대들보 뒤엎는 일이 벌어질 수도 있는 것이었다. 세차게 말아 쥔 이스카의 주먹이 부들부들 떨리고 있었다.

"이상하게 로엔 리스나르트가 보이지 않는다 했더니 그런 개수작을 벌이고 있었던 건가. 빌어먹을 리스나르트……. 좋다! 클라인시커 경은 포위망을 풀고 재빨리 본진으로 복귀, 군량을 사수하라! 절대로 군량을 소실하면 안 된다! 클라인시커 경은 지금 즉시 본진으로 퇴각하라!"

후퇴를 나타내는 깃발이 높이 솟아올랐다. 이미 본진 쪽에서 치솟는 연기로 상황을 짐작하고 있던 클라인시커 후작은 깃발이 오르는 것을 보자마자 아프게 입술을 짓씹으며 전군에 명령을 내렸다.

"전군 후퇴하라! 본진으로 퇴각해 군량을 사수한다! 다시 명령한다! 전군은 본진으로 퇴각해 군량을 사수하라!"

그 명령에 토라 재건군과 치열한 전투를 벌이고 있던 세이레인 군은 서서히 뒤로 물러나기 시작했다. 그것을 추격하고 싶은 충동을 애써 자제하며 클레르프는 일단 포위망이 풀렸다는 것에 안도의 한숨을 내쉬며 명령을 내렸다.

"측면과 후면의 적을 견제하면서 왼쪽으로 물러난다! 비록 적군이 후퇴했다지만 우리가 승리한 것은 아니다! 이대로 포위망을 벗어나 퇴각하라!"

싸움은 바야흐로 종반으로 치달아가고 있었다. 어떻게든 남아 있는 병력으로 토라 군을 압박해 좀 더 치명적인 타격을 입히려는 이스카와 이미 목적 달성을 한 까닭에 맞서 싸우기보단 내뺄 궁리만 하고 있는 클레르프의 치열한 수 싸움이 계속해서 벌어졌다.

"몰아붙여라! 이대로 퇴각하게 놔둬선 안 된다! 테이시온은 무얼 하는 건가! 우회 기동해서 적의 퇴로를 차단하지 않고!"

"더 이상의 싸움은 무의미하다! 7기사단 2, 3분대는 적을 견제하고 나머지는 퇴각한다! 2, 3분대 역시 무리하지 말고 적당하다 싶은 시점에서 뒤로 빠지도록 한다! 전군 퇴각하라!"

도망치는 자와 쫓는 자가 얽히고설킨다. 삶과 죽음이 교차하는 처절한 아비규환의 틈바구니에서 제이 헌터가 이끄는 토라 재건군 제7기사단 제2분대는 절묘한 타이밍으로 테이시온 드 리크레디아가 이끄는 세이레인 군 우익의 기동을 차단했다.

"어딜 가려고? 내가 있는 이상 더 이상의 전진은 안 돼!"

"저 빌어먹을 토라의 개들을 쓸어버려라! 아군을 가로막는 적은 고작 2천 정도의 병력뿐이다! 전진, 전진하라!"

예전 워프 게이트가 파괴되었을 때의 아픈 기억이 되살아났는지 제이의 도발에 테이시온은 이를 부드득 갈며 소리 높여 외쳤다. 그 발악

적인 외침을 들은 제이는 목적을 달성했다 여겼는지 손을 높이 들며
외쳤다.

"아군의 도발에 적이 동요하기 시작했다! 비록 수적으로 열세이지만
그만큼 기동에는 아군이 유리하다! 자, 그 기동력을 살려서 이대로 내
빼자!"

어딘가 나사가 하나 빠진 듯한 제이의 외침에 사기충천하던 제2분대
는 힘이 쭉 빠지는 것을 느꼈지만, 이내 방향을 돌려 제5기사단이 후퇴
하고 있는 쪽으로 재빨리 도망가기 시작했다. 그제야 제3분대에게 말
려들었다는 것을 알아챈 테이시온은 검 손잡이를 부서뜨릴 듯 강하게
움켜쥐며 저 멀리서 빠른 속도로 멀어져 가는 토라 군 본진을 노려보
았다.

"제기랄!"

"불을 꺼라! 조금만 견디면 이스카 전하께서 지원군을 보내오실 것
이다! 식수든 뭐든 상관없다! 동원할 수 있는 모든 물을 끌어와 군량의
손실을 막아라!"

유르겐스 남작은 안타까운 심정으로 군량에 옮겨 붙은 불을 끄는 병
사들을 독려했다. 하지만 토라 재건군 마법사단의 집중 타격에 전체
군량의 절반 이상은 이미 불타 없어진 후였다. 마법이 날아오는 방향
에서 진을 친 채 내려오지 않는 토라 군을 노려보며 유르겐스 남작은
입술을 아프게 짓씹었다.

"유르겐스 남작, 유르겐스 남작 어디 있는가!"

클라인시커 후작이 이끄는 세이레인 군 좌익이 도착한 것이었다.
유르겐스 남작은 그제야 살았다는 표정으로 손을 높이 들어 올리며 외

쳤다.

"여기, 군량 창고에 있습니다!"

"피해는?"

"정확한 피해는 끝나봐야 알겠습니다만, 거의 전체 군량의 절반 정도가 소실되었습니다! 경계를 소홀히 한 제 불찰이 큽니다!"

유르겐스 남작이 절규하듯 외치며 바닥에 무릎을 꿇었다. 어떤 처벌이라도 달게 받겠다는 의지의 표현이었다. 클라인시커 후작은 그를 지그시 내려보다가 이미 도망갈 채비를 하는 토라 군 쪽으로 고개를 돌리며 말했다.

"처벌은 나중에 이스카 전하께서 결정하실 일! 지금은 그런 것을 따질 때가 아니다. 그대는 전력을 다하여 불을 끄도록 하라! 난 저 빌어먹을 잔당들의 뒤를 쫓겠다! 전군, 눈앞에 보이는 적군을 추격·섬멸하라!"

"와아아—!"

클라인시커 후작의 명령에 세이레인 군은 함성을 지르며 도망가는 토라 군을 뒤쫓기 시작했다. 그 모습을 흘낏 바라본 로엔은 무슨 생각을 했는지 히죽 웃고는 다시 전력을 다해 도망가기 시작했다.

"으아악!"

"멈춰라! 함정이다!"

마법사들이 디그를 사용해 파둔 함정이 곳곳에서 세이레인 군의 발길을 붙잡았다. 클라인시커 후작이 당황한 목소리로 전군 정지를 소리 높여 외쳤으나, 기세 좋게 밀려가던 세이레인 군을 멈추게 할 수는 없었다. 뒤에서 밀려오는 병사들의 물결에 밀린 한 병사가 비명을 지르며 함정으로 굴러 떨어지고, 그 뒤에 있던 병사 역시 달려오던 속도를 죽이지 못하고 굴러 떨어진 병사 위로 재차 떨어진다. 아래쪽에 깔린 병사가 숨이 막혀 비명조차 지르지 못하고 압사하는 모습을 바라보며 클라인시커 후작이 이를 부드득 갈았다.

"이, 이 잔인한… 개 같은 토라의 주구들, 절대로 용서하지 않겠다!"

세이레인이 막대한 양의 군량을 잃은 타격과 꺾여진 자존심을 수습하기에 여념이 없을 무렵, 로엔과 클레르프, 그리고 양 기사단의 참모진은 그간 아끼고 아꼈던 술들을 모두 꺼내 축배를 들고 있었다.

"승리를 자축하며 건배!"

"건배!"

클레르프가 호기롭게 선창하자 모두 뒤따르며 외쳤고, 막사 안은 이내 흥겨운 분위기에 취해갔다.

"이스카 놈, 지금쯤 약이 오를 대로 올라 있겠지. 아마 새빨개지지 않았을까?"

"새하얘졌겠죠. 손실된 군량을 보충할 계산을 하면서 말입니다."

제5기사단 참모장 그렉 하트가 걸껄 웃으며 말하자 크레시가 눈을 찡긋했다. 그 대답이 마음에 들었는지 그렉은 더욱 호탕하게 웃으며 크레시의 등을 두드렸다.

"좋아, 좋아! 자네 마음에 들어! 자, 마시세!"

한편 옆에서는 로엔이 무언가 걱정거리라도 있는 듯 약간은 우울한 표정으로 술잔을 들고 막사의 휘장 사이로 비치는 밖의 풍경을 바라보고 있었다.

"무슨 걱정거리라도 있어?"

클레르프가 술병과 잔을 하나 든 채 로엔에게 다가가 물었다.

“앞으로의 일을 생각하고 있었습니다.”

“아아.”

클레르프는 이해된다는 듯 고개를 가볍게 끄덕였다. 비어 있는 자신의 술잔에 포도주를 채우며 그는 로엔이 바라보는 밖의 풍경을 바라보았다.

“확실히 현재 상황을 생각한다면 암울하기 그지없지.”

잔을 비운 그는 다시 포도주를 채운 후 로엔의 잔에도 포도주를 따라주며 말했다.

“미래를 보고 나아가기엔 전장은 너무나 끔찍한 곳이지. 그러니까 즐기는 거야, 현재를.”

한편 세이레인 군은 이번 전투에서 입은 손실을 수습하기 위한 대책 회의를 열고 있었다.

“경계를 게을리 하여 군량에 막대한 손실을 입힌 것과 군의 사기를 저하시킨 점, 백 번 죽어도 용서받을 수 없는 죄를 저질렀습니다. 처분을 바랍니다.”

유르겐스 남작이 바닥에 무릎을 꿇고 처벌을 요구했으나 이스카는 의외로 담담한 표정으로 그를 바라보았다.

“치죄는 나중에 하도록 하지. 일단 일어나게.”

“저, 전하, 하지만…….”

“일어나게, 명령일세!”

이스카의 호통에 유르겐스 남작은 하는 수 없이 일어나 본래의 자리로 돌아갔다. 그런 유르겐스 남작을 탐탁지 못한 표정으로 바라보며 이스카가 명령을 내렸다.

"전군은 지금 즉시 행군 준비를 시작, 10분 안에 준비를 완료한 후 카시나로 이동한다."

"네?"

클라인시커 후작이 당황스러운 목소리로 반문했다. 갑작스러운 행군 지시가 의외라는 반응이었다.

"몇 번을 말해야 알아들을 셈인가. 다시 말하지. 전군은 10분 안에 행군 준비를 완료, 즉각 카시나로 이동한다."

"하, 하지만 병사들의 피로가 심하게 쌓인 상태라 그것은 무리입니다. 무엇보다 카시나 요새까지의 행군을 버틸 수 있을지부터가……."

테이시온이었다. 일리있는 주장이었지만, 이스카는 그마저 묵살하려는 듯 강압적인 어조로 입을 열었다.

"낙오병은 전열에서 제외한다. 병사들이 피로하다는 것은 나도 알고 있다. 하지만 지금이 아니면 저 지긋지긋한 토라의 쥐새끼들을 벗어나 카시나로 진군할 방법이 없다."

"저들이 승리에 취해 있는 사이에 진군하는 것입니까?"

디바이너 알테아가 그 말이 뜻하는 바를 이해한 듯 반문하자 이스카가 고개를 끄덕였다.

"현재 아군이 승리할 수 있는 가장 좋은 방법은 가토르의 토라 방면군과 합류하는 것뿐이다. 명령한 대로 10분 후에 행군을 시작한다. 가라! 적들이 작은 승리에 취해 있을 때, 우리는 더 큰 승리를 향해 나아가는 것이다!"

Casina Battle

Casina Battle

요새 카시나의 아레나 키랜더스와 맥마흔 이레이아는 곤란한 지경에 처해 있었다. 눈앞의 가토르만으로도 아득해지는데 척후병에게서 6만 정도의 대군이 이쪽으로 오고 있다는 보고를 받은 탓이었다.

"이거 참 난감하군. 제딘님께서 지원을 오시기는 하겠지만, 문제는 언제까지 버티냐인데……."

아레나가 탁자 위에 펼쳐 둔 지도를 바라보며 말했다.

"성내의 자원도 슬슬 고갈되어 가는데, 이거 골치 아프군."

맥마흔이 고개를 끄덕이며 그 말에 동의했다.

현재 다른 지역의 토라 군과 마찬가지로 요새 카시나의 토라 군 상황 역시 거의 최악을 달리고 있었다. 재정의 악화로 인한 자원의 고갈은 아직 드러나지 않았지만 시시각각 토라 군의 목을 죄어오고 있었다.

"하지만 수성 외에는 달리 방법이 없지 않습니까?"

카시나 요새 방위 사령 부관 모우렌 메이즈의 말이었다. 그 말에 아레나는 크게 한숨을 내쉬고는 고개를 끄덕였다.

"그래, 사실 그게 가장 큰 문제지. 우리는 어떤 전술을 펴더라도 성을 중심으로 전개해 나가야 하기 때문에 전술에의 유연성이 결여되어 있어. 여차하면 여길 포기하고 다른 곳으로 갈 수도 있는 토라 군과는 다르지."

"어쨌든 대책은 세워야 할 텐데. 좋은 방법이 없을까?"

맥마흔이 그렇게 말하며 아레나를 바라보았지만, 아레나 역시 별 뾰족한 수는 없는 듯 어깨를 으쓱했다. 그 모습에 다시금 크게 한숨을 내쉰 맥마흔이 카시나 요새의 앞, 세이레인 군이 현재 주둔하고 있는 지점을 손으로 짚으며 푸념했다.

"그럼 방법은 하나뿐이군. 제딘님께서 오실 때까지 현 전황을 고착화시키는 것."

"아아."

아레나 역시 뚱한 표정으로 고개를 끄덕였다.

"좋은 소식이 있습니다."

세이레인력 1441년 6월 26일 아침의 가토르는 기분이 상당히 고조된 듯한 표정으로 작전회의를 시작했다. 최근 며칠간의 회의 내용이라 해봤자 '경거망동을 삼가고 적의 도발에 응하지 않는다' 정도가 고작이었던 것과 비교해 볼 때 이는 참모들을 고무적으로 만들기에 충분한 발언이었다.

"어떤 소식입니까?"

디바이너 키렌이 모든 참모진을 대표해 가토르에게 물었다. 가토르는 지휘봉을 한번 빙글 돌려 잡고는 지도의 한 부분, 요새 시뤼나갈과 카시나의 중간쯤 되는 위치를 가리키며 빙긋 웃었다.

"대공께서 토라의 쥐새끼들을 뿌리치고 현재 이곳으로 진군 중이시라 합니다. 제디스틴 리스나르트에게 꽤나 고생을 하신 듯싶더군요."

"대공께서!"

회의장은 이내 술렁이기 시작했다. 현재 고착화된 상황을 아군에게 유리하게 이끌어올 수 있는 변수가 등장한 것이었다. 가토르는 탁자를 가볍게 두어 번 내려쳐 회의장을 진정시킨 후, 현재 세이레인 군이 주둔 중인 위치를 지휘봉으로 가리키며 말했다.

"요 며칠간 계속해 온 말입니다만, 오늘은 좋은 소식이 있었던 만큼 특별히 강조해서 말씀드리도록 하겠습니다. 아군은 블릭스 대공께서 도착하시기 전까지 현재의 위치를 고수하며, 적이 아군의 진지로 쳐들어오지 않는 이상 어떠한 도발에도 응하지 않습니다. 이를 어길 경우 군법에 의거 처벌하도록 하겠습니다."

한편 토라 군 제5, 7기사단의 로엔과 클레르프는 닭 쫓던 개 지붕 쳐다보는 표정으로 척후조의 보고를 듣고 있었다.

"다시 한 번 말해 봐. 어떻게 되었다고?"

믿을 수 없다는 듯 클레르프가 재차 묻자 척후조의 조장은 바닥에 한쪽 무릎을 꿇은 자세로 고개를 들며 외쳤다.

"네! 현재 이스카 폰 블릭스가 지휘하는 세이레인 군은 원래 있던 위치를 이탈, 카시나 요새에서 약 하루 정도 떨어진 거리에서 진군 중입니다! 제가 직접 본 것은 아니지만 낙오병의 말과 평균적인 부대 진군 속도를 계산해 볼 때 확실하다 사료됩니다!"

“제기랄.”

로엔의 입에서 욕지거리가 새어 나왔다. 아군이 승리에 도취되어 있던 사이에 적은 잠시도 지체하지 않고 그대로 내뺐다는 이야기가 아닌가. 척후조의 이야기가 옳다면 추격해 다시 붙잡기에도 늦어 있었다. 아니, 오히려 가토르와 이스카의 연합군에 각개격파될 것은 자명한 사실이었다.

“어떻게 하지? 이대로 제딘님께 돌아가기도 면목이 서지 않는데 말야.”

클레르프가 인상을 살짝 찌푸리며 로엔에게 묻자 로엔은 하는 수 없다는 듯 가볍게 한숨을 내쉬고는 말했다.

“면목이 서지 않는다면 추격해야죠. 아직 늦지는 않았어요.”

“바보 같은 소리 마. 각개격파의 밥이 되자고?”

로엔의 퉁명스러운 목소리에 클레르프가 다시 인상을 찌푸렸다. 그때 옆에서 둘의 대화를 듣고 있던 가이에가 한마디를 툭 내뱉었다.

“수성.”

“응?”

밑도 끝도 없는 말에 로엔과 클레르프가 놀란 가슴을 쓸어내리며 가이에를 돌아보았다. 난데없이 수성이라니, 이해가 되지 않은 탓이었다. 가이에는 고개를 절레절레 젓고는 보충 설명을 추가해—그래 봐야 한 단어지만—다시 자신의 의견을 개진했다.

“카시나, 수성.”

“그런 방법이 있었군!”

그제야 무슨 말인지 이해한 클레르프의 표정이 확 밝아졌다. 가이에는 현재 카시나의 병력만으로는 요새를 지켜내기 힘들다는 것을 지적하고 있는 것이었다. 로엔이 고개를 끄덕이고는 클레르프에게 말했다.

"가이에의 말대로 하는 게 좋겠네요. 아버지에겐 전령을 보내고, 우리는 카시나를 지원하러 가는 게."

"아아. 지금으로선 그게 최선의 방책처럼 보이긴 하는군. 다른 방법이 없으니 그렇게 할 밖에."

클레르프는 약간 탐탁지 않아 하는 표정이긴 했지만, 다른 방도가 없다는 걸 충분히 인식하고는 고개를 끄덕여 동의했다.

"그럼 그렇게 하도록 하죠. 척후조는 수고했어요."

로엔은 간단히 결론을 내리고는 척후조를 돌려보낸 후 가이에를 돌아보았다.

"가이에, 긴급 참모회의를 소집해 주세요."

1441년 7월 초순, 카시나 요새의 전황은 급격히 변해가고 있었다. '영광의 듀크 오브 소드 마스터' 이스카 폰 블릭스가 이끄는 6만의 병력이 가토르와 합류하면서 세이레인 군은 10만의 대병력을 형성했고, 이에 질세라 로엔 리스나르트와 클레르프 폰 엘레니온의 토라 군 제5, 7기사단이 카시나 요새 방위군에 합류하면서 토라 측 역시 4만 5천의 세이레인에 비해 많은 열세를 보이긴 하지만 적지 않은 병력으로 카시나 요새 방어에 임하고 있었다.

"빨리 제딘님이 도착해 줘야 그나마 할 만할 텐데……."

로엔과 클레르프보다는 연배가 위인 맥마흔 이레이아가 작게 한숨을 내쉬었다. 5, 7기사단의 합류로 병력이 충원되었음에도 불구하고 아직 토라 군이 열세인 상황은 계속되고 있었고, 그에 따라 전술적 유연성 역시 많은 제한을 받고 있었던 것이다.

"하지만 2만 대 10만의 상황보다는 낫지."

"하긴, 그땐 정말 미치는 줄 알았지. 이스카가 성을 포위하고 일제 공격을 시도할 때란……."

아레나의 지적에 맥마흔이 고개를 끄덕였다. 당시 이스카는 가토르의 병력과 합류하자마자 전열을 재정비, 바로 카시나 요새를 포위하고 맹렬한 공격을 감행했었다. 때마침 로엔과 클레르프의 5, 7기사단이 도착한 탓에 요새 안팎에서의 협공을 견디지 못하고 물러갔지만, 요새가 함락 직전에까지 갔었던 아레나와 맥마흔으로서는 실로 아찔한 순간이었다.

"그러나저러나, 이스카는 분명 아버지가 오기 전에 카시나를 점령하려 들 텐데요. 특별한 대책이라도 강구하지 않으면……."

로엔이 걱정스러운 어조로 말했다. 그 말에 대답이라도 하듯 클레르프가 한 가지 제안을 내놓았다.

"역공을 시도해 보는 것은 어떨까요?"

"역공?"

클레르프의 말에 관심이 생겼는지 맥마흔이 상체를 클레르프 쪽으로 살짝 숙이며 반문했다. 클레르프는 일단 자신의 의견에 다들 관심을 보이는 것 같자 지도의 카시나 요새를 가리키며 부연 설명을 시작했다.

"네, 역공입니다. 분명 이스카는 최대의 병력으로 최대의 효과를 내기 위해서라도 요새를 포위 공격하려 들 것입니다. 이 경우 횡으로 길게 늘어선 탓에 분산된 공격에는 강하지만 한 지점으로의 집중된 공격에는 취약하지요."

"과연, 그걸 이용하자는 것인가."

아레나가 이해했다는 듯 턱을 쓰다듬었다. 클레르프는 카시나의 북문을 지휘봉으로 짚으며 좀 더 구체적인 설명을 해나갔다.

"다시금 적이 포위 공격을 감행해 올 경우, 돌발적인 상황에 대한 기동에 상당한 제한을 받게 될 것입니다. 그것을 이용, 북문을 열고 포위망의 한 부분에 집중 공격을 가해 구멍을 낸 다음 종대로 밀려오는 적을 하나하나 격파하는 것입니다."

"하지만 그 경우 적의 종심은 필히 깊어질 수밖에 없네. 자칫하면 양면에의 협공으로 격파되는 쪽은 이 편이 될 것이야."

맥마흔은 지도 위에 놓인 세이레인 군을 표시하는 말을 북문 양 옆에서 앞으로 밀었다. 그 형국이 나타내는 전황은 양면 협공 혹은 삼면 포위로, 절대적으로 토라 재건군에게 불리한 상황으로 치닫는 것처럼 보였다.

"물론 그에 대한 대책은 있습니다."

클레르프가 빙긋 웃었다. 요새 내에 세워진 토라 군의 말을 성벽 위로 옮기며 클레르프는 자신이 생각해 둔 대비책을 설명했다.

"마법사단입니다."

"아!"

로엔이 짧은 탄성을 내질렀다. 그 역시 마법사단을 이용, 꽤 많은 전공을 이룩했음에도 불구하고 이런 때에 마법사단을 이용한다는 것을 생각하지 못하고 있었던 것이다.

"마법사단이라면 가능하겠군요. 마법의 일점사로 세이레인 군의 후방을 교란하는 정도라면 충분히 가능해요."

"그 정도인가?"

로엔의 말에 아레나가 토를 달았지만 굳이 그 작전에 제동을 걸려는 생각은 없는 듯 그대로 입을 다물었다. 자신에게 저 방법보다 좋은 대책이 있는 것도 아니었고, 로엔과 제딘이 마법사단을 이용해 어떤 전공을 세웠는지 알고 있는 만큼 일단 믿어보자는 심리 역시 이 전술을 써보자는 쪽으로 마음을 기울게 하고 있었기 때문이다.

"네. 반드시 이긴다는 확증은 없지만, 일단 승리할 확률 자체는 상당히 높습니다. 어떻게 하시겠습니까?"

클레르프가 현재 카사나 요새의 최고 결정 권한을 가진 제4기사단장 맥마흔 이레이아를 바라보았다. 작전 상황도를 바라보며 잠시 생각에 잠겨 있던 맥마흔은 이내 고개를 끄덕여 승인의 뜻을 표시했다.

"애초에 아군에게 다른 선택의 여지는 없으니 한번 해보도록 하지. 클레르프, 자세한 작전 설명을 서면으로 작성해 내게 제출하도록."

같은 시각, 이스카의 세이레인 군 역시 도킹 후 두 번째 작전회의를 열고 있었다.

"현재 아군의 병력은 적의 두 배. 아군이 공성하는 위치인 것을 감안한다면 결코 많은 숫자는 아닙니다."

가토르가 상황도를 벽에 걸고 현 상황의 브리핑을 시작했다.

"그런 까닭에 아군은 최대한 적을 요새에서 끌어내는 데에 집중, 요새 외에서 포위 섬멸하는 방법이 가장 이상적이라 여겨집니다."

"잠깐, 브리핑 도중에 끊어서 미안하네."

크루세이더 카이레인 폰 클라인시커 후작이 질문이 있는 듯 가토르의 말을 자르고 끼어들었다. 좌중의 시선은 클라인시커 후작에게 집중되었고, 그는 상황도의 한 부분을 가리키며 가토르에게 물었다.

"그 방법이 이상적이긴 하네만, 아직 적군에는 제디스틴 리스나르트의 지원 병력이 도착하지 않고 있네. 아군이 적을 끌어내는 와중에 그가 도착한다면 오히려 낭패에 빠지는 것은 아군이 아닌가.”

여러 번 제디스틴에게 쓴맛을 본 클라인시커 후작으로서는 당연한 질문이었다. 끊임없이 세이레인 군 참모진을 괴롭히고 있는 프리 나이트, 제디스틴 리스나르트의 악령은 뿌리 깊은 것이었고, 이를 충분히 이해한 가토르는 쓴웃음을 지었다.

“척후의 보고를 종합해 볼 때, 제디스틴 리스나르트는 빨라도 이틀 후에나 이 카시나 요새에 도착할 수 있을 것으로 보입니다. 우려하시는 상황은 충분히 염두에 두고 브리핑하는 것이니 걱정하지 않으셔도 됩니다.”

다 생각하고 있으니 중간에 끼어들지 말라는 완곡한 경고였다. 가토르의 말이 의미하는 바를 충분히 이해한 클라인시커 후작의 얼굴이 창피함으로 약간 붉어졌으나, 가토르의 말에 더 토를 달지는 않았다.

잠시 참모진을 한번 둘러본 가토르는 다시 지휘봉으로 카시나 요새를 가리키며 브리핑을 재개했다.

“만약 적이 아군에 대한 타격을 생각하고 있다면, 필시 적은 아군이 포위 공격할 시점을 노릴 것입니다. 적은 전술적 유연성이 결여된 상황이 강요되고 있는 입장이므로 이 방법 이외에 다른 뾰족한 수는 낼 수 없을 것입니다.”

토라 군의 작전을 꿰뚫어 보기라도 하는 듯한 가토르의 브리핑이었다. 다시 한 번 침묵을 지키고 있는 참모진을 돌아본 가토르는 지휘봉으로 이번엔 카시나 요새의 남문을 짚으며 설명을 계속했다.

“적이 현명한 판단을 내린다면, 아군이 성을 포위한 시점에서 남문을 통해 공격을 시도할 것입니다. 이는 만에 하나 적이 승리했을 경우 아군의 퇴로를 차단할 수 있다는 점에서 적이 이점을 가질 수 있는 곳이기 때문에 북문보다 공격의 가능성은 높아집니다."

"질문이 있네."

가르미슈 요새에서 이스카와 합류한 익제큐터 그라인이 손을 들었다. 가토르가 고개를 끄덕이자 그는 손을 내리고는 질문을 시작했다.

"지금의 브리핑은 반드시 적이 공격해 올 것이다라는 가정 하에 진행하고 있는 듯한데, 적이 공격을 해오지 않고 수성에만 전념할 경우에 대한 대책은 있는 것인가?"

있을 수 있는 가정이었다. 하지만 그 질문에 가토르는 미소를 지었고, 그를 지켜보던 팰러딘 테이시온 드 리크레디아는 고소를 머금었다. 참모진은 가토르를 얕보고 있군. 저런 질문은 하지 않느니만 못하지. 그런 생각을 한 테이시온은 가토르가 어떤 답변을 할지 기대된다는 표정으로 둘을 바라보았다.

"있습니다. 적이 공격해 오지 않을 경우 그냥 그대로 공성에 전념하면 됩니다. 그리고 적은 반드시 공격해 올 것입니다. 제디스틴이 도착한다 해도 적의 병력은 최대로 잡아 7만여, 곧 길리언 전하께서 병력을 이끌고 도착할 것을 제외한다 해도 아군과는 수적으로 많은 차이가 납니다. 아군과의 격차를 줄이기 위해서라도 적은 반드시 공격을 감행할 것입니다."

"그런가."

그라인은 그렇게 뇌까리고는 입을 다물었다. 더 이상의 질문이 없는 듯하자 가토르는 브리핑을 재개했다.

"만에 하나 적이 북문으로 나올 상황이 있긴 합니다만, 두 상황 모두 아군의 대처 방법은 같으니 남문으로 올 경우만 설명하겠습니다. 일단 적의 공격 시점은 아군의 포위망이 완성되는 때가 될 것입니다. 이는 정면에서의 일점 집중 공격에 대해 아군이 취약해지기 때문이며, 또한 이미 공성이 시작된 후이기 때문에 각 부대 상호 간의 연계 기동이 늦어진다는 이유도 있습니다."

가토르는 거기까지 설명한 후 탁자에 놓인 물을 한 모금 마셨다. 잠시 목청을 가다듬은 가토르는 다시 지휘봉을 들어 카시나 요새를 가리키며 설명을 이어갔다.

"이 공격에 대한 아군의 대처는 이렇습니다. 일단 적이 공격해 올 경우, 전방의 부대는 양분해 전후 양면에서 토라 군에 대한 공격을 감행합니다. 각개격파의 밥이 될 수도 있지만, 이미 그 부대가 격파된 후라면 아군이 몰려나온 적에 대해 포위 공격을 감행하기엔 충분한 시간이 될 수 있습니다. 좁은 지역에 대한 포위 공격이므로 종심이 깊은 포위망을 형성할 수 있으므로 아군에게 승리의 요건은 충분히 갖춰진다 할 수 있습니다."

설명을 마친 가토르는 득의만면한 표정으로 참모진을 돌아보았다. 누구도 작전에 대한 반론을 제기하지 않았고 이스카 역시 만족한 표정으로 고개를 끄덕였다.

"방금 가토르가 제시한 작전을 채택한다. 지친 병사들에게 충분한 휴식 시간을 준 후 내일 아침 즉각 공격을 개시하며, 이번 작전의 지휘는 클라인시커 후작이 맡는다. 이상."

세이레인력 1441년 7월 3일. 세이레인 군은 요새 카시나에 대한 대대적인 공세에 나섰다. 대륙에 단 두 명뿐이라는 크루세이더 중 한 명인 카이레인 폰 클라인시커 후작이 지휘하는 세이레인 군은 그 어느 때보다 강력한 군세로 폭풍처럼 카시나 요새를 향해 진군했다.

"별로 달갑지 않은 손님들이 몰려오는데."

"그래도 손님이니 대접은 해줘야겠지."

아레나와 맥마흔이 예렌 평원을 새카맣게 뒤덮으며 몰려오는 세이레인 군을 바라보며 마치 만담의 한 토막 같은 대화를 나누었고, 클레르프는 조용히 손을 위로 치켜들었다.

부우—

개전의 나팔이 울리고 마법 신호가 하늘 높이 치솟는다. 그것을 본 토라 군 병사들이 바빠지기 시작했다.

"서둘러라! 적은 이 시간에도 시시각각 접근해 오고 있다!"

"어서 위치로 움직여!"

파이크가 성벽의 개구에 걸쳐지고 투창과 돌, 끓는 물이 성벽 위로 올라간다. 부산함 속에 긴장감이 전장에 감돌기 시작했다. 이윽고 양군은 벽 하나를 사이에 두고 대치하게 되었고, 세이레인의 충차가 카시나의 성벽에 충돌하는 것으로 전투는 시작되었다.

쿵!

"와아아—!"

병사들의 함성이 전장을 찢어발길 듯 울려 퍼진다. 토라 군의 파이크가 사다리를 걸치려 접근하는 세이레인 병사의 몸을 꼬치 꿰듯 쑤시는가 하면, 성벽 위에서는 투창이 던져지고 끓는 물이 쉴 새 없이 퍼부어진다. 유혈과 파괴의 미학이 점차 병사들의 머리 속을 잠식해 들어가고 있었다.

그 와중에서도 세이레인 군은 착실히 전개해 카시나 요새를 포위하고 있었다. 가토르와 클레르프가 예견한 대로, 그것은 두텁지 않은 포위망의 형태로 나타나고 있었다.

막 세이레인의 충차가 북문을 부수기 위해 돌진을 시작하려 할 때, 다시금 클레르프가 손을 높이 치켜들었다.

"지금이다! 성문을 열어라!"

성문이 활짝 열리며 충차가 달려오던 기세를 이기지 못하고 요새 안으로 난입, 바리케이드에 그대로 충돌했다. 모래주머니로 쌓아놓은 바리케이드에 맹렬한 기세로 부딪친 충차는 그대로 차축이 부서져 못 쓰게 되어버렸다.

"제5, 7기사단은 성문을 나선다! 비겁한 세이레인 놈들을 쓸어버려라!"

"와아아!"

제7기사단장 로엔 리스나르트가 칼을 높이 치켜들며 목청이 터져라 외쳤다. 악조건 속에서도 수차례 승리를 거둔 바 있는 이 유능한 장군을 믿고 있는 토라 군 제5, 7기사단은 하늘을 찌를 듯 충천한 사기를 함성으로 표현하며 로엔이 이끄는 대로 진격해 나갔다.

"토라 군이 북문을 열고 나왔습니다!"

"북문인가!"

남문 쪽에서 토라 군의 공격에 대비하고 있던 가토르는 전령의 보고에 의외라는, 하지만 여유있는 표정을 지었다. 잠시 머리 속으로 상황을 정리한 가토르는 느긋하게 미소를 지으며 전령에게 말했다.

"클라인시커 후작께서 잘 버텨주시겠지. 전해라! 곧 지원이 도착하니 무슨 수를 써서라도 토라 군의 퇴로를 차단해 달라고 말이다!"

"네!"

전령이 물러가자 가토르는 재빨리 기수에게 명령을 내렸다.

"작전을 실행한다! 황금 사자기를 올려라!"

"황금 사자기를 올려라!"

기수가 자신의 기를 높이 들어 올리며 외치자 남문 쪽 병력의 곳곳에서 깃발이 들어 올려졌다. 그것을 신호로 남문 쪽의 세이레인 군이 썰물처럼 뒤쪽으로 빠져나가기 시작했다.

"역시 예상하고 있었던 모양이군."

성벽 위에서 세이레인 군을 내려다보던 아레나 키렌더스가 약간은 질린 표정으로 중얼거렸다.

"뭐, 가토르의 능력이야 사령관님께서도 잘 아시지 않습니까."

부관 모우렌 메이즈가 웃으며 그 말을 받았다.

아레나는 고개를 끄덕이고는 검을 뽑아 높이 치켜들었다.

"전군은 들으라! 적은 북문을 지원하기 위해 물러나고 있다! 북문의 작전이 성공하느냐에 이번 전투의 승패가 달려 있는 바, 전군은 온 힘을 다해 적의 지원을 저지한다! 라 알 레디움 토라, 신성한 율법의 가호를!"

'라 알 레디움 토라'는 토라의 집전 미사에서 쓰이는 경구로, 아레나가 말한 대로 '신성한 율법의 가호를!'이란 의미를 가지고 있었다. 토라가 세이레인에 정복당한 이후로 듣기 힘들었던, 아니, 들을 수 없었던 경구를 자신의 지휘관에게서 들은 병사들은 반드시 토라를 부활시키겠다는 각오를 가슴속에 품은 채 각자의 무기를 힘주어 움켜쥐었다.

"가라, 우리의 적 세이레인을 쳐 없애라!"

한편 북문의 군세를 지휘하는 클라인시커 후작은 로엔이 지휘하는 제5, 7기사단과 치열한 접전을 벌이고 있었다. 병력상으로는 분명 세이레인 군의 우세였지만, 길게 늘어서 밀집되지 못한 세이레인은 정면에서 밀고 들어오는 공격에 약하다는 치명적 약점을 안고 있었다.

"성벽을 공략하는 분대는 후퇴, 북문의 토라 군에 맞서라! 여기서 밀려나면 아군은 패배한다!"

클라인시커 후작의 외침에도 불구하고 세이레인 군의 기동은 여의치 못했다. 성벽 위 곳곳에서 터져 나오는 마법이 번번이 세이레인 군 분대들의 발목을 붙잡은 때문이었다.

"가이아 · 디그!"

카렌 미하이언의 외침이 한 번 터질 때마다 세이레인 군의 진로에 움푹한 구멍이 생겨났고, 그때마다 빠르게 이동하던 세이레인 군 병사들 몇몇이 달려가던 기세를 이기지 못하고 자빠지듯 구멍 안으로 나뒹굴었다. 병참 부대의 지휘관에서 일전의 사건으로 인해 전방 분대장으로 전보된 유르겐스 남작은 이 모습에 이를 갈며 외쳤다.

"전군은 완전히 뒤로 물러나 우회 기동, 본진을 지원한다! 물러나라!"

"에, 도망가네?"

카렌은 후퇴하는 세이레인 군의 모습에 히죽 웃었다. 그때 전령이 달려와 마법사단 단장 스아딘의 명령을 전했다.

"남문에서 세이레인 군이 지원을 위해 올라오고 있습니다! 급히 합류 지점으로 이동하시라는 아스타리카님의 명령이십니다!"

"네, 알았어요. 윈드 · 헤이스트!"

기류를 조종, 이동 시 몸의 부담을 덜어주는 풍렬계 마법 헤이스트가 시전되었다. 카렌은 몸이 가벼워지는 것을 느끼자 재빨리 성벽을 따라 달려가기 시작했다.

카렌이 성 북서쪽의 합류 지점에 도착했을 때는 이미 스아딘이 마법사들을 붙잡고 주의 사항을 일러주고 있는 때였다. 카렌은 황급히 마법사들의 후열에 합류했고, 스아딘은 마침 남문 쪽에서 진격해 오는 세이레인 군을 발견하고는 마지막으로 주의를 주었다.

"알았지? 정해진 위치에 정확하게 마법을 시전해야 한다! 우리의 손에 이번 전투의 승패가 걸려 있다는 것을 잊지 마라!"

그 후 스아딘은 성벽에 서서 연산 식을 외우고는 두 팔을 높이 치켜들며 외쳤다.

"파이어 · 윈드 · 파이어 월!"

그러자 진격해 오던 세이레인 군 진로의 바로 앞에 거대한 불의 커튼이 생겨났다. 이 마법 하나에 모든 힘을 다 써버린 듯 스아딘은 바닥에 주저앉으며 마법사들을 바라보았다.

"뒤는 자네들에게 맡기겠네. 최선을 다해주게. 지금이야!"

"가이아 · 디그!"

스아딘의 신호에 마법사들이 일제히 캐스팅을 시작했다. 그러자 갑작스레 쳐진 불의 장벽에 놀라 진군을 멈춘 세이레인 군 곳곳에서 흙이 파 올려지며 병사들이 깊숙이 파인 바닥으로 추락하기 시작했다.

"으아악!"

"무, 무슨! 마법인가!"

갑작스럽게 전열이 무너지자 당황한 가토르가 주위를 돌아보다 이내 상황을 깨닫고는 성벽 쪽을 노려보았다. 또 당했다. 이런 생각이 가토르의 머리를 스치는 순간, 그는 온 힘을 다해 절규했다.

"전군 후퇴하라! 후퇴하라!"

하지만 이미 상황은 늦어 있었다. 이 상황을 예상한 토라 재건군 제4기 사단장 맥마흔 이레이아가 독단적으로 남문을 빠져나와 세이레인 군이 혼란에 빠지는 것만 노리고 있었던 것이다.

"제4기사단 돌격! 세이레인의 개미새끼들을 짓눌러 버려라!"

"와아아!"

맥마흔의 돌격 명령이 내려지자 토라 군은 겁에 질린 사냥감을 노리는 맹수와도 같이 세이레인 군을 덮쳐 갔다. 비록 수적으로 세이레인이 우세이긴 했지만, 그것은 전열이 무너지고 혼란에 빠진 이 상황에 있어서 아무런 위안거리가 되지 못했다.

토라 군의 무기가 성난 사자의 발톱처럼 세이레인 군을 찢어발겼다. 할버드가 혼란의 외중에서 갈팡질팡하는 세이레인 병사를 훑는가 하면, 이전 전투에서 동료를 잃었던 토라 군 병사의 분노 가득한 검이 적병의 목을 꿰뚫었다.

가토르는 패배를 직감했다. 현재 그에게 남은 것은 아군의 피해를 최소화하는 것과 상처 입은 아군을 수습해 이스카의 본진으로 돌아가는 것뿐이었다.

"후퇴하라! 후퇴하라!"

거대한 백―드―코빈을 휘둘러 한 적병의 허리를 베어버린 맥마흔의 눈에 마침 멀리서 패잔병을 수습하려 애쓰는 가토르가 띄었다. 백―드―코빈을 휘둘러 병사들의 숲을 헤치며 맥마흔이 가토르를 향해 나아가자, 마침 맥마흔을 발견했는지 가토르가 황급히 말머리를 돌려 달아나려 했다. 하지만 그것을 가만 놓아둘 맥마흔이 아니었다.

"거기 서라, 배신자 가토르!"

"아악!"

마침 바닥에 떨어져 있던 자베린을 하나 집어 든 맥마흔은 전장이 쩌렁쩌렁 울리도록 고함을 지르며 온 힘을 다해 그것을 가토르에게 집어 던졌다. 유성처럼 날아간 자베린은 정확히 가토르의 왼쪽 어깨를 꿰뚫었고, 가토르는 비명을 지르며 말에서 굴러 떨어졌다.

혹시라도 놓칠세라 황급히 맥마흔이 달려가니, 가토르는 자베린을 붙잡고 가쁜 숨을 내쉬며 괴로워하고 있었다.

"비, 빌어먹을……."

"참모장!"

상관이 쓰러지는 것을 본 디바이너 키렌이 멀리서 외쳤다. 그쪽을 흘낏 바라본 맥마흔은 백―드―코빈을 거꾸로 잡고 있는 힘껏 가토르의 목을 내리찍었다.

"끝이다, 가토르! 내 손에 죽는 것을 영광으로 생각해라!"

"커억!"

"가토르님! 아악!"

가토르의 목에서 뿜어져 나온 피가 맥마흔의 얼굴을 적셨고, 황급히 가토르를 구원하러 달려오다 파이크에 허벅지를 꿰뚫린 디바이너 키렌의 비명이 전장을 울렸다.

백―드―코빈을 땅에서 뽑아낸 맥마흔은 가토르의 머리를 높이 치켜들며 큰 소리로 외쳤다.

"세이레인의 오합지졸은 들으라! 너희들의 대장, 가토르는 내 손에 죽었다! 항복하라, 그렇지 않으면 죽음만이 있을 뿐이다!"

대장의 죽음을 본 세이레인 군에겐 더 이상 전투를 이어갈 의지가 남아 있지 않았다. 무기를 버리고 항복하거나 목숨을 보전하기 위해 도주하기 바빴다. 완벽한 토라 군의 승리였다.

　대충 상황을 수습한 맥마흔은 가토르의 머리를 부관에게 넘겨준 후,
백—드—코빈을 높이 치켜들고는 외쳤다.

　"아직 전투는 남아 있다! 가자, 북문을 지원하러!"

　남문의 세이레인 군이 가토르를 잃고 대패한 것과는 달리, 북문에서
의 전투는 다소 소강 상태에 접어들고 있었다. 최대한 토라 군을 밖으
로 끌어내 병력의 우세를 이용, 전투를 유리하게 이끌고 가려는 클라인
시커 후작과 성벽 위의 아군을 등에 업고 싸우려는 로엔의 밀고 당기
는 신경전이 치열하게 벌어진 탓이었다.

　하지만 이 소강 상태는 상황병이 클라인시커 후작에 달려와 보고를
하는 것으로 새로운 국면에 접어들기 시작했다.

　"보고드립니다! 남문의 아군이 대패, 가토르 장군과 디바이너 키렌
이 전사하고 남은 병력도 산산이 흩어졌다 합니다!"

　"뭐라고!"

　예상치 못한 보고에 클라인시커 후작은 경악하며 검을 힘껏 움켜쥐
었다. 이대로라면 세이레인 군의 패배는 자명했다. 클라인시커 후작은
입술을 한차례 아프게 짓씹고는, 검을 높이 들어 올리며 외쳤다.

　"전군 후퇴하라! 이대로 전열을 유지하며 적에게 틈을 보이지 않고
후퇴한다!"

　마침 전투가 소강 상태였던 탓에 세이레인 군은 큰 피해를 입지 않
고 손쉽게 후퇴할 수 있었다.

　로엔도 병력이 열세인 상황에서 추격해 공격할 생각을 하지 않은 듯,
병력을 거두어 요새 안으로 물러났다. 남문에서 가토르를 격파하고 올
라오던 맥마흔이 알면 절호의 기회를 놓쳤다며 땅을 칠 일이었으나, 남

문의 상황을 알지 못하는 상태에서 로엔의 선택은 시기 적절한 것이었
다.

"와아아!"

토라 군 병사들의 승리를 자축하는 함성이 하늘을 찌를 듯 울려 퍼
졌다. 그 모습을 바라보며 아레나 키랜더스가 낮게 한숨을 내쉬었다.

"운명의 세레닐께서는 우리를 버리지 않은 모양이군."

"그러게 말입니다."

모우렌이 웃으며 그 말을 받았다. 사실 이번 전투는 토라 재건군에
게 있어서 한판의 도박과도 같은 것이었기 때문이다. 다른 선택의 여
지가 없는 상황에서 미친 척 시도한, 이기면 대박이고 지면 다 털릴 수
밖에 없는 한판의 도박. 이 도박에서 토라는 승리했다.

"그러나저러나 아까운데."

"뭐가 말입니까?"

난데없는 소리에 모우렌이 의아한 표정으로 물었다. 자신의 부관의
목에 양팔을 두르며 아레나는 한숨 섞인 목소리로 말했다.

"가토르의 목 말이야. 내가 4기사단장이었으면 그 배덕자 놈의 목은
내 차지였다고."

"그러십니까."

모우렌이 뚱한 표정으로 한숨을 내쉬었다.

"아레나님도 이제 다 되셨군요, 남의 전공을 질투하다니."

"어이어이, 그저 아깝다는 것뿐이야."

아레나가 멋쩍게 웃으며 변명했지만, 역시 10년이 넘게 동고동락한
부관 모우렌에겐 통하지 않았다.

"그것보다 이 팔부터 좀 치워주십쇼. 피곤한데 기대고 계시니 무겁

지 않습니까.”

“이 정도는 봐달라고. 내가 평소 스킨십 부족한 거 잘 알지 않나.”

“그러니까 변태라고 불리는 겁니다.”

“뭐야!”

아레나와 모우렌의 만담은 끝도 없이 계속되었다.

토라 재건군이 승리의 쾌감에 젖어 환호성을 지르고 있는 것과는 반대로, 세이레인 군은 연이은 패배로 인해 침울함에 젖어 마치 초상집 같은 분위기였다.

“드릴 말씀이 없습니다. 믿고 맡겨주셨음에도 불구하고 승리하지 못한 데다, 도리어 유능한 장군까지 잃고 말았으니 이 죄 큽니다. 처분을……”

클라인시커 후작은 이스카의 앞에 무릎을 꿇은 채 고개를 숙였다. 이스카는 침울한 표정으로 그를 내려보다가 낮게 말했다.

“일어나게. 패전의 책임은 그대에게 있는 것이 아니야. 유능한 아군이 있으면 유능한 적도 있는 법. 잘못이라면 적의 역량을 얕본 내게 있네.”

“하지만 대공 전하……”

“일어나게! 가토르를 잃은 마당에, 지금 그대까지 좌천시키라고 내게 강요할 셈인가!”

클라인시커 후작은 무언가 더 말하려 했으나, 이스카가 화를 벌컥 내자 마지못해 자리에서 일어났다. 이스카는 그런 클라인시커 후작을 잠시 바라보다 다시 입을 열었다.

“하지만 신상필벌은 확실히 하지 않으면 안 되겠지. 크루세이더 카이레인 폰 클라인시커 후작을 6개월의 감봉에 처하네. 이의있는 사람 있는가."

막사는 조용했다. 패배의 무거운 공기가 참모진을 짓눌러 말을 할 수 없게 만들고 있었다. 이스카는 답답한 듯 그들을 내려다보다가, 결국 스스로가 침묵을 견딜 수 없었던 듯 무거운 어조로 내뱉었다.

"최근 연이은 패전으로 병사들의 사기가 땅에 떨어져 있다는 것은 잘 알고 있을 것이네. 이대로라면 결코 저 토라의 쥐새끼들을 이길 수 없어. 다 나와 그대들이 토라 군을 얕본 탓이야. 하지만 이제 나이트 길드의 쓰레기들이 결코 만만한 상대는 아니라는 것을 알았을 테니 지금부터라도 정신 차리고 적의 역량을 정확히 파악하도록 하게."

이스카는 여기까지 말하고는 잠시 말을 끊었다. 피로를 느끼는지 관자놀이를 몇 번 누른 그는 잠시 막사의 천장을 바라본 후 다시 참모진을 향해 말했다.

"다들 알겠지만, 적의 병력은 현재 드러나 있는 것이 전부네. 잠재된 전투력은 미약하다는 말이야. 단 한 번의 승리로도 전세는 뒤엎을 수 있어. 그러니 이번 패배로 자괴감에 빠지지 않길 바라네. 아직 전략적 우세는 아군이 점하고 있어."

이스카는 자리에서 일어났다. 판금 갑옷의 이음새가 부딪쳐 쩔그렁거리는 소리를 냈다. 묵묵히 갑옷을 내려다보던 그는 다시 시선을 참모진들에게 돌리며 말했다.

"특별한 돌발 상황이 발생하지 않는 이상은 오늘과 내일 전투를 강행하진 않겠네. 보급은 충분하니 병사들에게 충분한 식량과 휴식 시간을 배급해 아군의 사기를 떨어뜨리는 일이 없도록 하게."

카시나 공방전의 서전이라고도 할 수 있을 이번 전투의 패배가 세이
레인에 던져 준 타격은 컸다. 일단 수적인 면에서 1만 3천이라는 결코
적지 않은 숫자의 사상자를 안겨준 데다가, 이전 예렌 평원의 전투에
이은 연속된 패배로 병사들의 사기가 크게 꺾여 버렸다. 세이레인이
입은 타격은 이것만이 아니었다. 그중 가장 큰 타격은 역시 가토르의
전사로, 이는 단지 유능한 장군 하나를 잃었다는 것만으로 설명될 성질
의 것이 아니었다.

가토르가 내놓은 전술로도 패배했다는 심리적 위축감과 레트니아
대륙 전체에서도 단연 돋보이는 전략 · 전술가인 그의 죽음이라는 커
다란 공백을 메워줄 인재의 부재, 이것이 세이레인이 이번 패배로 얻은
두 가지의 커다란 타격이었다. 이제 세이레인은 이렇다 할 만한 전술
가가 없는 상황에서 나이트 길드의 수많은 엘리트들을 상대해야 한다
는 부담을 떠안게 된 셈이었다.

"미치겠군."

"동감입니다."

이스카가 평소 거의 입에 대지 않는 술을 잔에 따르며 중얼거리자,
테이시온이 고개를 끄덕이고는 자신의 잔을 들어 거기에 담겨진 독한
시키주를 단숨에 들이켰다.

시키주란 세이레인 남부에서 자생하는 시카나무의 핏빛 열매로 담
근 술을 증류한 것으로, 독하면서도 톡 쏘는 그 독특한 맛 때문에 많은
사람들이 즐겨 찾곤 한다.

이스카는 잔 가득 따른 시키주를 단숨에 입 안에 털어 넣었다. 시키
주의 새콤한 맛이 목을 강렬하게 자극하며 식도를 타고 내려갔다.

"나는……."

몇 번의 자작이 더 계속된 후, 이스카가 눈을 감고는 천천히 입을 열었다. 독한 술을 몇 잔이나 단숨에 들이켰음에도 불구하고 그의 목소리는 놀랄 만큼 깨끗했다.

"이 전쟁을 이기고 싶어. 아니, 반드시 이겨야 해."

"저도 마찬가지입니다."

"아니, 아닐세. 아니야……."

이스카는 테이시온이 자신의 말에 동의하자 곧바로 고개를 저었다.

"자네가 이번 전쟁을 승리로 이끌고 싶어하는 것과는 좀 다른 문제야. 뭐랄까, 그래… 이건 국가를 위한 차원이라기보다는 나 개인의 사소한 원한과 연관된 문제지."

이스카는 거기까지 말하고는 의자가 불편했던지 자세를 고쳐 앉았다. 다시 떠진 그의 두 눈에는 지금 말하고자 하는 일에 대한 순수한 갈구—집착이라고 해도 좋을—가 맹렬히 타오르고 있었다.

"듣게. 사실 그 빌어먹을 제디스틴 리스나르트와 나만이 알고 있는 사실이지만, 난 지금껏 리스나르트라는 가문의 일원들을 상대로 한 번도 승리를 거머쥔 적이 없어. 이 대륙의 어느 누구와도, 그래, 저 악마 데이탄 헬마스터를 상대해서도 패배란 것을 몰랐던 내가, 오직 그 갈아 죽여도 시원치 않을 리스나르트에게만 패배의 쓴맛을 봐와야 했단 말일세!"

이스카는 흥분한 듯 말을 맺을 쯤에는 분을 이기지 못해 버럭 고함을 질렀고, 테이시온은 침묵했다. 하지만 그는 지금 이스카가 하는 말에 경악하고 있던 중이었다. 이스카가 세이레인에 충성을 다해온 3백여 년간 어느 역사서에도, 또 어떤 사람의 말에서도 이스카에 대한 이야기 중 패배라는 수렁의 두 글자와 관련된 말은 없었던 것이다.

이스카는 테이시온이 침묵하자 좀 진정이 된 듯 다시 차분한 목소리로 말을 시작했다.

"내가 너무 흥분했던 것 같군. 아무튼 나는 오늘, 내가 리스나르트 가문을 짓밟아 버리기 위해 구상하던 체스 판의 말 하나를 잃었어. 그것도 없어서는 안 될 중요한 말을 말이지."

"가토르를 말씀하시는 것입니까."

이스카는 고개를 끄덕였다.

"그래. 나와 길리언 전하는 사실 나이트 길드가 토라를 지원하리라는 것을 예상은 하고 있었어. 다만 그 시점이 너무 빨라 대응이 늦었기에 지금 이 요새 하나 점령하지 못해 쩔쩔매고 있는 것일 뿐."

테이시온은 자신의 잔에 다시 시키주를 채웠다. 핏빛 액체가 술잔을 타고 구른다. 그 모습을 물끄러미 바라보던 이스카는 자리에서 일어나며 말했다.

"보급도, 병력도 우리가 우세다. 만일 이번 전투에서 패배한다 해도, 죽음의 땅을 경계하는 동남 방면군 15만과 라비니어스와 대치 중인 서남 방면군 20만이 남아 있어. 난 이번 전쟁에서 승리하기 위해 할 수 있는 모든 전략적 조건을 다 갖췄다. 리스나르트… 마침 곧 있으면 부자가 한자리에 모두 모이지. 그때다."

퍽!

이스카가 강하게 쥐고 있던 나무 술잔이 강렬한 파열음을 내며 부서졌다. 잠시 자신의 손에서 원래의 형체를 알아볼 수 없을 정도로 박살난 술잔을 바라보던 이스카는 술잔을 쥐고 있던 오른손을 얼굴 앞으로 들어 올렸다.

"그 빌어먹을 부자를, 이 박살난 술잔처럼 만들어주겠다. 반드시!"

그 어조는 낮고 음산해서 옆에서 지켜보던 테이시온조차 섬뜩한 느낌을 받을 정도였다.

세이레인력 1441년 7월 4일. 토라 재건군 제1기사단 단장 제디스틴 리스나르트가 이끄는 토라 제1, 2기사단이 요새 카사나에 도착했다.

"다른 것은 둘째 치더라도 군량이 다 떨어져 가던 참이라 걱정이었는데, 이제 먹을 게 왔으니 다행이네요. 적어도 병사들 사기 떨어뜨릴 일은 없겠어요."

"망할 녀석, 이 아버지보다 군량이 더 반가웠단 말이냐. 군량만 놓고 돌아갈까?"

로엔이 군량고에 새로 들어온 밀과 쌀가마를 어루만지며 중얼거리자, 제딘은 짐짓 서운한 표정을 지어 보였다.

"네. 기왕 가시는 거 1, 2기사단도 두고… 아얏! 왜 때려요!"

능청스럽게 말하던 로엔은 제딘의 주먹에 정수리를 얻어맞고는 눈을 흘겼다. 다 컸다고는 하지만 역시 제딘 앞에서는 어쩔 수 없이 아이가 되어버리는 로엔이었다. 뒤에서 그 모습을 보며 킬킬대던 제이 헌터가 로엔의 눈총을 받고 입을 다물자, 제딘은 맥마흔 이레이아를 돌아보았다.

"가토르의 목을 베었다고. 수고했네."

"감사합니다. 포상은 뭐, 월급이나 천 아데나 정도 올려주십쇼. 요새 술값이 영 딸려서……."

돈 줄 사람은 생각도 없는데 먼저 앞서 가고 있는 맥마흔이었다. 그 능청에 웃어버린 제딘은 이번엔 아레나를 돌아보며 어깨를 으쓱했다.

"이거 재정 부담이 크겠는걸? 아무래도 월급 천 아데나 올려준 후 다음 달에 잘라 버려야겠어."

"그거 아주 좋은 생각인데요? 우리 군으로선 10년 묵은 충치를 뽑아
내는 격이니, 전 대찬성입니다."

"에엑!"

아레나와 제딘의 농담에 맥마흔이 뜨악한 표정을 지었다. 잠시 소리
높여 웃던 제딘은 웃음을 멈추고는 다시 맥마흔을 돌아보았다.

"자, 농담은 거기까지 하기로 하지. 어제의 전공은 전령을 통해 들었
네만, 정말 수고했네. 가토르를 잃었으니 이스카의 상심이 크겠군."

"아마 골방에 틀어박혀 울고 있지 않을까요."

반쯤은 정확한 클레르프의 지적이었다. 그 모습에 살짝 미소를 지은
제딘은 고개를 끄덕이며 말했다.

"그럴지도 모르겠군. 그럼 자리를 옮기지. 이곳에서 앞으로의 작전
을 논의할 수는 없지 않겠나."

사령부로 자리를 옮긴 후 각 기사단의 단장들은 이후의 작전에 대해
구체적인 논의를 시작했다.

"가토르가 죽었으니, 이제 적에겐 위협적이라고 할 만한 전술가는
존재하지 않습니다. 예전에 언급하신 세이레인의 기병대가 지원을 오
기 전에 밀어버리는 것이 좋지 않을까요?'

제5기사단장 클레르프가 먼저 자신의 의견을 개진했다. 정론에 가
까운 말이었기에 제딘은 수긍한다는 듯 고개를 끄덕였다.

"그래야겠지. 문제는 이스카가 그렇게 쉽게 볼 수 있을 정도로 만만
한 상대는 아니란 것이야."

"그것도 그렇죠."

클레르프는 고개를 끄덕이고는 입을 다물었다. 그러자 로엔이 지휘봉으로 상황도의 한 부분을 가리키며 자신의 의견을 개진했다.

"적이 케이오스를 배후에 두고 있으니, 그것을 이용해 보는 것은 어떨까요?"

"로엔 군, 생각해 둔 것이라도 있나?"

흥미가 있는지 아레나 키랜더스가 상체를 약간 앞으로 기울이며 물었다. 로엔은 고개를 끄덕인 후 지휘봉을 케이오스 협곡의 토라 방면 입구로 끌며 설명을 시작했다.

"이를테면 적의 신경을 건드리자는 것인데요. 일단의 유격대를 조직해서 배후의 케이오스 협곡으로 침투, 적의 배후를 급습하는 겁니다. 야간이라면 5천 정도의 적은 병력이라도 충분히 적을 혼란시킬 수 있습니다. 그때를 틈타 나머지 아군이 적을 덮친다면 만사 오케이죠."

"각하한다."

로엔의 말이 끝나기 무섭게, 더없이 냉정한 제딘의 말이 떨어졌다. 어이가 없다는 표정으로 로엔이 제딘을 바라보자, 그는 양 팔꿈치를 탁자에 기대며 한마디를 던졌다.

"좋은 방법이긴 하다. 하지만 그 침투는 어떻게 할 셈이냐?"

"그, 그건……."

로엔은 선뜻 대답하지 못하고 머뭇거리다, 결국 세부적인 실행 계획에 대해 생각해 보지 않은 머리를 탓하며 입을 다물었다. 제딘은 그 모습에 피식 웃어버리고는 자신의 지휘봉으로 상황도의 세이레인 군 진영을 가리켰다.

"내 생각을 말해 보지. 전군을 둘로 나눈 후 그중 한 부대를 쐐기형으로 편성, 적진을 양분한다. 그 후 반전, 나머지 한 부대와 연합하여 둘로 나뉜 적군을 하나씩 각개격파한다. 이 작전에서 필요한 것은 강한 돌파력과 상황을 정확히 파악, 서투르게 무리하지 않는 지휘관과 두 부대 간의 상호 연계다."

"그러니까, 적진 중앙을 일점 돌파해 양분하는 것이 중요하다는 것입니까?"

맥마흔이 턱을 쓰다듬으며 중얼거리자 제딘은 고개를 끄덕였다. 잠시 상황도를 바라보며 생각에 잠겨 있던 맥마흔은 충분한 검토를 했는지 두어 차례 고개를 끄덕이고는 제딘을 바라보았다.

"이거 괜찮은데요. 중앙 돌파를 제게 한번 맡겨주지 않으시겠습니까?"

"확실히 돌파엔 자네가 적임이긴 하지. 맡겨보겠네."

"감사합니다."

맥마흔은 고개를 숙여 감사를 표했다. 제딘은 상황도를 바라보고 있는 로엔과 아레나를 돌아보며 물었다.

"특별한 문제라거나 이의를 제기할 사람 없나?"

"없어요."

볼멘소리로 로엔이 대답했다. 아무래도 아까 자신의 제안이 일언지하에 거절당한 것에 불만이라도 품고 있는 모양이었다. 제딘은 아직은 아이티를 벗어나지 못한 아들의 모습에 다시금 미소를 짓고는 사령부로 옮겨올 때 병사를 시켜 가지고 오게 한 종이 봉투를 들어 모두에게 하나씩 나눠줬다.

"이건……?"

묵직한 봉투를 열어 안을 바라본 로엔이 의외라는 표정으로 제딘을 바라보자, 그는 팔짱을 끼고는 의자 등받이에 몸을 한껏 기대며 대답했다.

"그동안 고생이 많았으니 수고했다는 뜻으로 주는 것이다. 몰래 혼자 삼킬 생각하지 말고 참모진들과 나누도록 해라. 그들도 너와 마찬가지로 고생했으니."

"이야, 이거 반가운데? 어디서 이런 걸 다 구해온 건가?"

작전회의를 마치고 돌아온 로엔이 건네주는 봉투를 열어본 크레시의 입이 함지박만해졌다. 희희낙락하며 봉투에서 1417년산 브랜디를 꺼내 탁자에 내려놓는 크레시를 바라보던 로엔은 힘들다는 듯 의자에 털썩 주저앉았다.

"아버지가 그간 수고했다며 주시는 거예요. 군량만 챙겨온 줄 알았더니 별걸 다 가져왔던데요?"

"뭐, 제던님이야 꼼꼼하시니까. 음… 이거 좋은데? 니크로스 산 상등품 브랜디인걸?"

브랜디 병의 밀봉을 뜯어내고 마개를 연 크레시가 브랜드의 향을 맡아보며 대꾸했다. 그러자 옆에서 입맛만 다시고 있던 제이가 재빨리 나무 술잔을 가져와 탁자에 내려놓았다.

"상등품이면 어서 마셔야죠. 이미 뜯었으니 아껴봤자 썩기밖에 더 하겠어요?"

"어허! 서두르면 일이 되겠는가. 이런 명주는 천천히 즐겨야 하는 법이야."

급히 병을 향해 손을 내미는 제이를 제지한 크레시가 막 잔에 술을 따르려는데, 순간 어디선가 나타난 나무 술잔 하나가 크레시의 잔에 떨어지는 브랜디를 대신 받아내기 시작했다. 갑작스런 상황에 어이가 없어진 크레시와 제이가 그 나무 술잔의 주인, 가이에 인디스트로를 황당한 표정으로 바라보았다.

"술, 고픔."

간단한 한마디로 둘의 입을 막아버린 가이에는 브랜디가 적당한 정도로 채워지자 잔을 도로 빼내가며 보기 드물게 느긋한 표정을 지었다.

"아, 이것 참… 인디스트로님은 언제나 할 말이 없게 만드는군요."

재미있다는 듯 그들을 바라보던 붉은 머리가 인상적인 제7기사단 참모장 그린이 걸걸 웃었다. 어쨌거나 브랜디가 한 잔씩 모두에게 돌아간 후, 느긋하게 한 모금의 브랜디를 넘긴 크레시가 로엔에게 물었다.

"그나저나, 회의는 어떻게 되었는가?"

"별거 없어요. 내일 공격을 시작해 적을 양분하고 각개격파한다. 간단하게 요약하면 이 정도가 되겠네요."

아직도 앙금이 남아 있는 듯한 로엔의 퉁명스러운 대답에 크레시가 어깨를 으쓱했다.

"이런, 그건 너무 간단하지 않나."

"대충 이해는 했습니다만, 그렇게 된다면 돌파를 담당하는 분은 아마도 맥마흔 이레이아님이시겠군요?"

그린의 말에 로엔이 고개를 끄덕였다. 심각한 표정으로 브랜디를 한 모금 마신 그린은 고개를 갸웃하고는 잠시 생각에 잠기기 시작했다.

"아무래도… 영 불안한데요."

제이 역시 뭔가 이상한 점이라도 있는 듯 중얼거렸다. 무언가 빠뜨린 듯한, 허전한 표정으로 그는 로엔을 바라보았다.

"기병대."

"아, 맞다!"

무엇이 빠졌는지 간단히 결론 내린 가이에의 말에 제이가 이마를 탁쳤다. 그린도 그 점을 생각하고 있었는지 심각한 표정으로 로엔에게 말했다.

"예전에 라비니어스 쪽 국경을 방어하던 것으로 파악된 세이레인 군 기병대를 간과하고 있는 작전이군요, 그것은."

"생각해 보니……."

참모들의 대화를 듣고 있던 로엔 역시 표정이 바뀌어 있었다. 잠시 안절부절못하던 로엔은 참을 수 없었던 듯 망토를 붙잡고는 자리를 박차고 일어났다.

"아버지에게 다녀와야겠어요. 그린, 뒤를 부탁하죠."

"걱정 마십쇼. 단장님 몫까지 확실하게 마셔 드릴 테니까요."

말하기가 무섭게 들려온 제이의 대답에 로엔은 힘이 쭉 빠지는 것을 느꼈다. 봉투에서 브랜디 한 병을 잽싸게 잡아챈 로엔은 망토를 두르며 그린을 바라보았다.

"그럼, 다녀오죠."

로엔이 제딘이 머물고 있는 방으로 갔을 때는 이미 한 명의 손님이 더 도착해 있었다. 문을 열고 들어서던 로엔은 의외라는 표정으로 먼저 온 사람을 바라보았다.

"체시아?"

"오래간만이군."

몇몇 서류들을 사이에 두고 제딘과 무언가 이야기를 나누고 있던 체시아는 마땅찮다는 표정으로 로엔을 바라보았다. 상대가 마음에 들지 않는 것은 로엔 역시 마찬가지여서, 팔짱을 낀 채 체시아를 바라보며 이죽거렸다.

"아사신 길드의 귀하신 몸께서 이곳엔 웬 행차시지?"

"댁하고는 상관없는 일이니 신경 끄시지."

차가운 체시아의 말에 울컥한 로엔이 다시 반격에 나서려는 찰나, 제딘이 자리에서 일어나며 로엔을 제지했다.

"그쯤 해둬라. 같은 편끼리 내분을 일으켜서 뭘 어쩔 셈이냐. 그건 그렇고, 무언가 용건이 있어서 온 것 같은데……."

"아, 그랬었죠."

그제야 로엔은 자신이 이곳에 왜 왔는지를 깨닫고는 체시아에게서 시선을 돌렸다. 일단 제딘이 집무용 탁자에 가서 앉자 그 앞으로 간 로엔은 제딘의 책상에 양팔을 짚으며 이야기를 시작했다.

"아무래도 오늘의 작전회의, 한 가지를 빼놓고 있는 것 같아서요."

"기병대 말이냐?"

"알고 계셨어요?"

제딘의 대답에 로엔이 의아한 표정으로 반문하자 제딘은 어깨를 으쓱했다.

"쓸데없는 걱정을 하는구나. 이미 적 기병대에 대한 대책은 세워졌다."

"그 대책이 뭔지 좀 알고 싶은데요."

이제는 시비조로 변해 버린 로엔의 말투였다. 제딘은 따지고 들어오는 아들의 모습이 마냥 귀엽기만 한지 피식 웃으며 로엔에게 대꾸했다.

"길리언은 지금 요새 가르미슈의 제3기사단에게 붙들려 시간을 지체하고 있을 거다. 이제 대답이 되었느냐."

"설마……?"

"그래, 프라이슨이 거기에 있다."

제딘의 대답에 로엔은 고개를 끄덕였다. 충분히 납득한 표정이었다. 우선 로엔부터가 프라이슨의 능력을 잘 알고 있는 것이다.

"프란 형이라면 잘 해내겠군요. 한시름 덜었네요."

제딘은 고개를 끄덕였다. 일단 용건이 끝나자 로엔은 손님을 접대하기 위한 탁자에 놓인 서류에 눈길이 갔다. 그것을 눈치 챈 제딘이 부드러운 목소리로 로엔에게 말했다.

"라비니어스에 동맹을 요청하기 위한 서류다."

"드디어 결심하신 건가요? 아버지의 결정치고는 좀 늦은 감이 있는 것 같은데요."

로엔의 말에 제딘은 어깨를 으쓱했다.

"어쩌겠냐, 내겐 제1기사단의 지휘권뿐인 것을. 카르이의 카이젠 전하와 조율을 좀 하느라 시간이 걸렸지."

"그런 녀석 무시해 버려요."

"뭐야?!"

체시아의 앙칼진 목소리가 로엔의 귀청을 쨍쨍 울렸다. 갑작스런 높은 성량의 고함에 놀란 귀를 움켜쥐고 끙끙대던 로엔은 대뜸 체시아에게 삿대질을 하며 외쳤다.

"이 망할 계집애가 어디서 고함을 지르는 거야! 하마터면 귀청 떨어질 뻔했잖아!"

"계집애? 나이도 어린 게……."

"내 나이 올해로 스물넷이다! 너 몇 살이야!?"

로엔이 자기 나이를 밝히며 맞고함을 지르자 체시아가 주춤하며 제딘을 바라보았다. 제딘은 조용히 고개를 끄덕였고, 체시아는 믿을 수 없다는 표정으로 로엔을 바라보았다.

“저, 저 얼굴로 스물넷?! 믿을 수 없어! 뭘 먹고 살았기에 그렇게 동
안인 거야?”

로엔도 체시아가 자신의 콤플렉스를 자극하자 더 참을 수 없었는지,
다시 무언가 소리를 버럭 지르려 했다. 그때 제딘이 로엔을 제지했다.

“그쯤 해둬라. 중요한 서류를 검토하던 중이었다.”

“쳇, 알았어요.”

로엔도 툴툴대긴 했지만 아버지의 말을 거역할 수는 없었는지 잠시
체시아를 노려보다 밖으로 나가 버렸다. 체시아 역시 로앤을 마주 노
려보았지만, 제딘이 쓴웃음을 지으며 하는 말에 기분을 풀 수밖에 없었
다.

“저 녀석, 이스카와 같아. 더 이상 성장을 하지 않게 되었지. 불변이
라 하던가… 아무튼 그런 녀석이라 외모에 자괴감이라도 생긴 모양이
야. 그러니 저 녀석 외모에 관해선 가급적 언급을 피하게나.”

“불변… 말입니까?”

처음 듣는 말인 듯 체시아가 눈을 크게 뜨며 제딘을 바라보았다. 제
딘은 고개를 끄덕이고는 다시 입을 열었다.

“그래, 불변. 불쌍한 녀석이지. 죽을 수도 없이 한 치 앞도 내다보기
힘든 삶을 영원히 살아가야 하니…….”

거기까지 말하고는 제딘은 웃으며 체시아를 바라보았다.

“그런 녀석이니 잘 부탁하지. 그럼 계속해 볼까?”

7월 5일. 제1, 2기사단이 합류, 병력과 사기, 보급이라는 삼박자가
모두 갖춰진 토라 재건군은 카시나 요새를 출진, 바로 세이레인 군의
도발에 나섰다.

　제2기사단장 헥터 폰 스트라우스를 선봉으로 세우고, 대륙 최고의 기사이자 검객 중 하나로 손꼽히는 제1기사단장 제디스틴 리스나르트를 사령관으로 하는 토라 재건군 7만 5천의 병력은 보무도 당당하게 세이레인 군의 눈앞에 진을 쳤다.

　이에 맞서는 세이레인 군의 진용도 만만치는 않은 것이었다. 비록 저번 전투에서 최고의 전략가라 일컬어지는 가토르와 1만 3천여의 병력을 잃긴 했지만 아직 10만에 육박하는 병력과 '검장(劍匠)의 대공' 이스카 폰 블릭스를 비롯한 수많은 전투를 거친 세이레인 신성기사단의 베테랑들은 결코 얕볼 수 없는 세력을 구축한 채 토라 재건군을 맞이하고 있었다.

　"이거… 아무래도 이스카가 수비진의 이점을 이용하려 드는 것 같은데요."

　오목하게 편성된 세이레인 군을 바라보며 제1기사단 참모장 로빈 하이워커가 곤란하단 표정을 지었다. 하지만 제딘은 그다지 동요하는 눈빛이 아니었다.

　"적이 수세로 나올 것이라는 건 이미 예견한 것이 아니었나. 맥마흔이 자신있게 맡겨달라 했으니 한번 믿어보세나."

　"뭐, 맥마흔의 용맹이라면 믿을 수 있긴 합니다만……."

　로빈은 아쉬운 점이라도 있었던 듯 말꼬리를 흐렸다. 사실 나이트 길드 내의 평가로만 치자면 제2기사단장 헥터 폰 스트라우스 쪽이 더 높은 점수를 받고 있었기에 그로서는 내심 헥터가 더 적임이라 생각하고 있었던 모양이다. 그 모습에 제딘은 미소를 지었다.

　"애초에 헥터에게 이번 일을 맡길 생각은 없었어. 경쟁자가 하나쯤은 있어줘야 서로 힘이 날 것 아닌가."

“그렇게 말씀하신다면야 생각이 있어서 맡기신 것일 테니 이의는 없습니다.”

로빈은 쉽게 수긍하는 표정으로 고개를 끄덕였다. 작전회의에서는 철저하게 따지지만, 이미 결정된 사안에 대해서는 왈가왈부하지 않는다. 이것이 로빈 하이워커가 제딘에게 신뢰받는 이유 중 하나이기도 했다.

“아, 맥마흔이 슬슬 시작할 모양이군.”

세이레인 진영을 바라보던 제딘이 문득 기사단 오른쪽에서 이는 움직임을 알아챘는지 시선을 그쪽으로 돌렸다. 그 말에 로빈 역시 고개를 돌리며 약간의 우려가 섞인 목소리로 말했다.

“잘해줘야 할 텐데요.”

“잘하겠지. 만일의 경우라도 헥터가 있으니까.”

제딘의 반응은 무덤덤했다. 그에 대비해 생각해 둔 것이라도 있는 모양이었다.

한편, 우익의 제4기사단장 맥마흔 이레이아는 제4, 5, 7기사단을 앞에 두고 일장 연설을 시작하고 있었다.

“지금 제군들은 토라 흥망의 기로에 서 있다. 승리하든 패배하든 어떤 방향으로 가든 이 전투는 토라의 미래에 큰 영향을 미칠 것이다!”

“오, 맥마흔님도 말 꽤나 잘하시는데요?”

“그러게, 무대포인 줄만 알았는데.”

제이 헌터가 감탄했다는 듯 촌평을 늘어놓자 로엔이 심드렁한 표정으로 대꾸했다. 저런 류의 연설은 하도 들어 이젠 지겹다는 듯한 태도였다.

“내가 말하는 것은 다름이 아니다! 미래는 제군들의 손으로 결정짓는 것이다! 죽음이 두려워 변화를 겁내는 자는 지금 당장 이 자리를 떠나도 좋다! 하지만 그만큼 미래는 그대들이 원하지 않는 방향으로 흘러갈 것이다! 그렇게 되고 싶지 않은 자는 내 뒤를 따라라! 용기있는 자의 손에 승리의 영광이 쥐어질 것이다! 싸우는 것이다! 싸워서 미래를 그대들의 손에 넣어라!"

"와아아—!"

비록 세련되진 못했지만 병사들의 가슴에 뜨거운 정열을 심어주기엔 충분한 연설이었다. 거듭된 승리에 사기가 오를 대로 올라 있던 토라 군은 이 연설에 무기를 높이 치켜들며 함성을 질렀다.

병사들이 싸우기에 충분한 상태가 되었다고 생각되자, 맥마흔은 백—드—코빈을 꼬나 쥐고 세이레인 군으로 방향을 돌렸다.

"가자! 여신은 반드시 우리의 손을 들어줄 것이다!"

토라 군의 우익에서 세 개 기사단이 쐐기형으로 진형을 편성, 세이레인 군의 중앙으로 진격해 오기 시작하자 이스카는 팔을 들어 올렸다.

"양 날개는 적의 움직임에 맞춰 안으로 좁혀들어라! 적을 삼면으로 둘러싸서 공격한다!"

마치 새가 날개를 펼쳐 놓은 듯 넓게 벌려져 있던 세이레인 군의 양익은 맥마흔이 이끄는 토라 군이 정면으로 돌진해 오기 시작하자 천천히 좁혀졌다.

요(凹)와 철(凸)이 맞부딪치면서 치열한 전투가 벌어지기 시작했다. 양군의 파이크가 서로의 몸을 꿰뚫고, 근거리까지 접근한 병사들이 창을 버리고 백병전을 벌이기 시작했다.

"돌파하라! 적을 반으로 갈라야 한다! 적을 양단한다면 이번 전투는 우리의 승리다!"

선봉에 선 맥마흔이 백—드—코빈을 횡으로 휘둘러 병사 둘의 몸을 단칼에 양단하며 고함을 질렀다. 하지만 두텁게 포진한 세이레인의 중군은 쉽게 뚫려질 기세가 아니었다. 드물게 이번에 직접 전투에 참가한 이스카 역시 종횡무진으로 움직이며 토라 군을 베어 넘겼다.

"더 이상의 작전은 필요없다! 삼면으로 둘러싼 상태로 적을 쳐라! 오딘 신의 가호가 아군과 함께하고 있다! 승리는 우리의 것이다!"

한편, 제7기사단 제2분대장 가이에 인디스트로는 테이시온 드 리크레디아가 이끄는 일군을 맞아 양군 사이에서 가장 볼 만한 전투를 벌이고 있었다. 가이에가 단검을 하나 날릴 때마다 하나의 세이레인 군이 죽어 넘어졌고, 세이레인 군은 적잖은 동요를 보이며 주춤거리기 시작했다. 그때 테이시온이 오러 블레이드를 뽑아 들었다.

"언제부터 이 테이시온이 지휘하는 세이레인 군이 이렇게 약해 빠졌던 것이냐! 오딘의 가호가 아군에 함께한다! 기죽지 말고 돌진하라!"

'일곱 별' 중 유일하게 살아남은 팰러딘이자 '찬란히 빛나는 오딘의 검' 테이시온 드 리크레디아의 격려는 잠시 움츠러들었던 세이레인 군에게 사기를 다시 불어넣었다.

"와아아—!"

세이레인 군은 다시 거센 함성을 지르며 토라 군을 덮쳐 갔다. 그 모습을 본 가이에는 표정을 잠시 찡그리더니 팔을 높이 들어 올렸다.

"쳐라! 지금까지 우리는 이겨왔다! 그 기세로 이번 전투의 승리도 손에 쥐는 것이다!"

깃발이 움직여 신호를 보내고, 가이에의 보좌관이 높이 소리를 질렀다. 평소에 기동 훈련에 익숙해져 있던 제2분대는 신호에 따라 침착하게 우회 기동, 세이레인 군의 예봉을 슬쩍 피해 측면을 강타하는 데 성공했다.

"이런 제기랄!"

상황이 생각대로 돌아가지 않자 테이시온이 욕지거리를 내뱉었다. 병사 하나하나의 전투력은 세이레인 쪽이 높았지만, 이런 상황에서 유연하게 대처할 수 있는 기동은 토라 재건군 쪽이 한 수 위였다.

"물러나 전열을 재정비하라! 지금 상태로는 개죽음만이 있을 뿐이다!"

테이시온은 가까스로 병력을 물려 진형을 재편할 수 있었지만, 이 기회를 놓치지 않은 가이에가 끝까지 물고늘어진 탓에 상당한 병력의 손실을 입어야 했다. 테이시온은 입술을 세차게 짓씹고는 오러 블레이드로 자신을 가로막는 토라 병사를 갑옷째 양단하며 외쳤다.

"우리의 목표는 적을 포위망에 가두는 것이다! 섣불리 나서 허무하게 목숨을 잃지 말라! 절대 전열을 무너뜨려서는 안 된다!"

돌파하려는 토라 군과 포위하려는 세이레인 군 사이의 전투는 갈수록 치열하게 벌어지고 있었다. 맥마흔이 이끄는 토라 군의 공격이 거세긴 했지만 세이레인 군 역시 전열을 두텁게 짜고 있어 쉽사리 뚫릴 기세가 아니었다.

"제기랄!"

맥마흔이 초조한 심정으로 세이레인 군의 중군에 맹공을 퍼붓고 있는데, 상황을 급변시킬 일이 벌어졌다. 맥마흔의 공세를 바라보던 토라 재건군 제1기사단당 제디스틴 리스나르트가 마침내 공격 개시의 신호탄을 올린 것이었다.

"전군 돌격!"

“와아아―!”

진군 나팔이 울려 퍼지고 깃발이 높이 오른다. 제딘의 공격 명령이 떨어지기가 무섭게 토라 재건군 제1, 2기사단은 하늘을 찌를 듯한 함성을 내지르며 세이레인 군의 우익으로 짓쳐들기 시작했다.

“우익군은 물러나라! 이대로라면 오히려 우리가 양측에서 협공을 받게 된다! 물러나라!”

다행히 이를 눈치 챈 클라인시커 후작의 빠른 대응으로 세이레인 군은 큰 타격을 받지 않고 병력을 물릴 수 있었다. 제딘은 아쉽다는 듯 입맛을 다신 후 다시 손을 높이 들어 올리며 외쳤다.

“제1기사단은 현재의 위치를 고수하고, 2기사단은 적의 측면을 돌파한다! 헥터 폰 스트라우스, 제2기사단으로 적의 측면을 돌파하라!”

“그 명령만 기다리고 있었습니다! 제2기사단은 나를 따르라!”

제1기사단에서 깃발이 들어 올려지는 것을 본 헥터가 검을 힘껏 움켜쥐며 호기롭게 외쳤다. 용장 밑에 약졸 없다는 법을 증명이라도 하려는 듯, 헥터의 제2기사단은 성난 사자처럼 세이레인 군 우익 측면을 향해 달려갔다.

“적이 아군의 측면을 향해 오고 있다! 돌파당하면 끝이다! 무슨 수를 써서라도 돌파를 저지하라!”

클라인시커 후작이 토라 재건군의 기동 방향을 보고는 악을 쓰듯 외쳤다. 하지만 나이트 길드 내에서도 손꼽히는 용장인 헥터와 제2기사단을 저지하기엔 세이레인으로선 역부족이었다.

“돌격! 돌격하라! 승리는 우리의 손에 있다! 돌격하라!”

헥터의 외침이 터져 나오는 곳의 세이레인 군은 마치 지진이 일어난 땅처럼 양쪽으로 갈라졌다. 그 모습을 보며 발을 동동 구르던 클라인시커 후작은 뒤에서 지휘만 하고 있을 수는 없었던 듯 직접 검을 뽑아 들고는 헥터가 보이는 세이레인 우익군 중앙으로 달려갔다.

"오호라! 오딘 신을 수호한다는 크루세이더께서 직접 행차하시는 건가?"

멀리서 클라인시커 후작이 말을 달려오는 것을 본 헥터의 입가가 흥분으로 살짝 치켜 올라갔다.

카앙!

클라인시커 후작이 멀리서 던진 스로잉 엑스가 비스듬히 세운 헥터의 검에 맞고 튕겨 나갔다. 헥터는 저릿해 오는 팔을 가볍게 주무른 후, 자세를 낮추고 클라인시커 후작이 타고 있는 말의 다리를 노리고 검을 휘둘렀다.

"어딜!"

헥터의 의도를 눈치 챈 클라인시커 후작이 높이 점프하며 헥터가 휘두른 검을 피해냈다. 클라인시커 후작을 떨어뜨려 손쉽게 잡으려던 헥터는 가볍게 혀를 찬 후, 황급히 말을 새우고 바닥에 내려온 클라인시커 후작에게 달려들었다.

챙! 챙!

금속과 금속이 부딪치는 경쾌한 소리가 전장을 울린다. 헥터와 클라인시커 후작 모두 뛰어난 검술을 지니고 있었고, 자연히 둘의 전투는 치열해지기 시작했다.

"과연 크루세이더, 명불허전이군! 에잇!"

헥터가 자신의 가슴으로 찔러 들어오는 클라인시커의 검을 막아내며 말했다. 하지만 클라인시커 후작은 말이 필요없다는 듯, 묵묵히 헥터의 역공을 받아내고 다시 공격해 갈 뿐이었다.

둘의 결투는 쉽게 결말이 나지 않았다. 시간이 흐를수록 헥터는 초조해지기 시작했다. 빨리 돌파를 성공시켜 아군에게 유리한 상황을 만들어야 하는 사명을 지닌 그로서는 이렇게 시간을 낭비하는 것이 달가울 리가 없었다.

"하아아앗!"

헥터는 크게 고함을 지르며 검을 힘차게 내리그었다. 클라인시커 후작이 감히 맞받을 생각을 하지 못하고 몸을 돌려 공격을 피해내자, 그는 클라인시커 후작이 몸을 돌린 쪽의 맞은편 뒤쪽으로 재빨리 물러났다.

"오늘은 이만 물러나지만, 다음에 만나면 확실히 결판을 내주지!"

"웃기는 소리!"

헥터의 으름장에 클라인시커 후작은 코웃음을 치며 대꾸했다. 헥터를 처리하진 못했지만, 클라인시커 후작으로서는 아쉬울 것 없는 일전이었다. 일단 이것으로 토라 재건군의 돌파를 상당한 시간 동안 저지할 수 있었던 것이다. 클라인시커 후작은 다시 말에 올라탄 후 고개를 돌려 황급히 전황을 파악했다.

"우익군은 산개하지 말고 적이 돌파하려는 부분에 집중하라! 승리는 아군의 눈앞에 있다!"

전황은 특별히 어느 쪽에 우세하게 기울지 않은 채 소강 국면으로 접어들고 있었다. 이렇게 되자 초조해진 쪽은 병력의 질과 양, 둘 모두에서 열세인 토라 재건군 측이었다. 제딘은 믿었던 헥터마저 적진을 양단하는 데 실패하자 미련없이 손을 치켜들었다.

"후퇴한다! 전열을 유지하면서 서서히 뒤로 물러나라!"

깃발이 움직이고, 토라 군이 세이레인 군을 견제하며 서서히 뒤로 물러나기 시작했다. 하지만 이 좋은 기회를 그대로 놓칠 이스카가 아니었다.

"전군 수세에서 공세로 전환한다! 꼬리를 말고 달아나는 토라의 개들을 쳐라!"

"와아아—!"

굳건히 방어진을 구성하고 있던 세이레인 군은 이스카의 명령이 떨어지자 기다리고 있었다는 듯 함성을 지르며 호시탐탐 먹이를 노리던 승냥이처럼 후퇴하는 토라 군을 덮쳤다. 후퇴마저도 어렵게 되자 제딘은 인상을 찌푸리며 높이 소리를 질렀다.

"전열을 무너뜨리지 마라! 전열을 무너뜨리면 죽음만이 있을 뿐이다! 적의 공세는 한순간이다! 이 한순간만 버티면 된다! 싸워라!"

"아아악—!"

이스카의 절묘한 역공 타이밍으로 전황은 일거에 세이레인 군에 유리하게 돌아가기 시작했다. 토라 군의 파이크를 피해 안으로 파고든 한 디바이너가 오러 블레이드로 황급히 자신의 검을 뽑아 드는 병사의 가슴을 베어버리는 순간, 그 뒤를 따라 파고든 세이레인 군 병사의 단창이 그 옆에서 달려드는 토라 군 병사의 복부를 꿰뚫었다.

전투는 일방적으로 세이레인에 유리하게 돌아가고 있었다. 그 와중에 토라 군 선발대의 제7기사단장 로엔 리스나르트가 타개책이라도 생각해 냈는지 자신의 참모장 그린에게 소리 높여 외쳤다.

"내가 선두에서 파고들 테니 뒤를 부탁해요!"

"무, 무슨!"

그린이 로엔의 말뜻을 이해하지 못했는지 당황한 표정으로 외쳤지만, 이미 로엔은 검을 뽑아 든 채 앞으로 달려나가고 있었다. 기가 질릴 정도로 압도적인 수의 적군을 마주한 로엔은, 약간은 위축되었던 마음을 다잡고 마나를 끌어 모았다.

"한없이 뻗어가는 지옥의 화염! 파이어·헬·인페르날 블레이드(Infernal Blade)!"

"마, 마법사?!"

적자색 화염이 로엔의 건틀릿과 검을 감싸며 화려하게 불타오르기 시작했고, 그것을 본 세이레인 군 병사들은 주춤하며 한 걸음 뒤로 물러났다. 그 모습에 속으로 안도의 한숨을 내쉰 로엔은 낮은 자세로 상체를 숙이고는 세이레인 군 한가운데로 돌진하기 시작했다.

"제기랄, 후퇴가 되지 않는다면 돌파다! 나를 따르라!"

"제7기사단은 쐐기형으로 전열을 재편하고 단장의 뒤를 따른다! 전군 돌격!"

그제야 로엔이 무엇을 생각하고 있는지를 알아챈 그린이 황급히 검을 높이 치켜들었다. 자신들의 지휘관이 몸을 사리지 않고 적진으로 돌진하자 용기백배하여 그 뒤를 따르기 시작했다.

로엔의 단독 돌파에 잠시 주춤했던 세이레인 군 좌익이 그 뒤를 따르는 제7기사단에 의해 대책없이 밀려나기 시작하자, 초조한 표정으로 그쪽을 바라보던 이스카가 노호성을 질렀다.

"대체 뭘 하는 건가! 한 치의 빈틈도 주지 말고 적을 밀어붙여야 할 이 시점에! 테이시온, 그라인! 무슨 수를 써서든 적의 돌파를 저지하라! 돌파당하면 아군은 끝이다!"

이스카의 명령에 익제큐터 그라인의 후위 부대가 세이레인 군의 왼쪽으로 이동을 시작하는 한편, 테이시온의 좌익 부대는 병력을 재편할 틈도 없이 로엔의 부대를 맞아 다시금 치열한 전투를 전개했다.

"하아앗—!"

로엔의 검을 감싼 자염이 한 번 너울거릴 때마다 한 명의 세이레인 병사가 쓰러졌다. 로엔은 망토를 감싼 팔로 한 세이레인 병사가 던진 단창을 쳐내고는 그대로 달려나가 단창을 던진 병사의 가슴을 갈랐다.

"으아악—!"

그 병사가 단말마의 비명을 지르며 쓰러지는 것을 돌아볼 겨를도 없이 다시 몇 개의 창과 칼이 로엔을 향해 찔러왔다. 이것을 다 피해낼 수는 없다. 빠르게 판단한 로엔의 몸이 빠르게 뒤로 물러섰다.

카앙!

로엔의 왼쪽 어깨에 걸쳐진 미스릴 망토에 창날이 부딪쳐 맑은 금속성이 울리는 것과 동시에 창날과 충돌한 어깨가 격하게 뒤로 팅겨졌다.

"큭!"

로엔은 낮게 신음을 내지르며 기세를 이기지 못하고 뒤로 서너 발짝 물러났다. 밀려오는 고통에 힘이 들어오지 않는 왼팔을 축 늘어뜨린 로엔은 기합을 내지르며 앞으로 달려나갔다.

"하앗!"

"으아악!"

다시금 찔러오는 파이크를 피해낸 로엔의 검이 붉은 섬광을 그렸다. 그 섬광의 궤적이 지나간 끝에는 한 세이레인 병사가 가슴에서 피분수를 뿜으며 바닥에 쓰러지고 있었다. 하지만 로엔에게는 그것을 돌아볼 틈조차 허용되지 않았다. 양 옆에서 내지르는 파이크를 몸을 반 바퀴 돌려 피해낸 로엔은 그중 하나를 잡아채며 크게 도약했다.

"간다!"

갑작스럽게 파이크를 잡아 채여 균형이 흐트러진 세이레인 병사의 가슴을 비스듬히 양단하며 착지한 로엔은 재빨리 오른쪽으로 돌아서서 자신의 머리로 검을 내려치는 기사의 가슴에 칼을 박아 넣었다.

푸욱—

"커헉!"

단단하게 무두질된 가죽 갑옷을 가볍게 뚫어버리며 로엔의 검은 기사의 폐를 사정없이 헤집었다. 기관지를 역류해 올라오는 피를 입에서 꾸역꾸역 토해내며 마치 소리없이 단말마의 비명을 지르는 듯한 기사의 눈을 올려다본 로엔이 살짝 고개를 숙였다.

"쓸데없는 감상이란 것은 알지만, 그래도 편히 눈을 감기를……."

로엔이 가슴에서 검을 뽑아내자 기사는 실 끊어진 인형처럼 바닥으로 쓰러졌다. 잠시 그 모습을 감상적인 표정으로 내려다보던 로엔은 고개를 가로젓고는 마력을 끌어 모았다.

"파이어·헬·인페르날 블레이드."

다시금 붉은빛이 감도는 보라색의 화염이 로엔의 검을 휘감아 타오르기 시작했다. 하나의 인생, 하나의 목숨이 강렬히 타오르다 차례로 스러진다. 지금까지의 전쟁터에서 그래 왔듯이 로엔은 가슴속으로 이를 악물며 소리 높여 외쳤다.

"기사단은 돌격하라! 이 기세를 몰아 적을 완전히 양단한다!"

로엔이 앞을 가르며 나서자 기세가 오른 제7기사단은 파죽지세로 세이레인 군 좌익을 돌파해 나가기 시작했다.

이스카의 맹공을 힘겹게 막아내면서도 깃발의 위치로 재빨리 상황을 파악해 낸 제딘은 회심의 미소를 지었다.

"평소엔 쓸모없던 아들놈이 이런 때 도움이 되는군. 어디까지 할 수 있는지 한번 지켜볼까? 전 기사단은 공세로 전환, 더 이상 물러나지 말고 현재의 위치를 사수한다! 무슨 일이 있어도 지금의 위치를 고수하라!"

제딘의 명령이 떨어지자 수세의 입장에서 조금씩 뒤로 후퇴하던 토라 군은 일시에 공세로 전환해 세이레인 군과 맞붙어 싸우기 시작했다. 갑작스러운 토라 군의 변화에 제딘이 노리는 것이 있다는 걸 직감한 이스카는 재빨리 고개를 돌려 전체적인 전황을 파악하기 시작했다.

"이, 이 빌어먹을!"

막 세이레인 군 좌익을 돌파해 낸 토라 군 제7기사단의 깃발과 그 뒤를 이어 완전히 세이레인 군을 양단하려 드는 제4, 5기사단의 깃발을 본 이스카의 주먹이 부르르 떨렸다. 이대로라면 이쪽의 반대 편 조각은 완전히 각개격파의 밥이 된다. 발을 동동 구르던 이스카는 마침내 결심한 듯 손을 높이 들어 올렸다.

"전군 후퇴하라! 클라인시커 후작이 후위를 담당해 적의 추격을 뿌리친다! 퇴각하라!"

클라인시커 후작의 우익이 앞으로 나서며 세이레인 군은 썰물과도 같이 전장을 이탈해 나가기 시작했다. 그 정연한 모습에 감탄하면서 제딘은 슬쩍 미소를 지었다.

"과연 이스카, 올바른 판단이로군. 돌파당했으니 미련없이 포기한 척 뒤로 물러나면서 제7기사단을 견제, 제풀에 포위망을 풀도록 만들었으니……."

"추격하지 않으실 겁니까?"

어느새 다시 옆으로 다가온 로빈 하이워커가 제딘에게 물었다. 그 물음에 제딘은 팔짱을 낀 후 가볍게 한숨을 내쉬었다.

"오늘은 우세한 위치를 얻은 것으로 만족하기로 하지. 이 상태에서 다시 역전되어 버린다면 그때야말로 정말로 골치 아파지거든."

"그렇습니다."

로빈이 고개를 끄덕이자 제딘은 다시금 한숨을 내쉬었다. 방금 전의 한숨과는 다른, 이번 전투를 확실히 승리로 매듭 짓지 못했음을 아쉬워하는 한숨이었다. 하지만 그것도 잠시, 제딘은 로빈을 돌아보며 말했다.

"그럼 요새로 복귀하기로 하지. 병력의 수습을 부탁하네."

이번 교전에서 세이레인 군이 입은 피해는 그다지 큰 것은 아니었다. 다만 불리한 상황에서 전투를 종결한 것이 병사들의 사기에 미친 영향은 컸다. 토라 재건군과의 전쟁이 시작된 후 제대로 승리다운 승리를 맛보지 못한 탓에 우울증 증상을 보이는 병사가 속출할 정도로 그 상태는 심각했다.

"이대로라면 힘듭니다. 동남 방면군의 참전에 대한 검토가 필요하다 생각됩니다."

세이레인력 1441년 7월 6일 아침, 작전회의에서 카이레인 폰 클라인시커 후작이 어두운 표정으로 발언했다.

"음……."

이스카는 낮게 신음을 흘릴 뿐 별다른 대답을 하지 않았다. 굳게 입을 다물고 있는 이스카를 대신해, 수송단과 함께 지원차 도착한 익제큐터 플레어가 클라인시커 후작에게 대답했다.

"동남 방면군의 참전은 불가합니다. 크루세이더께서도 잘 아시리라 믿지만, 지금은 건기가 시작되는 시점입니다. 다크 포레스트의 마물들이 가장 왕성하게 활동을 하는 시기죠."

“으음…….”

클라인시커 후작은 달리 대꾸할 말이 없는 듯 입을 다물었다.

“신성 기사단의 원래 역할은 대륙의 수호입니다. 비록 이 전쟁에 세이레인과 발할라의 영광을 위해 참전하고는 있지만, 그보다 우선하는 일이 바로 마물들의 준동을 감시하고 또 그들을 처단하는 일입니다.”

클라인시커 후작은 고개를 끄덕였다. 그가 디바이너에 서임되었을 때부터 지금까지 한시도 잊고 있지 않고 있는 신성 기사의 서약, 개인적인 생각이야 어찌 되었든 그것은 국가보다 더 중요시해야 하는 중요한 덕목이었다.

“이건 어떻습니까?”

불쑥 팰러딘 테이시온 드 리크레디아 남작이 입을 열었다. 좌중의 시선은 단번에 그리로 쏠렸고, 테이시온은 뒤통수를 긁적이며 주섬주섬 의견을 내놓기 시작했다.

“현재 라비니어스를 견제 중인 길리언 전하께서 이쪽으로 도착하기를 기다리는 것입니다. 이젠 공공연한 비밀이 되어버렸으니 말해도 상관없으리라 생각되어 발설하는 것입니다만, 전하께서 이끌고 있는 1만의 정예 기병단만 합류해도 아군의 승리는 명약관화해질 것입니다. 그러니 소모전을 피하고 최대한 병력을 아꼈다가 길리언 전하께서 도착하시는 대로 일거에 적을 섬멸하면 될 것입니다.”

사실 그 의견은 이곳에 있는 모두가 머리 속으로는 생각하고 있되 꺼내지는 못하고 있던 제안이었다. 하지만 그들은 세이레인 신성기사단의 정예, 약한 소리를 거리낌없이 할 수 있을 정도로 자존심없는 존재들이 아니었던 탓에 그런 이야기들을 꺼내지 못했던 것뿐이었다.

“으음…….”

이스카는 다시금 괴롭게 신음을 흘렸다. 그렇게 잠시간을 고민하던 이스카는 고개를 두어 차례 가로젓고는 말했다.

"아직 우리는 적에 비해 열세는 아니네. 비록 적의 정예가 아군보다 우세인 것만큼은 확실하지만, 그렇다고 그 때문에 중원군을 기다려야 할 정도로 비관적 상황이라고는 생각지 않아."

"하지만 아군의 확실한 승리를 위해서는……."

"이제 됐네. 그만 하게."

테이시온은 더 말을 꺼내려다 클라인시커 후작의 제지에 입을 다물었다. 착잡한 표정으로 이스카의 괴로운 표정을 지켜보던 클라인시커 후작은 테이시온의 납득치 못하겠다는 표정에 변명조로 한마디를 덧붙였다.

"군인이란, 어떤 상황에서든 아군의 승리를 경주해 내기 위한 최선의 노력을 다하지 않으면 안 되네. 지금 동남기사단의 차출도 여의치 않고 마냥 길리언 전하만을 기다릴 수도 없는 노릇인만큼 현재 상황에서의 승리를 위해 최선을 다하는 것이 우리의 본분 아니겠나."

"예, 그렇습죠."

테이시온은 더 말하고 싶지 않은 듯 입을 다물었다. 그 마지막의 한 마디에 담긴 비아냥에 클라인시커 후작은 쓴웃음을 지으며 이스카를 바라보았다. 테이시온과 클라인시커 후작의 대화를 듣고 있지 않았던 듯 무언가 생각에 골몰해 있던 이스카는 잠시 후 고개를 들고 참모진을 둘러보았다.

"작전 지시를 하달하겠다. 전 참모진은 집중해서 경청하도록."

그 목소리엔 자신감이 가득 차 있어 참모진으로 하여금 승리에 대한 일말의 희망을 갖게 했다.

한편, 카시나 요새의 토라 재건군 역시 승리의 단맛을 잠시 뒤로한 채 작전회의에 돌입해 있었다.

"라비니어스에 파견된 첩자의 보고가 들어왔다."

제딘이 한 장의 종이를 꺼내 제1기사단 참모장 로빈 하이워커에게 건네주었다. 그것을 받아 든 로빈은 급히 그것을 펴 읽어 나가기 시작했다.

"라비니어스 대패, 적 기병단의 존재 확인. 수는 약 1만 정도로 추정. 진퇴양난이군요."

"뭐, 뭐라고?"

로빈의 말에 제2기사단장 헥터가 자리를 박차고 일어났다. 그의 얼굴은 현재 참모진의 심정을 대변이라도 하듯 완전히 경악으로 물들어 있었다.

"뭘 그렇게 놀라나. 적 기병단의 존재는 이미 예측했던 것이 아니었던가."

참모진과는 반대로 제딘의 표정은 담담했다. 이미 이렇게 될 것을 예측이라도 하고 있었던 듯한 표정이었다. 하지만 헥터는 그렇지 못한 듯 다시 자리에 털썩 주저앉으며 투덜거렸다.

"제길, 눈앞의 이스카도 제대로 처리하지 못해 환장할 지경인데 1만의 기병단, 그것도 불모지의 날랜 야만인 부대를 격파할 정도로 훈련된 기병단이라니……."

"낙담하지 마라, 아직 기병단은 우리 앞에 나타나지 않았으니."

제딘은 가볍게 헥터를 책망하고는 크게 낙담한 표정의 참모진을 둘러보았다. 그 한심한 모습에 제딘은 한숨을 내쉬고는 천천히 말하기 시작했다.

"지금이 아군에겐 최대의 호기다. 건기가 시작되어 아톤 산맥의 이남의 다크 포레스트를 경계하는 동남 방면군이 빠져나오지 못하는 데다, 적 기병단이 아직 라비니어스 때문에 쉽게 빠져나오지 못해 적이 중원받을 수 없는 지금 세이레인을 격파해야 한다."

"격파하지 못하면?"

로엔이 자문하듯 중얼거렸다. 로엔 역시 반쯤은 낙담한 표정이어서 제딘은 잠시 미소 지은 채 자신의 아들을 바라보다 그 물음에 대답했다.

"꼬리를 말고 도망가든가 요새에 먹을 게 전부 떨어질 때까지 농성하다 아사하든가, 아마도 둘 중 하나겠지."

"요컨대 승리의 가능성은 조금도 보이지 않는단 이야기군요."

"비슷해."

로엔의 비아냥에 제딘은 고개를 끄덕였다. 너무나도 간단한 수긍에 힘이 빠진 로엔은 고개를 절레절레 젓고는 입을 다물어 버렸다.

"어쨌거나 방금 말한 대로 지금 세이레인을 격파하지 못하면 아군의 미래는 없다고 해도 과언이 아닐 것이다. 그러니……."

여기까지 말하고 제딘은 가볍게 심호흡을 했다. 그 여운에 참모진들의 시선이 제딘에게 집중되자 그제야 제딘은 머금고 있던 한마디를 내뱉었다.

"내일 새벽, 전군은 성문을 열고 세이레인에 대한 기습을 감행한다. 죽이지 못하면 내가 죽는다는 각오로 내일 전투에 임해주길 바란다."

"기습?"

가이에 인디스트로가 특유의 건조한 어조로 반문하자 로엔은 고개를 끄덕였다.

"네. 시간은 내일 새벽, 성내 수비 병력도 남겨두지 않고 총공격을 감행한다는군요."

"너무 극단적인데. 뭐, 이해가 가지 않는 건 아니지만."

제7기사단 참모장 크레시 라자루스의 평이었다. 기사단 병력을 재점검하느라 작전회의에 참여하지 못했던 그는 좀처럼 짓지 않는 떫은 표정으로 로엔을 바라보았다.

"확실히 지금 우리 눈앞에 버티고 있는 병력에 1만의 기병단이 추가된다면 그야말로 사자에 날개가 달리는 격이 되겠지. 아군 입장에서는 절망적일 거고. 하지만 너무 극단적이야."

제딘의 작전 지시에 우려를 나타내던 크레시는 잠시 생각에 잠겨 있다 다시 로엔을 바라보았다.

"그런데 아직도 저 두 천사 분은 참전시킬 생각이 없나?"

로엔은 고개를 끄덕였다.

"인간의 싸움에 그녀들을 끌어들이고 싶진 않아요. 인간의 일은 인간의 손으로 해결해야죠."

"그렇다면 더 말은 않겠네만……."

크레시는 씁쓸한 표정으로 로엔을 바라보았다. 하지만 로엔의 의지는 확고해 더 이상 비집고 들어갈 틈조차 없어 보였다. 결국 크레시는 포기한 듯 고개를 절레절레 저었고, 그 모습을 바라보던 가이에는 어깨를 으쓱했다.

"어쨌든 내일이 되겠군요."

로엔이 문득 감상적인 어조로 중얼거렸다. 크레시와 가이에의 시선이 다시 로엔을 향했고, 로엔은 탁자 위에 놓여 있던 카드를 한 장 뒤집으며 말을 이었다.

"우리의 운명이 결정될 날이……."

스페이드 A. 로엔이 뒤집은 카드는 바로 그것이었다.

세이레인력 1441년 7월 7일 새벽. 토라 재건군이 점령하고 있는 요새 카시나는 조용하면서도 분주하게 새벽을 맞이하고 있었다. 아직 동이 터 오지도 않은 칠흑 같은 어둠의 새벽 하늘을 성벽 위에서 바라보던 로엔이 뒤에서 느껴지는 인기척에 고개를 돌렸다.

"아직 한가한 모양이군."

"그건 그쪽도 피차 마찬가지인 듯한데요?"

피식 웃어버린 로엔이 대꾸했다. 그 말을 무시한 채 헥터가 하늘을 바라보며 문득 중얼거렸다.

"느낌이 안 좋은데."

"…그래요?"

스페이드 A의 찜찜한 느낌을 지우지 못하고 있던 로엔이 예민하게 반응했다. 그 모습을 흘깃 바라본 헥터는 어깨를 으쓱한 후 다시 하늘을 바라보았다.

"이 바닥에서 십여 년 이상 구르다 보면 나름대로 감이라는 게 생기거든. 하지만 느낌 안 좋다고 도망갈 수는 없지. 그 따위 느낌보다 백 배는 더 소중한 게 자존심이니까."

헥터의 중얼거림에 로엔이 고개를 끄덕였다. 로엔은 고개를 돌려 적, 세이레인 군이 주둔하고 있는 방향을 바라보았다. 아직 칠흑 같은 어둠에 가려 보일 리는 만무했지만, 마치 전설 속에 나오는 윌—오—윕스의 윤무처럼 일렁이는 불빛들이 대강의 위치는 짐작케 해주고 있었다.

"유리한 위치를 선점하기 위한 기습이지만, 이길 수 있을까요?"

"글쎄다."

헥터가 몇 걸음 앞으로 나오며 로엔과 나란히 섰다. 횃불의 일렁임에 명암이 극명하게 갈리는 그의 얼굴엔 착잡한 표정이 숨김없이 드러나 있었다.

"하지만 이것만은 확실해. 무슨 짓을 해서라도 이겨야 우리의 미래가 존재한다는 것."

세이레인 진영. 카시나 요새 방향에서 경계 근무 중이던 미하일 발투스는 몰려오는 졸음을 견디지 못하고 크게 하품을 했다. 원래 오늘의 불침 경계는 그의 몫이 아니었다. 하지만 동료 병사와 사소한 이유로 싸움을 벌인 탓에 그 벌로 불침 경계 근무를 명령받아 피곤이 가시지 않은 몸을 애써 달래며 새벽 시간까지 진영 외곽에서 근무를 서고 있는 중이었다.

"제길, 망할 자식이 성질 건드리지만 않았어도……."

미하일은 투덜거리며 가볍게 몸을 움직였다. 비록 폭염이 시작되는 건기의 초입이라 할지라도 우기가 막 끝난 시기의 밤은 싸늘했다.

이리저리 몸을 움직이던 미하일의 동작이 어느 순간 멈췄다. 카시나 요새 쪽을 뚫어지게 바라보던 그의 눈에는 경악이 가득 들어차 있었다.

멀리 보이는 실루엣, 그 실루엣은 차츰 토라 재건군으로 그 모습을 바꿔가기 시작했고, 멀리 보이는 존재가 적이라는 확신이 선 미하일은 급히 비상 사태 발령을 알리는 종을 요란하게 울리기 시작했다.

땡땡땡땡—

“적이다! 적의 기습이다!”

미하일의 다급한 외침이 탁한 종소리와 어우러져 고요한 예렌 평원의 적막을 깨뜨렸다. 비상종 소리에 급히 자리를 박차고 일어난 세이레인 군은 황급히 전투 태세를 갖추기 시작했다.

“전군은 빨리 전투 태세를 갖추라! 적은 이미 아군의 코앞까지 당도해 있다! 서둘러라!”

가장 먼저 자리에서 일어난 클라인시커 후작이 목청을 높여 군사들을 독려했다. 그 순간, 토라 군에서 날아온 불꽃들이 세이레인 진영에 떨어지며 폭발을 일으켰다.

“아아악! 살려줘!”

한 세이레인 군 막사에 직격한 불꽃이 막사와 함께 그 안에서 준비에 여념이 없던 병사 둘을 불태웠다. 전혀 예상치 못한 습격에 손쓸 틈도 없이 당한 그 병사들은 몸에 불이 붙은 채로 뛰어나와 허우적대다 바닥에 쓰러졌고, 클라인시커 후작은 그 처참한 광경을 애써 외면하며 다시 소리 높여 외쳤다.

“적의 기습에 동요하지 마라! 적이 노리는 것은 아군의 혼란이다! 여기서 동요하면 헛되이 목숨만 잃을 뿐이다! 전열을 갖추고 반격할 준비를 하라!”

하지만 세이레인이 전투 태세를 갖췄을 즈음 토라 군은 이미 세이레인 군 진영으로 돌격을 시작하고 있었다. 첫 충돌의 결과는 뻔했다. 다급하게 준비하느라 숨 돌릴 겨를도 없이 적을 맞이하는 세이레인 군과 이미 승리에의 각오를 충분히 다진 채 오직 적을 무찌르겠다는 일념 하나만으로 돌진하는 토라 군의 자세에서부터 결과는 드러나 있었다.

“승리는 우리의 것이다! 돌격하라!”

"무슨 수를 써서라도 적의 돌파를 저지하라! 돌파는 곧 아군의 패배다!"

독려와 욕설이 난무하는 전장에서 병사들은 서로 죽이고, 살아남기 위해 눈에 핏발을 세우며 창을 지르고 칼을 휘둘렀다. 치열한 백병전을 벌이던 한 세이레인 병사가 검이 부러져 막사를 고정하던 밧줄을 집어 들고 상대의 목을 조르자, 뒤에서 접근한 또 다른 토라 군의 병사가 도끼로 그 등을 찍어버렸다. 죽음의 위기에서 구사일생으로 구해진 병사의 눈에는 죽음에 대한 공포감과 삶에 대한 의지, 이 두 가지 외엔 어떤 것도 찾아볼 수 없었다.

시간이 흐를수록 전황은 토라 군에 유리하게 돌아가고 있었다. 이스카와 테이시온, 클라인시커 후작이 최선을 다해 방어하고는 있지만, 초반 기습에 당한 상처는 갈수록 아프게 세이레인 군을 잠식해 들어가고 있었다.

"제길!"

막무가내로 달려드는 한 토라 군 병사를 비스듬히 베어버린 테이시온이 욕지거리를 내뱉었다. 이미 그의 옷과 얼굴은 토라 군 병사의 피로 붉게 물들어 있었다. 하나의 토라 병사라도 더 베기 위해 다음 상대를 찾아 나서려 하는데, 그의 오른쪽에서 섬전 같은 지르기가 날아왔다.

쩽!

황급히 몸을 돌려 그 지르기를 쳐낸 테이시온은 은은하게 저려오는 손목에 긴장하며 자신을 공격한 토라 군의 기사를 바라보았다. 180센티는 충분히 넘을 듯한 큰 키에 균형 잡힌 몸, 그리고 중후한 자세와 손에 쥔 한 자루의 예검.

'이자… 강하다!'

그의 몸에서 풍겨 나오는 심상치 않은 살기에 테이시온은 마른침을 삼켰다. 하지만 그 긴장감 이상으로 그와 검을 맞대보고 싶은 호승심이 일어나는 것을 느낀 테이시온은 짧은 기합성과 함께 자신이 할 수 있는 가장 빠른 속도로 그의 명치를 향해 검을 질렀다.

"핫!"

그는 몸을 살짝 뒤트는 것으로 테이시온의 검을 가볍게 피해 버렸다. 하지만 테이시온이 노리는 것은 바로 그것이었다.

"받아라!"

테이시온은 검을 지른 그 상태에서 손목을 꺾어 날을 횡으로 세우며 풍차처럼 팔을 옆으로 휘둘렀다. 비록 내보인 빈틈에 당할지라도 확실하게 적을 벨 수 있다는 절대적인 자신감이 담긴 일격이었다.

카칵!

금속과 금속이 마찰하는 불쾌한 소리가 울리는 순간, 테이시온은 눈을 크게 떴다. 자신의 일격을 예상하고 있었다는 듯 그가 지르기를 피하는 순간 테이시온의 검에 자신의 검을 갖다 대었던 것이다.

"제길!"

회심의 일격이 무위로 끝나자 테이시온은 적에게 반격의 기회를 주지 않기 위해 다급히 뒤로 물러났다. 하지만 그는 별로 그 기회를 노려 반격하고 싶은 생각은 없었던 듯 검을 살짝 앞으로 내민 자세로 중얼거렸다.

"적절한 힘의 배분과 의표를 찌르는 공격, 괜찮은 실력이군. 아들 녀석이 말한 대로야."

"뭐?"

테이시온은 어이없는 표정으로 그를 바라보았다. 찰나의 순간만으로도 목숨이 왔다 갔다 하는 전장에서 웬 아들타령이란 말인가. 잠시 그를 바라보던 테이시온은 무언가 이상한 점을 깨달았다. 바로 그의 외모였다. 화사한 금발에 불꽃을 품고 있는 듯한 붉은 눈동자, 테이시온의 기억으로 이런 외모를 가지고 있었던 자는 단 하나뿐이었다. 거기까지 생각이 미친 테이시온은 눈에 띄게 당황한 표정으로 입 안에 머금고 있던 단어를 토해냈다.

"제, 제디스틴 리스나르트?!"

"이제야 알아챈 모양이군."

제딘은 낮게 웃었다. 하지만 테이시온은 전혀 웃을 기분이 아니었다. 상대는 이스카조차 단 한 번도 승리를 얻어내지 못한 명실상부한 대륙 최강의 기사, 그 이름 앞에서 긴장하지 않을 세이레인의 기사는 단 한 명도 없었다.

"이런이런, 이래서 젊은이들이란······."

제딘은 거기까지 말하고는 웃음을 그쳤다. 수많은 사지와 전장을 헤쳐 오며 쌓아온 소름 끼치는 살기를 피워 올린 제딘은 칼끝을 살짝 아래로 내렸다.

"개인적으로는 미안하지만, 아군 입장에서 그대같이 유능한 지휘관은 눈엣가시라네. 그러니 죽어줘야겠어."

"말씀은 감사하지만 아직 더 살고 싶습니다. 오딘 신께 많이 봉사하지 못했거든요."

테이시온은 등줄기에 흐르는 식은땀을 애써 무시하며 태연함을 가장해 대꾸했다.

비릿한 웃음이 제딘의 입가에 걸리는 순간, 그의 검이 회백색의 소름 끼치는 검광을 뿌리며 테이시온의 목을 향해 날아갔다.

"카앙!"

그 검의 속도에 대경한 테이시온은 황급히 고개를 뒤로 젖히며 검을 들이대 제딘의 검을 살짝 밀어냈다. 그 순간, 한 걸음 앞으로 나온 제딘의 왼발이 테이시온의 오른쪽 허벅지를 강타했다.

"허억!"

예상치 못한 일격에 헛바람을 들이킨 테이시온은 비틀거리며 뒤로 물러났다. 하지만 한번 잡은 찬스를 그냥 보내 버릴 제딘이 아니었다.

"아악―!"

제딘이 뿌린 검이 테이시온의 오른쪽 겨드랑이를 사납게 할퀴었다. 다시 두 걸음 뒤로 물러난 테이시온은 황급히 자세를 추스르며 불에 데인 듯 화끈한 고통이 느껴지는 겨드랑이에 왼손을 가져다 댔다.

"회복의 권능인가?"

테이시온의 왼손에서 푸른빛이 일어나며 약간이나마 상처가 아무는 것을 본 제딘이 비릿한 조소를 날렸지만, 테이시온은 대답하지 않은 채 검을 붙잡고 신중한 표정으로 제딘을 바라보았다. 이번에 먼저 공격을 개시한 쪽은 테이시온이었다.

"하앗!"

제딘은 비스듬한 각도로 베어오는 테이시온의 검을 간단히 쳐 내리곤 다시 그를 걷어차 버렸다. 하지만 이미 반격에 대비하고 있던 테이시온은 민첩한 동작으로 제딘의 차기를 피해내고는 안쪽으로 파고들며 전력을 다해 검을 횡으로 그었다.

"캉!"

다시금 검과 검이 부딪치는 맑은 소리가 울려 퍼졌고, 테이시온은 충돌의 반동을 감당하지 못하고 몇 걸음 뒤로 정신없이 밀려났다. 혹시라도 반격당할세라 급히 자세를 바로잡은 테이시온은 오른 손목에서 전해져 오는 아릿한 느낌에 인상을 찌푸렸다. 아무래도 충격을 감당하지 못해 살짝 삔 것 같았다.

이대로라면 이기지 못한다. 테이시온은 초조한 표정으로 제딘과 자신의 검끝을 번갈아 노려보았다. 고민에 빠져 있는 테이시온을 느긋한 표정으로 바라보며, 제딘은 검면으로 어깨를 툭툭 쳤다.

"슬슬 결판을 내야 할 시간이 온 것 같군. 날 원망하지 말게나."

"어림없는 소리!"

비꼬는 제딘의 목소리에 테이시온이 차갑게 대꾸했다. 하지만 제딘은 개의치 않는다는 듯, 두 손으로 쥔 검을 얼굴 높이까지 들어 올린 후 테이시온을 겨냥하며 한마디를 툭 던졌다.

"이스카에게 패배라는 두 글자를 가슴 깊이 새겨준 기술이다. 만약 받아낸다면 그 목숨을 보전해 주겠다. 받을 수 있다면 받아봐라!"

그렇게 외친 제딘은 오른발을 앞으로 강하게 내디디며 테이시온의 가슴으로 검을 내질렀다. 그 강력한 기세에 테이시온은 감히 맞받을 생각을 하지 못하고 옆으로 피하려 했으나, 느닷없이 제딘의 검이 기괴하게 뒤틀리며 테이시온의 오른쪽 쇄골을 찍었다.

"아아악―!"

테이시온의 비명이 전장에 처참하게 울려 퍼졌다. 제딘의 검은 쇄골을 자르고 들어가 테이시온의 어깨를 완전히 꿰뚫고 있었다.

푸학―

검을 뽑아내자 피가 검의 궤적을 따라 비산하며 솟구쳤다. 그중 몇 방울이 제딘의 얼굴로 튀었으나 제딘은 그것을 닦아낼 생각도 않은 채 바닥에 무릎을 꿇은 테이시온을 바라보고 있었다.

"마지막 말 정도는 들어주지. 남길 말은 없나?"

"비, 빌어먹을……."

"없는 모양이군."

제딘은 냉정하게 자르고는 테이시온의 왼쪽 가슴에 검을 찔렀다. 테이시온은 몸을 뒤틀며 그것을 피하려 했으나 역부족이었다.

"난 아직 죽고 싶지… 커헉!"

단말마의 비명이 테이시온에게서 터져 나왔다. 테이시온은 허망한 표정으로 가슴을 관통한 검을 양손으로 붙잡으며 마지막 신음을 토했다.

"주, 죽… 고… 싶지… 않……."

초점을 잃은 테이시온의 눈에서 생기가 사라져 갔다. 제딘은 테이시온이 완전히 죽었다고 판단되자 검을 뽑아낸 후 천천히 쓰러지는 테이시온의 시신을 굳은 표정으로 바라보았다. 하지만 그것도 잠시, 제딘은 검을 높이 치켜들며 벼락같은 목소리로 전장을 쩌렁쩌렁하게 울렸다.

"세이레인의 마지막 별 테이시온을 쓰러뜨렸다! 승리는 우리의 것이다! 전군 진격하라! 세이레인의 마지막 단 한 명의 병사를 처단할 때까지 공격, 또 공격하라! 승리는 이미 우리의 손에 있다!"

"와아아—!"

제딘의 외침에 용기백배한 토라 군은 더욱 거세게 세이레인 군을 밀어붙이기 시작했다. 마지막까지 남아 있던 오딘을 수호하는 일곱 별, 테이시온의 죽음이 전장에 가져온 파급은 컸다. 세이레인은 이미 전의를 상실했다. 애써 버티며 그 자리를 지키던 이스카는 테이시온의 죽음을 전해 듣자 바닥에 검을 꽂아 넣으며 비통하게 울부짖었다.

"오딘 신이시여, 왜 세이레인에 이런 비극을 주시나이까! 정녕 세이레인을 버리시려는 것이옵니까? 오딘 신이시여!"

"전하, 비통한 심정은 저도 마찬가지지만, 이럴 때가 아닙니다. 이미 패전은 기정사실화되었으니, 하나의 병사라도 더 살려 돌아가야 하지 않겠습니까!"

익제큐터 플레어의 간곡한 말에 이스카는 비틀거리며 자리에서 일어났다. 그는 자신의 검을 뽑아내어 플레어에게 건네준 후 옆에서 대기하고 있는 전령을 바라보았다.

"클라인시커 후작에게 전해라. 지금부터 전군은 케이오스 협곡을 통해 성도 세톤으로 퇴각한다. 그리고 현재 내가 가진 모든 명령권을 클라인시커 후작에게 위임하며, 그 보좌를 익제큐터 플레어에게 맡긴다."

"존명!"

전령이 떠나가자 이스카는 긴 한숨을 내쉬었다.

"이것은 내가 죄인을 자처하기 전의 마지막 명령이 될 것이다. 전군 퇴각하라! 케이오스 협곡의 입구로 퇴각하라! 가능한 모든 방법을 동원해서 목숨을 보전해 케이오스 협곡으로 퇴각, 성도 세톤으로 물러난다! 전군 퇴각하라!"

목이 터져라 절규하는 이스카의 볼에 굵은 이슬방울이 흘러내렸다. 최후의 명령을 마친 이스카는 목에 걸고 있던 공작 위의 증표를 익제큐터 플레어에게 건넸다.

"난 성도에 도착하는 그 순간부터 죄인이니, 그대가 임시로 인수해 두게."

"무슨 말씀이십니까. 이런 것을 생각하실 때가 아닙니다. 일단 군사들을 퇴각시키는 것에 전념하심이……."

플레어의 만류에도 불구하고 이스카는 그것을 억지로 떠넘기며 고
개를 저었다.

"클라인시커 후작이 잘 알아서 하겠지. 망한 집구석을 억지로 떠넘
기는 듯해 씁쓸하지만, 그러면 문제없이 해낼 수 있을 거야."

"정 뜻이 그러하시다면 일단 맡아는 두겠습니다."

플레어는 그렇게 말하고는 말머리를 돌리며 이스카를 바라보았다.

"자, 전하, 어서 후퇴를……."

전령을 통해 이스카의 전언을 받은 클라인시커 후작은 우울한 표정
으로 고개를 끄덕였다.

"그래, 수고했네."

클라인시커 후작은 전황을 둘러보았다. 모든 전선에서 세이레인 군
은 일방적으로 밀려나고 있었다. 일단 이스카의 후퇴 명령이 떨어진
이상, 지금부터 자신의 능력에 따라 많은 생명의 생사가 엇갈릴 것이었
다.

클라인시커 후작은 막막한 듯 치열한 전투가 벌어지는 전선을 바라
보다 곧 기수를 바라보며 큰 소리로 외쳤다.

"중군은 우선적으로 후퇴하고, 그 공백을 좌·우익군이 전선을 좁히
며 메운다! 비록 힘들더라도 지금만 버티면 살아날 수 있다! 최선을 다
해 기동하라!"

깃발이 휘날리며, 세이레인 군은 밀려나는 와중에서도 클라인시커
후작의 명령을 수행하기 위해 최선을 다하고 있었다. 그 모습에 로엔
은 감탄한 듯 그린을 돌아보았다.

"저런 게 바로 잘 훈련된 정예병의 모습이죠."

"확실히 그렇군요. 하지만 저런 정예병으로도 승리를 얻어내지 못하는 것을 보면, 전쟁이란 어디로 튈지 알 수 없는 런다운 볼 같다는 생각도 듭니다."

그린의 감상에 로엔은 고개를 끄덕였다.

"어쨌든 이렇게 감탄만 하고 있을 시간은 아닌 것 같군요. 어서 추격을."

해가 조금씩 그 찬란한 모습을 드러내면서 전투는 막바지로 치달아가고 있었다. 어떻게든 후퇴하려는 세이레인 군과 조금이라도 더 피해를 입히려는 토라 군. 양자의 치열한 공방전이 쉴 새 없이 이어졌다. 그 와중에서 무기를 버리고 항복하는 자들도 적지 않았다.

태양이 그 모습을 완전히 하늘에 드러냈을 무렵, 예렌 평원은 수많은 세이레인 군의 시체로 뒤덮여 있었다. 토라 재건군의 완벽한 승리였다.

"와아아—!"

토라 군이 내지르는 함성이 예렌 평원을 쩌렁쩌렁 울렸다. 그 모습을 바라보면서, 토라 재건군 제1기사단장 제디스틴 리스나르트는 여유를 되찾은 얼굴로 한숨을 내쉬었다.

"이제 한숨 좀 돌리겠군."

"수고하셨습니다. 테이시온 드 리크레디아를 잡았다고 들었는데, 어땠습니까?"

제5기사단장 클레르프가 제딘 곁으로 다가와서 물었다. 제딘은 잠시 하늘을 바라보았다가 다시 클레르프에게 고개를 돌리며 대답했다.

"간단히 잡았지. '오딘을 수호하는 일곱 별'이란 이름이 아까울 정도였어."

"그 정도였습니까?"

제딘은 고개를 끄덕였다.

"아아. 하지만 굉장히 나쁘다고 할 만한 정도는 아니었네. 자네 정
도랄까."

"제 실력이 일천한 건 알고 있습니다만, 그래도 너무하신 거 아닙니
까?"

클레르프가 투덜대자 제딘은 몸을 돌려 병사들이 함성을 지르는 곳
으로 걸어가며 손을 흔들었다. 끝내 제딘이 대답하지 않자 클레르프는
고개를 절레절레 흔들고는 그의 뒤를 따라 걸음을 옮겼다.

카시나 공방전의 마지막 전투에서 세이레인이 입은 피해는 실로 막
대했다. 10만의 병력 중 목숨을 건져 돌아간 병력은 6만 4천여 명뿐이
었고, 그중 태반은 부상병으로 당장 전력으로의 사용은 불가능했다.

세이레인이 잃은 것은 그것만이 아니었다. 세톤―카르이 라인의 중
심인 카시나를 수복하지 못함으로 인해 케이오스 협곡 이북으로의 재
진출이 어려워진데다, 기존에 점령하고 있던 구 토라령의 수비 역시 힘
들어지게 되었다.

인적 자원의 손실 역시 엄청났다. '오딘을 수호하는 일곱 별'의 마
지막 생존자 팰러딘 테이시온 드 리크레디아 남작을 잃었고, 전략가 가
토르와 명망 높은 노장인 디바이너 키렌, 그리고 카르이 수복전 당시
요새 방위 사령관이었던 익제큐터 키스테를 잃었다. 하지만 가장 큰
손실은 바로 이것이었다.

"죄를 청합니다."

　성도 세톤. 검장의 대공 이스카 폰 블릭스 '더 듀크 오브 소드 마스터'는 스스로의 몸을 결박한 채 어전의 앞에서 다른 지휘관들과 함께 꿇어앉아 있었다. 세이레인의 황제 펠파인 아스나드 폰 미르가르드 네오토라는 안타까운 표정으로 이스카의 모습을 바라보았다.

　"비록 패전했다지만 지금까지 세워온 공이 지대한 그대에게 책임을 묻고 싶지는 않소. 장수가 전쟁터에 출진하다 보면 패전할 때도 있는 법. 꼭 이래야만 하오?"

　"신상필벌은 분명히 해야 국가의 기강이 바로 서는 법입니다. 그리고 이것은 국가를 위해 산화해 간 수많은 청년들에 대한 저의 속죄이기도 합니다. 부디 합당한 처벌을."

　이스카는 더욱 깊숙이 고개를 숙였다. 물끄러미 그 모습을 바라보고 있던 펠파인은 고민하듯 이마를 짚고 있다 마침내 결정을 내렸다.

　"명한다. 이번 전쟁에서 패전한 데 대한 책임을 물어, 대공 이스카 폰 블릭스의 작위와 현재 직위를 박탈하고 근신을 명한다. 다만 그간 세운 지대한 공을 감안하여 그의 영지는 몰수하지 않는다. 공석이 된 이스카의 자리에는 크루세이더, 카이레인 폰 클라인시커 후작을 임명한다."

The Enthronement

The Enthronement

세이레인력 1441년 9월 3일. 추수기를 앞두고 건기의 막바지로 치달아가는 토라 재건군의 새 본거지 카르이는 축제 분위기로 들떠 있었다. 전쟁의 흉포한 발톱이 할퀴고 간 상처를 복구하는 와중에서도 사람들은 희망에 부푼 얼굴로 오늘 있을 일에 대한 이야기를 나누었다.

그리고 복구 공사에 한창인 구 토라 제국 황궁 서편의 훈련장에서는 두 명의 기사가 기세 좋게 검을 맞대고 있었다.

"하얏!"

그중 젊은 축에 속하는 기사가 기합을 지르며 힘차게 검을 내뻗었다. 이제 약 17, 8세쯤 되었을까. 금발에 홍안이라는 쉽게 보기 힘든 외모를 지닌 그는, 그를 상대하는 중년의 기사와는 달리 지친 듯 많은 땀을 흘리고 있었다.

그와는 반대로, 역시 금발의 홍안을 지닌 중년의 기사는 느긋한 표정으로 젊은 기사의 검을 받아넘기고 있었다. 쾌속으로 질러진 젊은 기사의 검을 노련하게 걸어 올린 그는 빠른 속도로 젊은 기사의 품으로 파고들며 왼 팔꿈치로 상대의 명치를 후려쳤다.

"컥!"

젊은 기사는 괴로운 신음을 토하며 뒤로 몇 걸음 물러났고, 그 짧은 틈을 놓치지 않은 중년 기사의 검이 신속하게 젊은 기사의 목을 노렸다.

"제기랄."

황급히 자세를 바로잡던 젊은 기사는 자신의 목에 들이대어진 검을 바라보더니 투덜대며 검을 내렸다. 그러자 중년의 기사는 검을 거두어 들이며 한심하다는 듯 젊은 기사를 바라보았다.

"아무래도 젊은 나이엔 혈기가 넘치기 마련이지만, 힘만으로는 아무 것도 안 된다고 내가 몇 번이나 말했을 텐데 아직도 깨닫지 못한 거냐?"

"그 말은 질리도록 들어서 이젠 귀에 못이 박혔다고요."

"알면 실천을 해야지, 왜 못하는 거냐."

중년의 기사가 검면으로 어깨를 툭툭 두드리며 힐책하자 청년은 고개를 절레절레 흔들었다. 아마도 마음대로 되지 않는다는 뜻이리라. 그 모습에 중년의 기사는 피식 웃고는 다시 자세를 잡으며 청년에게 고개를 까닥했다.

"자, 다시 해봐라. 로엔."

젊은 기사는 토라 군 제7기사단 단장 로엔, 중년의 기사는 다시 토라 군 총사령관으로 복귀한 제딘이었다. 제딘의 도발에 로엔은 고개를 끄덕이고는 다시 제딘을 향해 돌진했다. 이번엔 아까처럼 정직한 공격이 아닌, 검으로 왼쪽 옆구리를 노리는 척하면서 실제로는 오른쪽 허벅지를 노리는 변칙 공격이었다.

"그래도 난 사령관님이 가시거리에 있다 느꼈었거든?"

그 모습을 바라보고 있던 토라 재건군 사령 보좌관 프라이슨이 뜬금없이 자신의 옆에 서 있던 제5기사단장 클레르프에게 말을 걸었다.

한참 구경하기에 정신없던 그는 뚱한 표정으로 자신의 선배를 바라보았고, 프라이슨은 제딘이 몸을 살짝 비틀어 그 공격을 피하는 것과 동시에 로엔의 어깨에 검을 지르는 것을 바라보며 푸념했다.

"그런데 지금 보니 로엔 저 녀석 이기기도 힘들겠다 싶어. 젠장, 그래도 한때 '살의의 마검'이라 불리던 내가 어쩌다가 이렇게 형편없는 수준으로 전락해 버렸는지……."

"일에 치여서 연습을 안 했잖수. 아니, 이 경우엔 못한 건가."

웬 아닌 밤중에 창문 두들겨 부수냐는 듯 클레르프가 대꾸했다. 그러자 프란은 한숨을 푹 내쉬며 하늘을 바라보더니, 이내 비어 있는 옆 대련장을 가리키며 클레르프에게 말했다.

"저기 가서 대련이나 한번하자."

둘의 대련을 구경하는 사람들과는 별개로, 로엔은 황급히 상체를 크게 비틀어 제딘의 검을 피하는 것과 동시에 내질렀던 검을 위로 크게 휘둘렀다. 하지만 자세가 무너진 상황에서 휘둘러진 검이 목표를 제대로 맞힐 리 만무했다. 제딘은 느긋하게 그것을 피한 후 균형을 잃고 비틀거리는 로엔의 엉덩이를 세차게 걷어찼다.

"아얏!"

"한심한 놈 같으니라구. 오늘은 여기까지 하지."

"…네."

　상당히 꼴사나운 자세로 나동그라진 로엔은 원망스럽다는 듯 제딘을 흘낏 바라보더니, 바로 일어나 제딘의 킥에 얻어맞아 먼지가 묻은 옷을 툭툭 털며 대답했다. 다시금 그 모습을 한심하다는 표정으로 바라본 제딘은 문득 구름 한 점 없이 파란 하늘을 올려다보며 중얼거렸다.

　"그러고 보니 조금 있으면 시간이군."

　"그렇네요."

　옷의 먼지를 다 털어낸 로엔이 볼이 약간 부어오른 채로 대꾸했다. 그런 로엔의 모습에 제딘은 결국 너털웃음을 터뜨리며 출구로 걸음을 옮겼다.

　"사내자식이 몇 대 얻어맞았다고 삐치기는… 아무튼 먼저 가마. 저기에서 난리 피우고 있는 프란 녀석이 지치거든 같이 오거라."

　토라 황궁 중앙의 본관 홀은 율법에 엄격했던 구 토라 제국의 성격을 그대로 반영하고 있기라도 하듯 수수하면서도 장엄했다. 하지만 천사백여 년을 이어오면서 수많은 명인들이 하나하나 조각해 온 미술품들은 건축물 자체에서 배어 나오는 수수함을 메우고도 남을 정도였다.

　천장에 매달린 샹들리에의 불빛이 오색찬란한 광채를 발하는 가운데, 이곳에서 오늘 구 제국의 3황자 카이젠 이슈타르 폰 인시큐어 토라의 즉위식이 거행될 예정이었다. 각 기사단의 정예들 가운데 백여 명씩을 차출해 낸 근위대가 기세도 드높게 사열을 하고 있는 가운데, 지금 이 홀에는 토라의 재건에 일익을 담당한 나이트 길드의 실세들과 카이젠 3황자의 측근들이 삼삼오오 모여 이야기를 나누고 있었다.

　"그 상황에서 내가 말이야! 이렇게……."

재건군 제2기사단장에서 새로 창설되는 근위대장으로 보직을 이동한 헥터 폰 스트라우스가 특유의 호쾌한 웃음을 터뜨리며 무용담을 늘어놓을 무렵, 카시나 요새 방위 사령관에서 제2기사단장으로 발탁된 아레나 키렌더스는 그의 절친한 친우 맥마혼과 함께 와인을 홀짝이며 만담을 나누고 있었다.

"좋구나, 즉위식이란 건."

"아아, 술도 이렇게 마음껏 마실 수 있고 말이지."

예전 나이트 길드의 실세들이 이렇게 즉위식을 마음껏 즐기고 있는 반면에, 마법의 탑에서 토라 재건군으로 합류한 마법사들과 아사신 길드의 충성스런 신하들은 감회에 젖어 눈시울을 붉히고 있었다.

"드디어, 드디어 우리가……."

"네, 해냈습니다."

메이테시온이 체면도 잊고 떨리는 손으로 홀 중앙 벽면에 거대하게 새겨진 '라 알 레디움 토라'의 경구를 가리키자, 간부들이 모두 사망해 이리저리 흩어진 아사신 길드원을 규합해 현재의 토라가 있게 하는 데 큰 공헌을 한 율리히 에센베르그가 그를 부축하며 감격에 겨운 목소리로 대답했다.

그렇게 다들 축제 분위기를 만끽하고 있는데, 입구에서 내빈의 체크를 담당하던 시종장이 소리 높여 외쳤다.

"토라 군 총사령관, 프리 나이트 제디스틴 리스나르트님께서 입장하십니다!"

그 한마디에 시끌하던 좌중은 일시에 조용해졌다. 세이레인의 워프 게이트에 어이없이 무너져 내린 토라를 다시 일으켜 세우는 데 가장 큰 공헌을 한 사람이자 '그가 없었다면 토라는 그대로 멸망의 길을 걸

었을 것이다' 라는 말이 있을 정도로 재건 전쟁에 있어 절대적인 위치
를 차지하는 인물, 그가 바로 제디스틴 리스나르트였다.

제딘은 거침없이 걸음을 옮겨 홀 중앙에 섰다. 집중되는 시선에 만
족하는 듯 가벼운 미소를 지은 그는 멀리서 그를 바라보고 있던 시종
을 불러 와인 잔 하나를 집어 들었다.

"오늘같이 기쁜 날, 이렇게 조용한 분위기라는 것은 무언가 이상하
지 않습니까? 경사는 경사답게 소란하고 왁자한 것이 좋은 법. 모두 즉
위식이 시작될 때까지 마음껏 즐기시기 바랍니다!"

그의 말에 잠시 경직되었던 공기는 다시금 부드럽게 풀어졌다. 제딘
은 토라 재건군을 지휘한 기사단장들을 찾아가 몇 마디 치하의 말을
건넨 후, 보급 및 재정을 담당하느라 '머리가 터질 정도로' 고생했다
는 시아나 크라이스에게 다가갔다.

"고생이 많군."

"흐응… 알기는 아는 모양이네?"

그간 쌓인 스트레스를 풀기라도 하는 듯 와인을 말 그대로 들이붓고
있던 시아나가 이미 붉어진 얼굴로 제딘을 흘겼다. 하지만 그것도 잠
시, 곧 매력적인 미소를 지으며 새 와인 잔을 집어 들고는 제딘을 향해
살짝 들어 올렸다.

"오늘을 위해 건배."

"아아."

제딘 역시 들고 있던 잔을 들어 올려 시아나의 잔에 살짝 부딪쳤다.
유리잔이 부딪치는 청량한 소리가 울려 퍼지고, 제딘과 시아나는 각자
들고 있는 잔의 와인을 단번에 들이켰다.

"휴……."

이미 얼근하게 취해 있는 상태에서 또 한 잔을 들이킨 탓에 가볍게 한숨을 내쉰 시아나는 묵묵히 다음 잔을 집어 드는 제딘을 바라보며 다시 한숨을 폭 내쉬었다.

"휴… 즉위식에 기념 파티에 근위대 예산 배정에, 아주 머리가 터질 지경이야."

"재정 담당이 다 그렇지 뭐. 그래서 프란 녀석이 더 이상 못하겠다며 도망간 거잖아."

제딘이 웃으며 대꾸하자 시아나는 고개를 절레절레 저으며 다시 푸념했다.

"그거 보고 처음엔 겨우 저것도 못 버티고 도망간다고 비웃었는데, 막상 해보니 장난이 아니더라고. 돈은 한정돼 있는데 달라는 곳은 많고. 7월에는 정말 미치는 줄 알았다니까."

"그래도 지금은 전투가 없으니 한시름 놓았잖아. 게다가 곧 추수철이니 잘 버텨보라고."

시아나는 고개를 끄덕인 후 다시 와인 잔을 들어 단번에 들이켰다. 폭음이란 말이 어울릴 그 모습에 제딘은 머쓱한 표정을 지으며 다음 잔을 집어 드는 그녀를 제지했다.

"자, 자, 그만 마셔. 좀 있으면 즉위식이야."

"내버려 둬. 이런 날 열심히 마시지 않으면 언제 마실 수 있을지 정말로 모른다고."

이미 취해 버린 지 오래인 시아나의 투정에 결국 제딘은 쓴웃음을 지으며 물러났다.

제딘이 입장한 것을 필두로, 중요한 비중을 차지하는 인사들이 하나둘 입장하기 시작했다.

토라 군 사령 보좌관 프라이슨 에션트와 제7기사단 단장 로엔 리스나르트를 비롯해 라비니어스가 전쟁에 참여하게 함으로써 세이레인의 황제(皇弟) 길리언이 이끄는 기병단을 봉쇄하는 데 큰 역할을 담당한 외교부 장관 넬슨 아케미온 등 쟁쟁한 인물들이 회장으로 입장했다.

중요 인사들이 거의 다 입장을 시작했을 즈음, 시종장의 풍부한 성량이 장내를 울렸다.

"카이젠 이슈타르 폰 인시큐어 토라 3황자 전하, 율법 집행관 브루노 인레넌스 경께서 드십니다!"

시끌하던 장내는 다시 잦아들기 시작했다. 오늘은 카이젠 토라 3황자의 대관식이 있는 날, 메인 이벤트의 주역이 등장했으니만큼 그것은 어찌 보면 당연한 일이었다.

장내 모든 사람들의 주목을 받으며 황금색 예복을 입은 카이젠이 시종장의 안내에 따라 홀 안으로 한 걸음 한 걸음 옮겨갔다. 그리고 그 뒤로 육백삼십 개의 대율법(Major Laws)을 기록한 '토라' 법전을 한 손에 든 율법 집행관 브루노 인레넌스가 천천히 입장했다.

홀의 끝 중앙에 위치한 제단 앞까지 걸음을 옮긴 카이젠은 율법에서 이르는 대관식의 규정대로 '라 알 레디움 토라'의 경구 아래 천천히 오른 무릎을 꿇었다. 그리고 그 앞의 단상으로 올라간 집행관 브루노 인레넌스가 성호를 그은 후 낭랑하게 물었다.

"라 알 레디움 토라, 르 블라 오딘 끌루에. 율법의 가호가 그대와 함께하길. 신성한 율법과 율법을 가호하시는 오딘 신의 대행자인 집행관 브루노 인레넌스가 묻습니다. 카이젠 이슈타르 폰 인시큐어 토라 전하, 그대는 신성한 대율법을 성실하게 수행하고, 율법을 어지럽히는 무리를 타파하며 안으로는 제국의 평안을, 밖으로는 율법을 위협하는 세력을 타도할 것을 맹세합니까?"

"맹세합니다."

고개를 들지 않은 채로 카이젠이 대답했다. 브루노는 대율법 책을 펼치더니, 그중 한 부분을 읽어 나가기 시작했다.

"오딘 신이 이르시길, 대저 군왕이 가질 마음가짐은 다음과 같다. 율법을 새겨 정도에 벗어나지 말 것이며 백성을 다스림에 있어……."

율법에서 이르는 토라의 즉위식은 주로 문답으로 이루어진다. 총 71개의 질문과 대답으로 이루어진 이 관례는 참석한 사람이 율법학자가 아닌 이상은 따분하기 짝이 없는 것이었다. 결국 지겨움을 참지 못해 몸을 쭉 펴며 기지개를 켜던 로엔의 시야에 이상한 것이 잡혔다. 홀 벽의 백금색과 유사한 색채의 옷을 입은 사람이 천장 가까운 부분에 있는 창의 사각에서 슬그머니 모습을 드러내는 것이 보였던 것이다.

"암살자!?"

"뭐!"

놀란 로엔의 외침에 좌중의 시선이 집중되었다. 적이 노리는 것은 하나, 분명 카인이다! 순간적으로 머리를 스치는 생각에 로엔은 자리를 박차고 뛰어나갔다. 하지만 암살자는 이미 품에서 단도를 꺼내 던질 준비를 마친 상태에, 카인은 당황한 표정으로 암살자의 위치조차 찾지 못해 우왕좌왕하고 있었다.

'뛰어나가서 막기엔 이미 늦어!'

그렇게 생각한 로엔은 급히 마력을 끌어 모았다. 정상적인 과정을 거쳐 마법을 발동하기엔 늦다. 그렇다면 방법은 한 가지!

"컴포짓 실드(Composite Shield)!"

암살자의 단도가 카인의 몸에 꽂히기 직전, 카인의 몸을 중심으로 반투명한 검푸른 막이 생성되었다.

카앙!

단도가 실드에 부딪쳐 차가운 금속성을 울리며 바닥에 떨어졌다. 그제야 암살자의 위치를 파악한 헥터가 황급히 위치를 이동하려는 암살자를 가리키며 큰 소리로 외쳤다.

"암살자다! 근위병은 돌입해 암살자를 잡아라! 생사는 관계없다!"

홀 안은 순식간에 혼란에 빠졌다. 그 혼란의 사이에서 로엔은 황급히 자신에게 다가온 카렌에게 기댄 채 그대로 실신했다.

검소한 방. 책상 한쪽엔 결재를 기다리는 서류들이 쌓여 있고, 반대편엔 세톤 남부의 농장에서 생산된 적포도주 한 병이 놓여 있다. 그 병을 들어 글라스에 와인을 채우면서, 토라 군 총사령관 제디스틴 리스나르트가 느긋한 표정으로 물었다.

"아사신 길드의 배신자라?"

"체시아 폰 리테아스 경이 확인했으니 확실할 겁니다. 아직 심문은 해보지 않았습니다만."

"그런가."

제딘은 와인을 한 모금 넘기며 앞에 부동 자세로 서 있는 남자를 바라보았다. 넬슨 아케미온, 공식적으로는 토라 외교부 장관이자 비밀리에 토라 군 정보망의 관리와 대외 공작을 수행하고 있는 남자였다.

"뭐, 아무래도 상관없겠지. 폐품을 재활용한다는 데 누가 말리겠는가. 그나저나, 바보 아들놈의 상태는 어떤가?"

"제대로 된 연산을 거치지 않고 무리하게 마법을 구성한 탓에 그 반발력을 그대로 받아 당분간 요양을 취해야 한다고 들었습니다."

냉정한 보고에 제딘의 입가가 슬쩍 치켜 올라갔다. 잠시 책상을 두드리며 무언가를 생각하던 제딘은 와인 잔을 내려놓으며 피식 웃었다.

"음, 쓸모없는 아들놈이지만 그나마도 없으면 아쉬운데… 뭐, 좋은 생각 없겠는가?"

넬슨의 얼굴에 처음으로 표정이라 할 만한 것이 생겨났다. 한쪽 팔에 끼고 있던 서류를 고쳐 잡으며 그는 어깨를 으쓱했다.

"질문하시는 의도를 모르겠습니다만."

"흥. 그렇게 의뭉을 떨어봤자 자네 교활한 것은 잘 알고 있으니 관두게."

제딘의 비아냥에도 그는 다시 한 번 어깨를 으쓱할 뿐이었다. 제딘은 글라스를 완전히 비운 후 짧게 한숨을 내쉬며 넬슨을 바라보았다.

"그대의 공식적인 직위에서 생각해 보라는 말이네. 현재 상태로는 내가 써먹을 구석이 없지 않은가. 그렇다고 내정을 맡길 수도 없는 노릇이고."

"그렇게 말씀하신다면 결론은 단 하나입니다만."

넬슨은 엷게 미소를 지으며 말꼬리를 흐렸다. 제딘이 무슨 말을 하고 싶어하는지 다 아는 듯한 태도였다. 그 모습에 제딘은 진절머리난다는 듯 머리카락을 거칠게 흩트리며 말했다.

"내가 졌네, 졌어. 자네도 알고 있겠지만, 현재 우리 군의 전력으로는 절대 세이레인을 칠 수 없어. 그래서 내가 라비니어스를 어떻게든 이쪽으로 끌어들이기 위해 애를 쓰고 있는 것이고."

"하지만 저 사막의 야만인들은 철혈황제(鐵血皇弟) 길리언의 기병대에 많은 병력을 잃었습니다."

"그래. 그렇지만 그들은 결코 얕볼 수 있는 존재가 아니야. 적으로 돌린다 해도 그다지 큰 위협은 되지 않겠지만, 아군으로 만들 경우는 이야기가 달라지지."

"으음……."

제딘의 이야기에 넬슨은 낮게 신음을 흘렸다. 제딘이 다시 글라스에 와인을 부어 입에 가져갈 때쯤, 그는 고개를 갸웃했다.

"하지만 로엔 군을 사절로 라비니어스에 보내는 것에는 반대입니다. 그가 지식은 가지고 있을지 모르나 그에게는 경험이……."

"경험은 쌓으면 되는 것 아닌가."

제딘의 나직한 한마디가 넬슨의 주장을 잘랐다. 넬슨은 불만스러운 표정을 지었지만 제딘은 개의치 않는 듯 손에 든 글라스를 가볍게 흔들며 이야기를 계속했다.

"게다가 나 역시 멍청한 아들놈을 사절로 보내고 싶은 생각 따윈 전혀 없네."

"그렇다면 왜……."

넬슨은 거기까지 말하고 입을 다물었다. 제딘이 무슨 말을 하려는지 파악했기 때문일 것이었다. 제딘 역시 넬슨이 생각하는 바를 읽은 듯 고개를 끄덕였다.

"적당히 요양을 보낼 겸 해 사절의 호위를 맡길 생각이네. 녀석에게도 좋은 경험이 될 수 있겠지."

넬슨은 납득했다는 듯 고개를 끄덕였다. 하지만 그의 의문이 완전히 해소된 것은 아니었다.

"그렇다면 7기사단은 어쩔 생각이십니까?"

"임시로 크레시 라자루스에게 지휘를 맡길 생각이네."

"그라면 믿을 수 있습니다만……."

묘하게 말꼬리를 흐리며 넬슨이 대답했지만, 제딘은 가볍게 고개를 저으며 대화를 끝냈다.

"걱정하는 것은 알겠네만 이건 군에서 처리할 일이네. 회의에서 정식으로 사절단 파견을 건의할 테니 적당한 선에서 인원을 구성해 주게나."

"…알겠습니다."

넬슨은 껄끄러운 표정으로 대답하고는 제딘의 집무실을 나갔다.

미풍이 얼굴을 스치는 것을 느끼며 로엔은 눈을 떴다. 익숙한 풍경이라 느끼며 몸을 일으켜 보니, 그곳은 로엔에게 배정된 카르이의 숙소였다. 억지로 마법을 구성해 낸 후유증으로 실신했었다는 것을 떠올린 로엔은 길게 기지개를 켠 후 자리에서 일어났다.

"몸에는 이상이 없고… 문제는 마력의 균형이로군."

간단히 몸을 체크한 로엔은 누군가가 세탁해 둔 듯 깔끔하게 개어진 옷을 꿰어 입고 아래로 내려갔다.

"여어, 좋은 아침."

마침 식사를 하던 크레시가 로엔을 발견하고는 반색했다. 힘없이 손을 들어 거기에 답례하며 로엔이 주위를 둘러보았다.

"네, 좋은 아침. 그런데… 다른 사람들은요?"

"기사단 정비. 곧 돌아올 거야."

로엔은 고개를 끄덕이고는 크레시의 맞은편에 앉았다. 종업원을 불러 간단한 먹을거리를 주문한 로엔은 포크로 소시지를 찍으며 크레시에게 물었다.

"그런데 어떻게 됐어요?"

"뭐가? …아아, 그거."

뜬금없는 물음에 고개를 갸웃하며 로엔을 바라보던 크레시는 곧 무엇을 말하는 것인지 깨달은 듯 고개를 끄덕였다.

"붙잡았어. 아사신 길드의 배신자라더군."

"폐품 재활용이군요."

과연 부전자전. 제딘이 한 말을 그대로 하는 로엔이었다. 크레시는 피식 웃고는 로엔의 포크에서 소시지를 빼냈다.

"뭐, 그런 셈이지. 그리고 네가 기절하는 바람에 소동이 좀 벌어졌지만, 즉위식은 문제없이 끝냈어. 자네 거 먹게나."

로엔은 뚱한 표정으로 포크를 놓았다.

"에이, 소시지 한 개 가지고 그러지 말자고요. 그리고 다른 일은요? 별다른 특별한 일 없었어요?"

"없었어."

마침 그때 로엔의 식사가 나와서 이야기는 잠시 중단되었다. 둘이 서로의 식사에 열중하고 있는데, 입구 쪽에서 쾌활한 목소리가 들려왔다.

"어어, 대장. 죽은 줄 알았더니 멀쩡하네요?"

제이 헌터와 가이에 인디스트로, 그리고 참모장 그린이 들어와 로엔의 자리에 합석했다. 제이가 맥주를 주문하는 사이, 그린이 걱정스러운 표정으로 로엔에게 물었다.

"몸은 좀 괜찮으십니까?"

"네. 마력의 밸런스가 불균형하긴 하지만 그럭저럭 괜찮은 편입니다. 일상생활하기에는 지장이 없을 것 같군요."

로엔이 고개를 끄덕이자 그린은 안도의 한숨을 내쉬었다. 참모장의 입장으로서 사령관의 몸 상태는 여러 모로 신경 쓰이는 것이다. 그런데 몸을 가누지 못하고 실신할 정도였으니 그 심정이 오죽했으랴.

포크로 삶은 콩을 뒤적이는 로엔을 바라보며 그린이 말했다.

"의사의 말로는 당분간 무리하지 말고 요양을 해야 한다 하니 기사단 일은 신경 쓰지 말고 푹 쉬시기 바랍니다. 특히 마법의 사용은 절대 금물이라 했으니, 피치 못할 일이 아니면 절대 마법을 사용하지 마시기 바랍니다."

"알았어요."

삶은 콩을 쿡 찍으며 로엔이 대답했다. 누가 봐도 건성임이 확실해 보이는 그 대답에 그린은 한숨을 푹 내쉬고는 화제를 바꿨다.

"그나저나, 앞으로의 상황은 어떻게 될 것 같습니까?"

"글쎄, 일단 세이레인이 먼저 도발해 올 가능성은 적을 것 같은데. 다크 포레스트의 마물들이 슬슬 북상을 시작할 시기니까 말이지."

마침 식사를 끝낸 크레시가 아쉬운 듯 로엔의 접시를 흘깃 넘겨다보며 대답했다. 전쟁으로 인해 토라는 식량의 수급 상황, 특히 야채, 곡류의 보급이 대단히 어려운 실정이었다. 이것은 추수철 직전이라 전년에 저장해 둔 식량이 거의 떨어져 갈 시점이기도 했었지만, 가장 큰 문제는 전쟁으로 인해 많은 경작지가 황폐해진 것이었다. 밀, 콩과 같은 재배 지역이 넓은 곡류는 그럭저럭 버틸 만했지만, 녹황색 채소류같이 많은 재배가 이루어지지 않은 작물은 구하는 것 자체가 힘들 정도로 타격이 컸다. 그렇기에 수도 카르이 같은 대도시에서도 육류보다 채소가 가격이 높을 정도로 사정은 심각했다.

"게다가 라비니어스의 움직임도 견제해야 할 테고 말이죠."

마침 배달된 맥주를 한 모금 마신 제이가 끼어들었다. 크레시는 고개를 끄덕이고는 시선을 로엔에게 옮기며 물었다.

"자네는 어떻게 생각하나? 슬슬 라비니어스와 연계를 해도 좋을 시점이라 생각하는데."

"아버지도 그렇게 생각하시는 것 같지만… 글쎄요, 세이레인이 그걸 가만히 놔둘까요?"

로엔은 고개를 갸웃했다. 필요성은 인식하고 있지만, 쉽게 성사될 것이라 보지는 않는 모양이었다.

"지금 같은 상황이라면 세이레인 쪽도 라비니어스를 끌어들이려고 안간힘을 쓸 것이란 것은 분명하죠. 과거가 어쨌든 저들의 바바리안(Barbarian) 부대는 막강하니까요."

"그것도 그렇군요."

그린이 고개를 끄덕였다. 각자의 힘으로 상대를 무너뜨리기 힘들어진 지금, 가장 노력해야 할 것은 제3의 세력을 자신의 편으로 끌어들이는 것이다. 그리고 레트니아 대륙에 존재하는 유일하면서도 강력한 제3의 세력이 바로 라비니어스인 것이다.

"뭐, 재미있는 외교전이 되겠죠. 상황을 지켜보며 피를 말릴 외교부 쪽 사람들에게는 미안하지만, 우리야 강 건너 불 구경이잖아요?"

자신의 앞에 어떤 길이 예정되어 있는지도 모른 채 로엔은 다시 포크로 삶은 콩을 찍으며 기분 좋게 웃었다.

세이레인력 1441년 9월 4일에 행해진 인사 이동은 로엔에게 있어서 말 그대로 충격이라 해도 과언이 아니었다. 토라 군 총사령관 제디스틴 리스나르트는 기사단 회의가 시작하기가 무섭게 한 장의 서류를 모두에게 돌린 후 담담한 어조로 발표했던 것이다.

"제7기사단장 로엔 리스나르트를 임시 직위 해제하고 사령부로 대기 발령한다. 공석이 된 제7기사단장에는 크레시 라자루스를 단장 대리로 임명한다. 이는 어디까지나 임시이며, 로엔 리스나르트는 사령부에서 내린 임무가 끝나는 대로 제7기사단장으로 복귀하는 것으로 한다."

순간 회의장에 조용한 파문이 일었다. 제디스틴 리스나르트가 결정한 인사 이동이라 드러내 놓고 말은 못했지만, 제7기사단장으로 재건토라의 기틀을 다지는 데에 중요한 축을 담당했던 로엔 리스나르트를 비록 임시이긴 하지만 직위 해제한다는 것은 커다란 사건이었던 것이다.

탕! 탕!

회의장 탁자를 가볍게 두들겨 웅성거림을 가라앉힌 제딘은 아무 일도 아니라는 듯 뒤이어 후속 인사 발표를 계속했다.

"정보사령부 제4과장 체시아 폰 리테아스, 제7기사단 마법사단 소속 카렌 미하이언, 제5기사단 4분대장 아라엘 시엘홀린스를 사령부로 대기 발령하며, 후속의 인사는 각 기사단, 사령장관에게 위임한다. 지금 대기 발령된 사람들은 회의가 끝난 후 30분 내에 사령관실로 모이도록 한다. 이상."

"질문있습니다."

제딘이 이야기를 끝내고 다음 안건으로 넘어가려 하는데, 제5기사단장 클레프르가 손을 들어 발언권을 요청했다. 제딘이 고개를 끄덕여 수락하자 클레프르는 이해할 수 없다는 표정으로 자리에서 일어났다.

"사령관 각하께서도 알고 계시리라 믿습니다만, 현재 제5기사단은 전체적인 기사단의 재정비로 인해 타 부서에 차출할 수 있는 인력이 없습니다. 아라엘 시엘홀린스의 대기 발령을 재고해 주시기 바랍니다."

"기각하네."

제딘은 여전히 담담한 목소리로 잘라 말했다.

"물론 공문으로 내려보낸 기사단 재정비의 건으로 바쁜 것은 알고 있네. 하지만 지금 사령부가 하려는 일은 그것보다 훨씬 더 중요한 일이네. 기사단 재정비는 조금 늦어도 상관없으니, 방금 발표한 대로 아라엘 시엘홀린스를 대기 발령하기 바라네."

"하지만……."

무언가 더 말하려던 클레르프는 제딘의 무언의 압박에 입을 다물었다. 하지만 이것만은 알아야겠다고 생각했는지, 그는 앉으려다 말고 다시 제딘에게 물었다.

"그렇다면 차출에 대한 이유만큼은 듣고 싶습니다. 무엇 때문에 사령부에서 각 기사단과 부서의 인력을 차출해 가는 것입니까?"

"극비 계획이라 말해 줄 수 없네. 귀관이 어째서 묻는가는 이해하고 있지만, 이것은 귀관에게, 아니, 누구에게도 말해 줄 수 없는 사항이네."

제딘이 냉정한 어투로 잘라 말했다. 클레르프는 할 수 없다는 듯 한숨을 푹 내쉬며 자리에 앉았고, 제딘은 앞에 놓인 서류를 넘기며 옆에 서 있는 보좌관을 바라보았다.

"그럼 넘어가도록 하지. 로빈, 다음 안건을."

그리 대단하지 않은 안건 몇 가지를 처리한 후 회의가 끝났다. 갑작스런 직위 해제와 대기 발령에 아직까지 어리둥절한 표정을 짓고 있는 로엔에게 클레르프가 다가왔다. 그는 아직도 제딘의 처사에 불만이 있는 듯 인상을 가볍게 찌푸리고 있었다.

"어때, 이번 인사의 가장 큰 피해자로서 왜 이렇게 된 건지 예상 가는 것이라도 있어?"

"전혀요."

로엔은 어깨를 으쓱했다. 그러자 클레르프는 길게 한숨을 내쉬며 푸념을 늘어놓았다.

"대체 무슨 생각이신지 모르겠단 말야. 지금 차출해 낸 사람들을 보면 하나같이 다 한 가지씩 특별한 능력을 지니고 있는 사람들이라고. 게다가 아라엘 군은……."

"아라엘 군?"

로엔이 미심쩍은 어조로 되묻자 클레르프는 눈에 띄게 당황하며 손사래를 쳤다.

"아, 아냐. 아무것도 아니니까 신경 쓰지 마."

"흐응… 그렇게 말하니까 더 신경 쓰고 싶어지는데요."

묘한 미소를 지으며 로엔이 대꾸하자 클레르프는 표정을 굳혔다.

"정말로 아무것도 아냐. 그러니까……."

"듣기로 시엘홀린스 양, 상당히 미녀라고 들었……."

"이, 이 녀석이!"

"읍! 우읍!"

로엔이 슬쩍 흘리는 말에 클레르프가 기겁하며 로엔의 입을 틀어막았다. 너무 강하게 틀어 막힌 탓인지 로엔은 괴로워하며 클레르프의 팔을 떼어내려 했지만, 아무래도 18세에 성장이 '정지' 된 로엔의 힘으로는 클레르프를 당해낼 수가 없었다.

"우우우읍……."

로엔이 호흡 곤란으로 축 늘어지려 할 때쯤 클레르프는 로엔의 입과 코를 막았던 손을 놓아주었고, 로엔은 거칠게 심호흡을 하며 클레르프를 쏘아보았다.

"헉, 헉… 죽을 뻔했네. 형, 저 죽이려고 작정했죠!"

"아, 아니, 그게 말야……."

뒤통수를 긁적이며 열심히 변명거리를 찾기 위해 고민하던 클레르프는 마침 좋은 것이 떠오르기라도 했는지, 갑자기 손뼉을 한 번 치며 로엔을 바라보았다.

"아, 맞다! 너 사령관 집무실 가봐야지! 아까 제딘님이 모이라고 했었잖냐!"

"아직 20분 정도 남았으니 말 돌리지 마요."

냉랭한 목소리에 클레르프가 움찔했다. 덩치 큰 그가 쭈뼛거리며 거의 조카뻘로 보이는 로엔의 눈치를 보는 모습은 가관이라 할 만한 것이어서 로엔은 결국 피식 웃음을 터뜨렸다.

"나잇값 좀 해요, 정말. 뭐, 아무튼 저 가볼게요."

토라 군 핵심 중의 핵심이라 할 수 있는 제디스틴 리스나르트의 집무실에 여섯 명의 사람이 모였다. 그중 한 사람은 두말할 필요 없이 이 집무실의 주인인 제디스틴 리스나르트였다. 제딘은 넬슨 아케미온이 인상을 찌푸리며 무언의 압박을 주는 것을 느긋하게 받아넘기며, 책상에 품위없이 걸터앉은 채 이야기를 꺼냈다.

"갑작스러운 대기 발령에 다들 당황하고 있을 것이라 생각하네만,

가급적 외부엔 비밀로 하고 싶어서 말이지. 우리가 움직이고 있다는 것을 세이레인에 알리고 싶지 않거든.”

로엔의 눈꼬리가 살짝 치켜 올라갔다.

“첩자가 있을 거라고 말씀하시는 겁니까?”

“아아. 없다고 생각하는 편이 더 이상하지. 누군지만 안다면 적당히 이용해서 저쪽에 거짓 정보를 잔뜩 뿌려 버리고 싶네만…….”

“결론적으로, 찾아내지 못했다는 말씀이군요.”

“그런 셈이지.”

어깨를 으쓱하며 제딘이 대꾸하자 아라엘 시엘홀린스가 미간을 찌푸렸다. 그러자 제딘은 피식 웃고는 아까부터 잔뜩 찌푸린 채 자신을 바라보는 넬슨에게로 시선을 돌렸다.

“아, 아, 자꾸 그런 얼굴 하지 말게나. 무서워서 이야기를 못하겠지 않는가.”

“군사령관으로서 품위만 지켜주신다면 얼마든지 그렇게 해드릴 용의가 있습니다만.”

냉정한 대꾸에 제딘은 포기한 듯 길게 한숨을 내쉬었다.

“내가 졌네. 뭐 어쨌든, 이들에게 앞으로의 일정을 브리핑해 주게나.”

넬슨은 고개를 끄덕이고는 앞으로 한 걸음 나섰다.

“그대들은 9월 6일, 그러니까 모레 라비니어스로 출발하는 사절단의 호위를 맡게 되네. 사절단의 규모는 총 여섯 명으로, 대사 1인과 비서관 1인, 호위 4인으로 구성되게 되네.”

“사절단… 이라 하기엔 너무 규모가 작은 것 아닙니까?”

그때까지 조용히 이야기를 듣고 있던 카렌이 고개를 갸웃하더니 조심스럽게 물었다. 그 물음에 넬슨은 고개를 끄덕이고는 설명을 계속해 나갔다.

"그렇다. 이것은 라비니어스에 사전 통보 없이 파견되는 비공식 사절단이다. 이렇게 소규모로 파견하는 이유는 우선 현재 정식으로 대규모 사절단을 파견할 인력과 여력이 없기 때문이다."

로앤을 비롯한 모두는 고개를 끄덕였다. 현재 토라에서 한창 진행 중인 지배 체제 및 사회 시스템의 재건과 정비로 각 부서는 대단히 바쁜 나날을 보내고 있었다. 여기저기서 인력 및 자원의 부족으로 비명을 지르고 있는 상황에서 국가 간 관례에 따른 정규 규모의 사절단을 구성하기란 대단히 어려운 일인 것이다.

"그리고 다른 하나의 이유는, 바로 세이레인을 방심시키기 위해서이다."

"네?"

뜬금없는 넬슨의 발언에 정보부의 체시아를 제외한 나머지는 눈을 크게 떴다. 무슨 말인지 정확하게 파악하지 못해서이리라. 넬슨은 그럴 줄 알았다는 듯 감흥없는 표정으로 계속 이야기를 이었다.

"현재 정보부의 극비 라인을 통해 세이레인의 수도 세톤에서 정규 규모의 사절단이 파견되었다는 보고가 있다. 출발 일자는 8월 28일로, 통상적인 이동 거리를 생각해 볼 때 지금쯤 그 사절단은 라비니어스와의 국경을 넘고 있을 것이다."

"세이레인도 나름대로 필사적인 모양이군요."

아라엘이 중얼거리자 넬슨은 고개를 끄덕였다.

"하지만 라비니어스의 군세가 얼마 전 철혈황제 길리언 아스나드 폰 미드가르드 네오토라의 기병단에 농락당한 걸 생각한다면 라비니어스가 세이레인을 보는 눈은 그다지 곱지 않을 터, 세이레인의 사절단이 확답을 듣기 전에 이쪽에서 더 좋은 조건을 제시한다면 라비니어스가 아국의 동맹군이 될 수 있는 확률은 대단히 높다."

"그건 우리가 어떤 당근을 제시하느냐에 달려 있겠죠."

로엔이 혼잣말하듯 내뱉었다. 고개를 끄덕여 긍정을 표한 넬슨은 껄끄러운 부분이라도 있는 듯 흘깃 제딘을 바라보았다. 의자에 앉은 채 넬슨이 설명하는 것을 조용히 듣고 있던 제딘은 자리에서 힘있게 일어나 입을 열었다.

"어차피 알게 될 테니 지금 말해 줘도 상관없겠지. 우리는 동맹의 조건으로 세이레인을 멸망시켰을 때 레나스와 글루디오, 앤텀 영지를 아우르는 사우스그레이 평원을 넘겨주겠다고 제안할 것이다."

담담한 어조였지만, 그 말이 가져온 파장은 대단히 컸다. 라비니어스는 전형적인 열사의 땅, 사막의 왕국으로 만성적인 식량 부족에 시달려 왔다. 그렇기에 라비니어스는 자국의 북서부에 위치한 곡창 지대인 사우스그레이 평원을 먹어치우기 위해 갖은 애를 썼지만 세이레인의 군사력에 밀려 그 뜻을 이루지 못하고 있었다. 하지만 만약 세이레인을 멸망시키고 라비니어스가 사우스그레이 평원을 손에 넣는다면, 그것은 그 나라의 호전적인 국민성과 결합해 놀라운 화학 반응을 일으킬 것임은 불을 보듯 뻔했다.

"과연 라비니어스가 군침을 흘릴 만한 제안이긴 합니다만… 너무 위험한 것 아닙니까?"

아라엘이 조심스럽게 의견을 개진했다. 제딘이 엷은 미소를 띠며 그녀를 바라보자, 그녀는 황급히 구체적인 설명을 덧붙였다.

"현재 라비니어스가 자국 내의 작은 세력들을 규합해 대규모 전쟁을 일으키지 못하는 것은 충분치 못한 군량에 기인하는 바가 큽니다. 하지만 그들에게 사우스그레이 평원을 내어준다면, 그것은 브레스를 머금은 드래곤을 스스로 만드는 결과가 되지 않을지……."

일리있는 의견이었다. 하지만 제딘은 그에 대해서는 그다지 신경 쓰지 않는 듯했다.

"그에 대해서는 나름대로 생각해 둔 것이 있네. 귀관은 크게 걱정하지 않아도 된다네."

"그러시다면 믿음은 갑니다만……."

아라엘은 말꼬리를 흐렸다. 그때 넬슨이 다시 끼어들어 말했다.

"귀관들에게 부여된 현재 임무는 외교부에서 공식적으로 파견할 전권 대사와 비서관을 무사히 라비니어스까지 호위하는 것이네. 지금은 그것만 생각하게."

"…알겠습니다."

잠시 마땅찮은 표정을 짓던 아라엘은 그렇게 대답하고는 입을 다물었다.

"귀관들이 미심쩍어하는 부분이 있다는 것은 잘 알고 있네. 하지만 이것은 우리 군을 위해서니 부디 사절단이 라비니어스에 무사히 도착할 수 있도록 최선을 다하는 것, 지금은 이것만 생각해 주게나."

넬슨은 제딘의 책상에 손을 짚으며 진중한 얼굴로 당부했다.

어딘가 마땅찮은 표정을 한 로엔들이 집무실을 빠져나간 후, 넬슨은 짧게 한숨을 쉬며 제딘을 돌아보았다.

"이래도 괜찮겠습니까?"

"무얼 말인가?"

제딘은 짐짓 시치미를 떼며 넬슨을 바라보았다.

"전쟁이 끝난 후 라비니어스에 대한 처분 말입니다. 알려주는 편이 낫지 않았을까 생각하고 있습니다만."

넬슨의 말에 제딘은 의자 등받이에 깊숙이 몸을 기대며 팔짱을 꼈다.

"지금은 모르고 있는 편이 낫네. 괜히 쓸데없는 소리를 늘어놓거나 하면 귀찮아질 테니까. 그리고 사냥이 끝난 후엔 사냥개를 잡아먹는다는 것 따위 알아봤자 별로 즐거운 일은 아니지."

"확실히 그렇군요. 괜한 죄책감을 가질 수도 있을 테니."

넬슨이 고개를 끄덕이자 제딘은 장난기 어린 미소를 지었다.

"게다가, 한 녀석은 이미 어느 정도 예상하고 있는 것 같기도 했고 말야."

"네?"

넬슨이 되물었지만 제딘은 대답하지 않았다. 대신 기분 좋은 웃음을 입가에 띠었다.

"영악한 녀석, 의외의 부분에서 눈치가 빠르단 말이지."

그것은 마치 예상치 못했던 곳에서 보석을 발견한 듯한 웃음이었다.

로엔은 제딘의 집무실에서 나오며 길게 기지개를 켰다. 그 모습을 곱지 않은 눈으로 체시아가 바라보자 로엔은 불쾌한 듯 인상을 찌푸리며 체시아를 마주 노려보았다.

"뭐, 할 말이라도 있어?"

"별로. 발육 부진 꼬맹이에게 하고 싶은 이야기는 없어."

"뭐야?"

로엔의 표정이 대번 험악하게 변했다. 그러자 카렌이 급히 로엔을 말리며 화제를 돌렸다.

"야, 야, 관둬. 이런 데서 싸워서 어쩌겠다는 거야? 그나저나 시엘홀린스님이라고 하셨던가요?"

"네."

쌀쌀맞은 대답이 돌아왔다. 카렌은 속으로 은근히 사람 기분 나쁘게 한다고 투덜대며 그녀에게 말을 걸었다.

"슬슬 점심때가 된 듯한데 식사라도 같이하시겠습니까? 일단 이틀 후에는 싫어도 함께 지내야 하니 지금부터 친숙해지는 것도 나쁘지 않을 것 같은데."

아라엘은 곱지 않은 눈으로 카렌을 바라보더니, 이내 고개를 휙 돌리며 대꾸했다.

"제 후임으로 올 분대장에게 신원 인수 인계를 해야 해서요. 제안은 감사합니다만, 이만 실례하겠습니다."

"아, 저기……."

아라엘은 카렌이 말 붙일 새도 없이 가버렸다. 졸지에 닭 쫓던 개가 되어버린 카렌은 멍하니 그녀의 뒷모습을 바라보다 길게 한숨을 내쉬고는 체시아를 잡아먹을 듯 노려보고 있는 로엔의 팔을 잡아끌었다.

"그만 하고 식사나 하러 가자. 함께 밥 먹는 것 오래간만이잖아."

"맘에 안 들어, 그 녀석."

로엔이 T본 스테이크를 거칠게 썰며 투덜대자 카렌이 쓴웃음을 지었다.

"왜 그렇게 서로 못 잡아먹어서 안달인 거야?"

"너도 알잖아, 그 녀석 나와 예전부터 악연이라는 거."

로엔의 대꾸에 카렌은 예전 체시아에게 추격당하던 것을 생각하며 납득한 듯 고개를 끄덕였다.

"하지만 이렇게 불협화음이어선 될 일도 안 된다고."

"그건… 그렇지. 하지만 그 자식, 묘하게 시비를 걸어온단 말야."

로엔은 투덜대며 썰어놓은 스테이크를 포크로 찍었다. 레드 와인을 한 모금 마신 카렌은 그런 로엔을 다독이듯 부드럽게 말했다.

"먼저 시비를 걸어와도 일단은 참아. 그나저나 네 아버지 말야."

"응?"

카렌이 화제를 돌리자 스테이크를 우물거리던 로엔이 고개를 들었다. 카렌은 으깬 감자를 한 스푼 뜨며 이야기를 계속했다.

"아무래도 라비니어스에게 진심으로 사우스그레이 평원을 내어드릴 생각은 없던 것 같은데?"

"그래?"

로엔은 고개를 갸웃했다. 잠시 생각에 잠겨 있던 로엔은 이내 고개를 주억거렸다.

"아아, 세이레인을 멸망시키고 나면 굳이 야만인들의 눈치를 볼 필요는 없겠군. 부담없이 약속을 깨고 공격, 라비니어스를 점령해 버리면 될 테니까 말야."

"그렇겠지. 하지만 혹시라도 우리가 이걸 발설해 버리면 말짱 도루묵이니 알려주지 않으신 것일 테고."

꽤 정확한 카렌의 예상이었다. 로엔은 동감한다는 듯 고개를 끄덕이고는 와인 잔을 들며 입을 열었다.

"뭐, 입을 다물고 있기를 바라신다면야 그렇게 해드리는 것이 아들 된 도리겠지. 그나저나 라비니어스라… 더운 건 싫은데 말야."

그렇게 말하고 와인을 마시는 로엔의 표정엔 라비니어스로 가게 된 것에 대한 약간의 짜증이 배어 있었다.

The Troubles

The Second Obstacle
The Troubles

세이레인 1441년 9월 6일 아침, 제7기사단 지휘부에 배정된 숙소는 아침부터 분주했다. 그도 그럴 것이, 현재 직위 해제되어 있긴 하지만 기사단장이 라비니어스와의 동맹 협상을 위해 떠나는 것이다. 당연히 뒷바라지를 위해 분주해질 수밖에 없었다.

채비를 마치고 나온 로엔의 차림은 간소했다. 언제나처럼 건틀릿과 미스릴 망토를 착용한 채, 허리엔 '진짜' 디바인 나이트, 이즈라핌이 선물한 검과 자칭 우주 최강의 마법사 아스나트 이프론이 선물한 아나콘다 핸드건을 착용하고 있었다. 늘 품속에 넣고 다니던 핸드건을 허리에 차고 있는 것을 본 그린이 의아한 듯 로엔에게 물었다.

"그 핸드건, 평소에는 품속에 넣고 다니지 않으셨습니까?"

"아아, 이거요?"

로엔은 허리에 매달려 있는 핸드건을 툭툭 치며 반문했다. 그린이 고개를 끄덕이자 로엔은 씨익 웃으며 흘낏 가이에를 바라보았다.

"나오는데 가이에가 주더군요. 잘 다녀오라면서 주기에 고맙게 받았죠."

"흐음, 이런 것을 어디에서 판매할 리는 없을 테니 분명 직접 만든 것일 텐데……."

로엔과 마찬가지로 흘낏 가이에를 바라보던 그린의 머리 속에 가이에가 무표정하게 앉아 묵묵히 바느질을 하고 있는 모습이 떠올랐다. 로엔도 비슷한 상상을 했는지 아연한 표정으로 그린을 바라보았고, 둘은 누가 먼저랄 것도 없이 식은땀을 흘리며 크게 웃어 젖혔다.

"아하하하하… 그런 질 나쁜 농담을 하시다뇨. 하하하하……."

"그러게요, 제가 생각해도 이건 좀 심한 것 같습니다. 가이에 군이 그럴 리가… 하하하하……."

웃음소리를 들었는지 가이에가 미심쩍은 얼굴로 그들을 돌아보자, 로엔과 그린은 웃음을 그치고는 조용히 가이에의 반대 편으로 고개를 돌렸다.

"로엔, 준비 끝났어?"

때마침 카렌이 준비를 끝낸 듯 다가오자 로엔은 속으로 길게 안도의 한숨을 내쉬며 반갑게 카렌을 맞이했다.

"아아, 방금 끝났어. 제이, 제 가방 주세요."

"예이."

"……?"

제이 헌터가 능글맞게 웃으며 내미는 가방을 받아 들며, 이번에는 로엔이 미심쩍은 얼굴로 제이를 바라보았다.

"뭐 좋은 일이라도 있어요?"

"네? 제가 뭘요?"

제이가 천연덕스럽게 반문하자 로엔은 더 더욱 미심쩍다는 듯 제이를 추궁했다.

"어째 수상해요. 왜 그렇게 능글맞게 웃는 겁니까?"

"아, 그건……."

제이는 로엔 가까이로 얼굴을 들이밀더니 다른 사람들에게 간신히 들릴 만한 목소리로 소곤거렸다.

"라비니어스는 전통적으로 아름다운 여자가 많기로 유명한 곳이잖아요."

"그, 그랬어요?"

로엔은 몰랐다는 듯 놀란 얼굴로 반문했다.

"그럼요! 라비니어스에 가시면 예쁜 여자들을 많이 볼 수 있을……."

[흐응… 그런 말씀을 하신단 말이죠?]

순간 뒤에서 들려온 목소리에 제이는 흠칫하며 떠벌리던 것을 멈추었다. 조심스럽게 뒤를 돌아본 제이는 이내 절망적인 표정으로 고개를 숙였다.

"죽을죄를 지었나이다. 제가 두 미녀 분을 앞에 두고 감히 망언을……."

[흥, 아부하셔 봤자 소용없어요!]

이번에는 다른 목소리가 대답했다. 고개를 숙인 채 손바닥을 모아 싹싹 빌고 있는 제이를 어이없는 표정으로 바라보던 로엔은 이내 쓴웃음을 지으며 그 목소리들의 주인공을 바라보았다.

"유스, 에바, 이런 건 별로 상관없잖아? 내가 특별히 여자에 관심을 갖고 있는 것도 아니고 말야.”

그 말에 유스와 에바는 새초롬한 표정으로 로엔을 흘겼다.

[그럼 방금 전에 귀가 솔깃한 표정으로 듣고 있던 사람은 누구죠?]

“그, 그건……”

예상치 못한 에바의 반격에 로엔은 주춤했다. 그 기세를 타고 유스가 로엔의 오른팔에 휘감아 매달리며 말했다.

[우리를 두고 다른 여자에 관심을 갖다니, 유스는 슬퍼요. 가뜩이나 최근 등장도 없는데.]

마지막은 의미 불명의 한마디였다. 하지만 에바는 무슨 말인지 이해하고 있는 듯 고개를 끄덕이며 동조했다.

[맞아요! 요즘 제 화사한 자태를 자주 선보이지 못해 가뜩이나 스트레스가 쌓여 있는데, 주인님마저 그렇게 말씀하시면 안 되죠.]

“그, 그런데 그 ‘화사한 자태’라는 것은 보통 자기가 이야기하는 게 아니지 않던가?”

[에이, 그런 사소한 것은 넘어가요, 넘어가. 남자가 쩨쩨하게 그런 데 신경 쓰세요?]

에바가 손사래를 치며 웃자 로엔은 어이없는 표정으로 중얼거렸다.

“너희들 며칠 안 본 사이에 능청이 많이 늘었다?”

[아하하하… 뭐, 아무튼, 어쨌거나!]

에바는 정곡을 찔린 듯 가슴을 젖히며 크게 웃더니, 화제를 돌리려는 듯 몸을 획 돌려 제이를 바라보았다. 날카로운 시선에 제이는 다시 주춤하며 한 걸음 뒤로 물러났고, 기세를 제압한 에바는 의기양양하게 손가락을 들어 제이를 가리키며 외쳤다.

[앞으로 한 번만 더 주인님께 그런 말 했다간 가만두지 않겠어요!]

"여, 여부가 있겠습니까, 하하하……."

제이는 허리를 굽신하고는 더 불똥이 튈까 싶어 부리나케 뒤로 물러났다. 여전히 어이없는 표정으로 그 상황을 바라보던 로엔은 두통이 이는 듯 이마를 짚으며 고개를 흔들었다.

"…앓느니 죽지. 가자, 카렌."

로엔과 카렌, 그리고 유스와 에바가 집합 장소인 토라 군 사령부 앞 광장에 도착했을 때는 이미 다른 사람들이 모두 모인 후였다. 로엔이 늦은 것에 대한 사과의 의미로 고개를 꾸벅하고는 다가가자 넬슨이 좌중을 둘러보며 입을 열었다.

"이걸로 전부 모인 것인가? 그런데 리스나르트 군, 그 뒤의 여성분들은?"

로엔은 고개를 절레절레 저었다.

"알면 피곤하고 모르면 정신 건강에 좋은 사람… 아, 사람이 아니었지. 어쨌든 그런 종류예요. 그냥 못 본 척 넘어가 주세요."

[주인님, 미워요.]

[흑흑흑… 우리를 짐 더미로 취급하시다니…….]

유스와 에바가 뒤에서 구슬픈 목소리를 냈지만, 그것이 연기라는 것을 알고 있는 로엔과 카렌은 무시했다. 하지만 이런 일에 면역이 되어 있지 않은 넬슨은 당황하며 그녀들에게 말을 건넸다.

"지, 진정하세요. 아름다우신 레이디께서 이런 곳에서 흐느끼는 것도 모양새가 좋지 않지 않습니까."

순간 에바의 눈동자가 반짝 빛났다. 그 갑작스러운 변신에 넬슨이 식은땀을 흘리며 한 걸음 뒤로 물러나려는데, 유스가 그 옆에서 불쑥 튀어나오며 꿈꾸는 듯한 목소리로 말을 걸었다.

[멋진 신사 분께서도 그렇게 생각하시나요? 그래요, 분명 저희는 아름다워요. 예쁘죠. 하지만 주인님께서는 이렇게 예쁜 저희를 낮에도 홀로 두고 밤에도 홀로 두고 하루 종일 홀로 두고 독수공방하는 과부로 만드시니 이 어찌 슬픈 일이 아닐 수 없으며……]

두 손을 가슴 부근에서 맞잡은 채 의미 불명의 대사를 열심히 늘어놓으며 청순가련을 연기하는 유스 앞에서 넬슨은 이미 돌이 되어 있었다. 이걸로 희생자가 한 명 더 늘었군… 이라 투덜거리며 로엔은 고개를 절레절레 저었다.

"유스, 에바, 계속 그러고 있으면 버리고 간다."

그 한마디에 둘의 동작이 순간적으로 멈췄다. 둘이 그 상태에서 고개만 돌려 로엔을 흘낏 바라보니, 로엔은 엷은 미소를 띤 채 칼날 같은 목소리로 한마디를 더 내뱉었다.

"진심이야."

그 말이 떨어지기 무섭게 유스와 에바는 벌떡 일어나 다소곳한 자세로 한쪽으로 비켜섰다. 로엔은 그제야 고개를 끄덕이며 아직도 심대한 정신 공격의 여파에서 벗어나지 못한 넬슨을 바라보았다.

"흠, 흠, 자네 말이 무슨 의미였는지 이제 알겠군."

넬슨은 고개를 가볍게 흔들고는 다시 주위를 돌아보며 말했다.

"아직 통보받지 못했을 것이라 생각하네만, 지금 소개하도록 하겠네. 여기 이분은 황제 폐하께 대라비니어스 외교의 전권을 위임받은 루세츠 폰 엔트레아 백작님이시네."

그렇게 말하며 넬슨은 자신의 오른쪽에 서 있던 중후하게 생긴 초로의 남자를 소개했다. 반백의 갈색 머리에 토라 귀족층에서 애용되는 성장(聖裝) 차림의 그는 넬슨의 소개에 가볍게 목례했다.

"루세츠 폰 엔트레아라 하네. 앞으로 잘 부탁하겠네."

"잘 부탁드리겠습니다."

적당히 인사가 끝난 후 넬슨은 프란보다 한 걸음 정도 뒤에 서 있던 남자를 가리켰다.

"뭐, 이 사람은 다 알고 있으리라 생각하지만, 그래도 소개하겠네. 프라이슨 에션트 군이네."

"프란 형?"

의외였다는 듯 로엔이 반문하자 프란은 씨익 웃으며 대답했다.

"아아, 엔트레아 백작님의 비서관으로 발령되었다. 라비니어스까지 잘 부탁한다."

"그건 제 쪽에서 하고 싶은 말인걸요."

로엔 역시 마주 웃으며 답했다.

대충 서로 간의 소개와 인사가 끝나자 넬슨은 광장 앞에 서 있는 마차와 말을 가리키며 루세츠를 바라보았다.

"아무리 비공식적인 사절단이라지만 최소한의 갖출 것은 갖췄습니다. 남은 것은 백작님께서 결과를 가지고 돌아오시는 것뿐입니다."

"허허… 이거 노인에게 너무 무거운 짐을 지우는 것 아닌가?"

루세츠는 빙긋 웃으며 답했다. 넬슨은 그에게 깊이 허리를 숙이며 당부했다.

"토라의 미래가 걸린 일입니다. 부디 좋은 결과가 있길 바라겠습니다."

"미력하나마 최선을 다해보겠네. 걱정하지 말게나."

루세츠는 중후하게 웃으며 대답했다.

여름에 있었던 치열한 전투와는 관계없이, 레트니아의 가을은 붉게 물들어 그 아름다운 자태를 뽐내고 있었다. 울긋불긋한 단풍나무 사이를 지나치며 로엔이 불만 가득한 얼굴로 투덜거렸다.

"어째서 내가 마부를 해야 하는 거야?"

로엔이 호위하는 사절단 일행에게 넬슨은 치사하게도 이두마차 한 대와 말 네 필밖에 지원해 주지 않았던 것이다. 덤으로 마차를 몰아줄 마부조차 지원해 주지 않은 탓에 로엔은 꼼짝없이 마부 신세로 전락한 것이었다.

"그럼 너 말고 누가 마부를 하겠어? 거기다, 그 자리에 앉아 있으니 잘 어울리는데? 이 참에 전업하지 그래?"

"저 찢어 죽일……."

체시아가 비꼬는 말에 로엔은 낮게 이를 갈았다. 하지만 '네가 해!' 라며 쏘아붙이지를 못하는 것은 역시 로망의 영향이리라. 어렸을 로엔이 어렸을 때 읽은 로망에는 여자에게 마부를 시키는 멋대가리없는 남자는 역시 없는 것이다. 그런 로망으로 철저하게 주입식 교육을 받은 로엔은 아무리 해도 여자에게 무언가를 시킨다거나 하는 것을 상상조차 해본 적이 없었다. 이런 상황에서 카렌을 제외한 나머지 한 명, 아라엘 시엘홀린스 역시 여자라 마부를 하라 시킬 수는 없다. 그렇다고 옆에서 휘파람을 불며 경치를 감상하느라 정신없는 카렌을 시킬 바에는…

"차라리 내가 하고 말지."

"응?"

로엔이 길게 한숨을 내쉬며 중얼거리자 카렌이 의아한 얼굴로 돌아보았다.

"아냐, 아무것도."

귀찮다는 듯 손사래를 치며 로엔은 분명 이 상황을 떠올리며 히죽대고 웃고 있을 자신의 아버지, 제디스틴 리스나르트를 생각하며 속으로 이를 부드득 갈았다.

전쟁으로 민심이 황폐해지면 그에 비례해 반드시 등장하는 것들이 있다. 보다 손쉽게 타인의 것을 획득하려 하는 얌체들이 바로 그것인데, 주로 '도적단' 혹은 '산적'이라는 이름을 달고 활동하는 이 얌체들은 전란의 시대에 치안이 약해진 틈을 타 도처에서 창궐하며 힘없는 양민이나 나그네를 괴롭혔다.

남을 괴롭히는 것으로 자신의 배를 채우며 간덩이가 부을 대로 부은 것들이 로엔 일행이라고 그냥 지나쳐 보낼 리가 없다. 상대는 겨우 여섯 명에, 귀한 말까지 타고 가는 돈 많은 귀족층이다. 얌체들이 이들을 그냥 보낸다면, 그것은 마치 참새가 방앗간을 그냥 지나치는 것만큼 웃긴 일이 아닐 수 없으리라.

어쨌거나 떡하니 마차의 앞에 늘어선 '얌체'들을 바라보던 로엔의 표정이 괴상하게 찌푸려졌다.

"뭐야, 이 떨거지들은?"

"떠, 떠, 떨거지?"

펄션을 꼬나 쥐고 가운데에서 기세 좋게 웃어 젖히던 놈이 발끈하며 외쳤다. 그런 녀석이 어쩐지 낯이 익다고 생각하며 로엔은 한심한 얼굴로 카렌을 돌아보았다.

"어떻게 할래?"

"뭘?"

카렌이 순진무구한 얼굴로 반문하자 로엔은 오른손으로 얼굴을 감쌌다.

"아냐, 아무것도. 너한테 뭘 물어본 내가 잘못이지."

마치 앞에 서 있는 도적들은 신경도 쓰지 않는 듯한 여유작작한 태도였다. 그 건방진 태도에 두목으로 보이는 놈은 화가 머리끝까지 치솟았는지 펄션을 높이 치켜들며 버럭 소리 질렀다.

"이, 이 자식들이 우리 라그나록 도적단의 이름을 얕보고 있어!"

"라그나록?"

익숙한 울림에 로엔이 잠시 고개를 갸웃했다. 그러다가 생각이 나지 않는 듯 로엔은 카렌을 돌아보았다.

"카렌, 라그나록 도적단이란 이름, 들어본 적 있어?"

"없는데."

카렌은 고개를 갸웃하더니 부정했다. 그러자 이번엔 양 옆에서 말을 타고 있는 두 여자를 바라보며 로엔이 똑같은 질문을 던졌다.

"체시아와 시엘홀린스님은?"

"없는데?"

"저도 없습니다만."

체시아와 아라엘 역시 어깨를 으쓱하며 부정의 제스처를 취했다. 로엔은 다시금 고개를 갸웃하며 나직하게 신음을 흘렸다.

"으음, 분명 어디서 들어본 이름인데… 어디서 들어봤었지?"

"이, 이 자식이 우릴 놀리고 있어?!"

"아, 생각났다!"

막 도적 두목이 발광하며 마차에 달려들려던 찰나 로엔이 손가락을 딱 튀기며 외쳤다. 갑작스런 외침에 도적 두목이 움찔하며 물러나자, 로엔은 갑자기 음흉한 미소를 지으며 그를 바라보았다.

"그 센스 전무한 이름을 어디서 들었나 했더니, 예전에 내가 자유 무역 도시에 들렀을 때 들었던 이름이군. 아마 그때 그놈들 이름이 아마… 라그나록 3형제였지?"

"뭐, 뭐, 뭐라고?!"

로엔의 중얼거림을 들은 도적 두목의 표정이 대번 창백하게 변했다. 그 옆에서 도적 두목과 마찬가지로 펄션을 들고 기세 좋게 로엔을 바라보던 놈의 표정 역시 점차 굳어가기 시작했다.

"저 금발 머리에 붉은 눈동자… 서, 설마 네놈!"

"빙고!"

로엔이 박수를 치며 유쾌하게 웃었다. 로엔은 고삐를 카렌에게 넘긴 후 미스릴 망토를 펄럭이며 마차에서 뛰어내렸다.

"이게 몇 년 만인지 모르겠네. 그 이후로 뭘 하나 했더니, 이런 곳까지 와서 도적질을 하고 있던 거였어?"

로엔이 입가에 진한 미소를 띠며 한 걸음 한 걸음 앞으로 나섰다. 그러자 그에 맞추기라도 하듯, 도적들은 한 걸음 한 걸음 뒤로 물러나기 시작했다. 그때 마차에서 루세츠가 고개를 내밀고 로엔에게 물었다.

"리스나르트 군, 무슨 일이라도 생겼는가?"

"아, 아, 잠시 반가운 얼굴을 만나서요. 신경 쓰지 않으셔도 될 가벼운 일입니다."

로엔은 마차를 향해 돌아서며 빙긋 웃었다. 그러자 루세츠가 놀란 표정으로 로엔의 뒤를 손가락으로 가리켰다.

"리스나르트 군, 뒤―"

"적에게 등을 보이다니, 이 바보 같은 놈!"

로엔의 빈틈을 보고 달려온 도적 두목이 크게 웃으며 로엔의 목을 향해 펄션을 휘둘렀다. 하지만 로엔은 도적 두목의 펄션 따위는 전혀 신경 쓰지 않는 듯 태연한 얼굴로 미소 짓고 있을 뿐이었다.

파앙!

두꺼운 금속체끼리 부딪쳤을 때 날 법한 둔중한 금속음이 숲을 울렸다. 그 소음에 놀랐는지 여기저기서 새들이 퍼득거리며 날아오르는 소리가 들려왔다.

"너, 너 이 자식……!"

"왜, 더 해보지?"

얼굴을 있는 대로 일그러뜨린 도적 두목과는 달리 로엔의 얼굴에는 비웃음이 가득했다. 반면에 루세츠 백작의 얼굴에는 경악이 가득했다.

"리스나르트 군, 어떻게―"

황금빛 건틀릿을 낀 로엔의 왼팔이 도적 두목의 펄션을 가로막고 있었다. 로엔은 코웃음 치며 도적 두목의 펄션을 밀어낸 후 팔이 저려오는지 오른팔로 왼쪽 팔목을 주무르며 큰 소리로 외쳤다.

"유스! 에바!"

[네이~ 나가요오~♡]

[아아, 주인님, 저를 좀 더 소중히 다뤄주세요~]

로엔의 건틀릿과 망토가 빛나며 두 여자의 실루엣이 천천히 형상화되기 시작했다. 그 모습에 루세츠와 아라엘, 체시아는 입을 다물지 못하며 로엔을 바라보았다.

"리스나르트 군, 저건 대체―"

"사정은 잠시 후에 설명해 드리겠습니다. 일단은……."

그러면서 로엔은 앞에 보이는 도적들을 흘낏 바라보았다. 도적 두목—라그나록 3형제의 두목—은 그제야 로엔과 언제 만났었는지를 확신한 듯 두려움 가득한 표정으로 로엔을 바라보고 있었다.

"저 녀석들 좀 처리하고 말이죠."

"…알겠네."

루세츠는 무언가 한마디 던지려다 그만두고는 고개를 끄덕였다. 로엔은 루세츠의 허가가 나오자 만면에 느긋한 미소를 지으며 입을 열었다.

"유스, 에바, 저기 저 귀염둥이들 기억나지?"

[네~]

[그럼요♡]

한껏 애교를 담아 하는 대답에 도적들의 얼굴이 더욱 창백하게 변했다. 로엔은 고개를 끄덕이고는 턱짓으로 도적들을 가리키며 말했다.

"귀염둥이들은 어떻게 해주는 게 가장 좋지?"

[그거야 물론♡]

유스가 우두둑— 소리나게 손가락을 꺾으며 운을 떼자,

[귀여워 해줘야죠♡]

이번에는 에바가 목을 꺾으며 대답했다. 호흡이 착착 맞는 것이 실로 명콤비가 아닐 수 없었다.

"그, 그런 귀여움 따위 필요없어!"

두려움을 떨쳐 내려는 듯 도적 두목이 외치자, 그 옆에 있던 부두목으로 보이는 놈이 펄션을 치켜들며 외쳤다.

"에잇! 겁먹을 필요 없다! 적은 겨우 여덟이다! 우리가 수적으로 훨씬 앞서니 겁먹지 말고 쳐라!"

"와아아아—!"

그 외침에 용기를 얻은 듯 도적들은 괴성을 지르며 달려나오기 시작했다. 그 모습에 체시아와 아라엘이 막 전투 준비를 갖추려 하는데, 로엔이 한발 앞서 유스와 에바에게 외쳤다.

"유스, 에바! 적당히 주물러 줘!"

[옛—써!]

유스와 에바는 기세 좋게 외치며 앞으로 달려나갔다. 도적 사십여 명 대 특별히 수련한 것도 없어 보이는, 그저 몸매만 좋은 평범한 여자 둘. 속사정을 모르고 본다면 무모하다고 외칠 법한 상황이지만, 도적들에게는 애석하게도 유스와 에바는 평범한 가슴 바보들과는 달라도 너무 달랐다.

"아악! 살려줘!"

"우아아아아아아—!"

[아앗! 거기 어딜 가요? 아직 덜 귀여워 해줬다고요!]

"나, 난 별로 귀엽지 않으… 아악!"

비명과 애교가 담뿍 담긴 대사가 교차한 후, 이윽고 상황은 종료되었다.

"세상에……!"

체시아는 먼지를 탁탁 털어내며 개운한 표정으로 도적들을 바라보는 유스와 에바를 바라보며 입을 다물지 못했다. 체시아가 유스와 에바가 커버하지 못한 도적들 두엇을 처리할 동안, 저 두 여자는 삼십이 넘는 도적들을 바닥에 널브러지게 만든 것이었다. 어이없다는 표정으로 두 여자를 바라보던 체시아는 쓰러진 채 신음하는 도적 두목을 발로 툭툭 차고 있는 로엔에게 다가갔다.

“저, 저 두 여자 정체가 뭐야?”

“뭐? 아아, 그냥 내 하녀들인데.”

로엔이 무심한 어조로 대꾸하자 체시아의 눈꼬리가 치켜져 올라갔다.

“그걸 지금 대답이라고 하는 거야? 무슨 하녀가 저렇게 무식해?”

“아, 그건…….”

로엔이 대답을 해야 하나 말아야 하나로 고민하면서 우물거리는데, 뒤에서 조용한 목소리가 들려왔다.

“저도 거기에 대해 듣고 싶군요.”

“히익!”

갑작스레 들려온 목소리에 깜짝 놀란 로엔이 두근대는 가슴을 진정하며 돌아보니, 아라엘이 체시아와 비슷한 표정으로 로엔을 바라보는 것이 보였다. 잠시 체시아와 아라엘을 번갈아 돌아보던 로엔은 어쩔 수 없다는 듯 어깨를 으쓱하더니 길게 한숨을 내쉬었다.

“알았어. 일단 리텐헤임에 도착한 후에 이야기해 주지.”

리텐헤임은 카르이에서 서남쪽으로 약 30㎞ 정도 떨어진 작은 요새다. 수도 카르이의 과다한 인구 밀집과 기능을 분담하는 이른바 위성 도시의 하나로, 규모는 그리 크지 않지만 토라에서 나름대로 중요한 위치에 있는 도시가 바로 이 리텐헤임이었다.

그 리텐헤임의 요새 앞에서, 20대 중반 정도로 보이는 청년이 병사들과 함께 로엔 일행을 마중 나와 있었다.

“엔트레아 백작님, 연락을 받고 기다리고 있었습니다.”

“굳이 나올 필요는 없었는데… 고맙군.”

루세츠는 만면에 환한 미소를 지으며 자신을 향해 깊숙이 고개를 숙이는 청년을 일으켰다. 청년은 재차 고개를 가볍게 숙여 답례한 후 마차의 뒤쪽을 보고는 의아한 표정으로 물었다.

"그런데 저 뒤에 있는 사람들은 대체……?"

"아아, 저자들 말인가?"

루세츠는 마차 뒤에서 여기저기 터지고 멍든 채 조기 두름마냥 줄줄이 묶여 있는 산적들을 흘낏 바라보고는 쓴웃음을 지었다.

"자칭 라그나록 도적단이라는 이들이네. 치안을 어지럽히기에 붙잡아왔다네."

청년은 루세츠의 말에 눈을 크게 뜨며 물었다.

"라그나록 도적단? 아, 최근 이 부근에서 여행자들을 습격하는 도적들이 있다는 보고를 받은 적이 있습니다. 그들인 모양이군요. 그런데 언뜻 봐도 사십 명은 넘는 듯 보이는데……."

그들을 바라보며 중얼거리던 청년은 로엔과 유스, 에바 옆에서 옅은 미소를 띤 채 서 있는 카렌을 발견하고는 어리둥절한 얼굴이 되었다.

"카렌? 네가 어떻게 여기에 있는 거냐?"

"일찍도 알아본다."

카렌은 쓴웃음을 지으며 대꾸했다. 청년은 반가운 듯 카렌 쪽으로 다가오려다가, 문득 자신이 어떤 상황에 있는지 깨달은 듯 뒤로 한 걸음 물러서며 정중히 루세츠를 바라보았다.

"이런, 백작님을 앞에 두고 결례를 범했군요. 마차 여행으로 피곤하실 텐데 어서 들어오시기 바랍니다. 묵으실 곳을 준비해 두었습니다."

"배려 감사하네. 저들은 그대가 알아서 처리하게나."

"네."

청년은 조심스럽게 대답하고는 좌우에 도열한 병사들에게 명령했다.

"치안을 어지럽힌 무리들이다. 저들을 모두 감옥에 처넣어라!"

"네!"

병사들이 라그나록 도적단 무리들을 끌고 가자, 청년은 다시금 정중한 어조로 루세츠에게 말했다.

"숙소로 안내해 드릴 테니 저를 따라오시기 바랍니다."

청년이 안내한 곳은 꽤 깔끔한, 그렇지만 내부 장식에 그다지 신경을 쓰지 못한 듯 무미건조한 방이었다.

"최근 재정 상태가 여의치 않은 탓에 이런 방들 뿐이라 죄송스럽습니다."

"아닐세. 이 정도면 충분하다네."

루세츠가 손을 내저으며 답하자 청년은 안도한 듯 고개를 살짝 숙였다.

"그러시다면 다행입니다. 부디 편히 쉬시기 바랍니다."

그렇게 말하고 청년은 고개를 숙인 후 물러갔다. 그 모습을 흐뭇한 표정으로 바라보며 루세츠가 프라이슨을 돌아보았다.

"어떤가? '절규하는 자' 아크 폰 라헬을 직접 본 감상은."

"북부의 전장에서 사신으로까지 불리던 사람이라고는 믿어지지 않는군요. 사람은 겉모습만으로는 알 수 없다는 사실을 새삼 깨달았습니다."

프라이슨은 놀랍다는 표정으로 대답했다. 그러자 루세츠는 유쾌한 듯 껄껄 웃으며 말을 계속했다.

"저 얼굴로 전신에 피칠을 한 채 세이레인의 익제큐터 키스테의 목을 꿰뚫는 모습은 더욱 상상하기 힘들지. 대단한 인물이야."

"확실히 그렇군요."

프라이슨은 고개를 끄덕였다. 그때 누군가가 밖에서 문을 가볍게 두드리고는 말했다.

"식사가 준비되었다는 라헬님의 전언이십니다."

"알겠네. 곧 내려가도록 하지."

루세츠는 문밖을 향해 대꾸하고는 소파에서 일어났다.

"내려가세나. 하루 종일 식사도 못했지 않은가."

루세츠 일행이 거실로 내려가 있을 때, 로엔을 비롯한 사절단의 호위들 역시 방을 배정받은 후 식사를 위해 내려와 있었다.

"아, 오셨군요. 마침 준비가 끝난 상태였습니다."

"고맙네."

루세츠는 담담하게 웃으며 답한 뒤 자리에 앉았고, 예의상 자리에서 일어났던 다른 사람들 역시 그를 따라 다시 자리에 앉았다. 식사를 하면서 환담이 오가던 중 아크가 문득 이상한 점을 발견한 듯 루세츠를 바라보았다.

"백작 각하, 궁금한 점이 있어서 그런데 여쭈어도 되겠습니까?"

"으음? 아아, 라헬 군이 궁금해하는 거라면 대답해 줘야지. 그래, 무언가?"

루세츠가 사람 좋은 웃음을 띠며 대답하자, 아크는 와인을 한 모금 마신 후 잔을 가볍게 흔들며 물었다.

"제가 듣기로 분명 카르이에서 출발한 분들은 여섯 분이었던 것으로 기억합니다만… 지금 여기 계신 분은 저를 제외하면 여덟 분이군요.
중간에 사정이라도 생기셨던 것입니까?”

그 물음에 모두의 시선이 로엔과 그 옆에서 정신없이 식사를 하고
있는 유스, 에바에게로 향했다. 그 시선을 느꼈는지 로엔은 길게 한숨
을 쉬었다.

“로엔 군, 낮에 했던 말 기억하는가?”

모두를 대표한 루세츠의 물음에 로엔은 가볍게 고개를 끄덕였다.

“알겠습니다. 말씀드리도록 하죠.”

로엔은 그렇게 말하고는 시선을 오른쪽으로 옮겼다.

“유스, 에바.”

[네?]

[부르셨어요?]

유스와 에바가 접시에 박고 있던 고개를 들며 반문하자 로엔은 고개
를 끄덕여 긍정한 뒤 다시 시선을 루세츠 쪽으로 돌렸다.

“소개드리겠습니다. 제 시종인 유스트레스 아스트랄러와 에버네스
새도우키퍼라고 합니다.”

[유스트레스 아스트랄러입니다! 잘 부탁드려요오~♡]

[에버네스 새도우키퍼입니다. 저 역시 잘 부탁드리겠습니다.]

평소처럼 애교 만점의 미소를 지으며 유스와 에바가 각자의 소개를
했다. 그 뒤를 이어 로엔이 덧붙이듯 이야기를 계속했다.

“저 둘은 저와 아버지가 세이레인에 있을 때 얻은 아티팩트에 거주
하던 자들로, 본인들의 말에 의하면 과거에는 천사였다고 합니다.”

로엔의 담담한 설명에 식당 내에는 잠시 침묵이 흘렀다. 그 침묵을
깬 것은, 이미 그 사실을 알고 있었던 탓에 놀라지 않았던 프라이슨 에

션트였다.

"로엔 군의 말이 믿기지 않으시겠지만, 저 레이디들의 위력을 직접 본다면 믿으실 수 있을 것입니다. 저도 처음엔 믿지 못했지만 말입니다, 하하."

프라이슨의 웃음에 가라앉았던 좌중의 분위기가 약간은 떠올랐다. 그 분위기를 틈타 체시아가 더듬거리며 로엔에게 물었다.

"그렇다면 설마 예전에 내가 당했던……."

"그때의 그녀들이 바로 이 둘이지."

무슨 말인지 짐작한 듯 로엔은 고개를 끄덕였고, 체시아는 황당하다는 표정으로 그녀들을 바라보았다.

"한 방에 오백의 정병을 절멸시켜 버린 그 마법… 그렇게 강한 마법이 있을 리가 없다고 생각하고 있었는데, 천사라니 납득은 가는군. 그래, 그래서 그렇게 강한 것이었던가."

"아아."

로엔이 대답했다. 하지만 다른 사람들은 아직도 믿기지 않는다는 표정으로 로엔을 바라보고 있었다.

"천사라니… 그런 어처구니없는……."

"어처구니없지는 않습니다. 만약 천사가 아니라고 할지라도, 실제 저 둘이 해낸 일들을 보면 믿기 싫어도 천사라 믿을 수밖에 없을 정도니까요."

프라이슨이 로엔을 대변하듯 루세츠의 물음에 대답했다. 그러자 아크가 들고 있던 와인 잔을 내려놓으며 흥미있다는 듯 그 둘을 바라보았다.

"그렇습니까? 저도 그 대단한 위용을 한번 보고 싶은데요. 어떠신지?"

로엔과 프란의 말에 대한 불신이 강하게 담긴 말투였다. 마치 도발하는 듯한 아크의 말에 유스, 에바의 얼굴에 짙은 미소가 흘렀다.

[주인님, 믿지 못하겠다고 말씀하시는데.]

[적당히 상대해 드려도 될까요오~♡]

은근슬쩍 달라붙으며 압박하는 유스와 에바의 말에 로엔은 등줄기에 식은땀이 흐르는 것을 느꼈다. 일단 저들의 주인이기도 하고 필요할 때 내리는 명령은 곧잘 따르긴 하지만, 이런 때에 유스와 에바의 부탁을 거절했다가는 어떻게 되는지 그동안의 시달림으로 뼛속까지 새기고 있는 로엔이었기에 이 상황은 정말로 난처한 것이었다.

그때 상황에 종지부를 찍듯 아라엘이 한마디 거들었다.

"폐가 되지 않는다면 저도 보고 싶습니다만."

망했다―라는 한마디가 로엔의 머리 속에 스쳐 갔다. 이제 남은 것은 '적당히―' 라는 단어를 과도하게 해석하는 경향이 있는 유스와 에바가 일반적인 의미로의 '적당히' 를 실천해 주기만을 간절히 바라는 수밖에 없었다.

로엔은 오른 손으로 얼굴을 덮으며 자포자기한 듯 고개를 끄덕였다.

"적당히, 적당히 상대해 드려."

리텐헤임 요새의 연병장 한가운데. 적당한 간격을 사이에 두고 라헬과 아라엘, 유스와 에바가 마주 섰다. 그 모습을 바라보며 카렌이 어디서 준비해 왔는지 모를 팝콘을 내밀며 로엔에게 말했다.

"적당한 수준에서 끝낼 수 있을까?"

"…무리라고 본다. 그런데 이건 어디서 구해온 거야?"

무의식적으로 받아 든 팝콘을 본 로엔이 뜨악한 표정으로 물었다.

그러자 카렌은 고개를 갸웃하며 대답했다.

"글쎄, 차원 마법을 연습하던 중에 실패한 적이 있었는데, 그 여파였는지 이런 게 소환되던데? 뭐, 잘 먹으면 그만이잖아?"

"그건 그렇긴 하지만……."

카렌의 빙긋 웃는 얼굴에, 어쩔 수 없이 팝콘에 손을 내밀면서도 로엔은 미심쩍은 표정을 감추지 못했다. 그때 체시아가 살짝 찌푸린 얼굴로 불쑥 끼어들어 팝콘을 한 주먹 집었다.

"아무리 생각해도 승산이 없어. 비록 저쪽이 북부 전선의 사신 '절규하는 자' 아크 폰 라헬과 전투력만으로는 제5기사단장 클레르프와 비견할 정도라고 알려진 아라엘 시엘홀린스라 하더라도 상대는 마법 한 방에 500의 정병을 몰살시킨 괴물들이야. 이길 수 있을 리가 없다고."

체시아의 말에 로엔은 팝콘 약간을 집어 입에 털어 넣은 후 팔짱을 끼며 대답했다.

"뭐, 마법은 가급적 쓰지 말라고 했으니 죽지 않고 끝낼 수는 있겠지."

"뭐?"

체시아가 눈을 크게 뜨며 로엔을 바라보았다. 로엔은 귀찮다는 듯 팝콘을 우물거리며 이야기를 계속했다.

"마법을 쓰지 말라고 했다고. 그래 봤자 저 둘의 육체적 전투력은 나보다 최소 열 배는 상회할 테니 별 소용없을 테지만."

"로엔 군, 그 말이 정말인가?"

뒤에서 그 대화를 듣고 있었는지 루세츠가 믿을 수 없다는 표정으로 물어왔다. 로엔은 고개를 끄덕이고는 그 자리에 있는 모두가 경악할 만한 소리를 투덜거렸다.

"검을 든 아버지를 일 대 일로, 그것도 맨손으로 제압한 괴물들이라고요, 저 둘은."

"뭐라고?!"

연병장 한 켠에서 관람을 위해 모여 있던 이들이 로엔의 말에 경악의 외침을 터뜨릴 때쯤, 아크는 자신의 앞에 여유작작한 모습으로 서 있는 유스의 태도에 불쾌함을 느끼고 있었다.

"…얕보는 건가."

[글쎄요? 자신에게 아무 해도 끼치지 못할 생물, 토끼나 거북이 같은 생물을 볼 때 보통 얕본다― 라고는 하지 않잖아요?]

"큭!"

자신을 안중에도 두지 않는 듯한 유스의 말에 아크는 발끈했지만, 이내 상대의 도발이다라며 자신을 억누르고는 양손에 마법력을 끌어올렸다.

"보통 마법사는 후방에서 지원 사격이나 하는 존재로 인식하기 쉽지. 하지만 이 몸은 다르다. 흔히 일컬어지는 마법사의 약점을 극복하기 위해, 난 신체를 극한까지 단련했다. 그러니……."

거기까지 말한 아크는 길게 하품을 하는 유스에게 달려들며 벽력같이 외쳤다.

"알량한 실력을 믿고 얕보지 말란 말이다!"

"아앗!"

멀리서 보고 있던 프란이 탄성을 내질렀다. 아크의 스피드가 결코 만만하게 볼만한 수준이 아니었던 탓이었다. 하지만 유스는 움직이지 않았다. 아니, 다른 사람들 눈에는 움직이지 못한 것처럼 보였다.

"파이어 · 플레임 스트라이크(Flame Strike)!"

눈 깜짝할 사이에 유스의 뒤에 나타난 아크가 화려하게 불타오르는 양손을 내뻗으며 외쳤다. 그것은 이번 공격이 성공했다는, 절대 실패할 리 없다는 자신감에 찬 외침이었다.

퍼억!

"커억!"

아크의 공격이 유스의 등에 닿으려던 순간, 아크는 가슴에 강렬한 충격을 느끼며 뒤로 나가떨어졌다. 나가떨어진 채 가슴에 받은 충격으로 심하게 기침을 내뱉은 아크는 호흡이 진정되자 믿을 수 없다는 표정으로 유스를 바라보았다.

"무, 무슨 짓을 한 거지?"

[단순히 가슴에 일격을 가했을 뿐입니다만.]

유스는 아무렇지도 않은 듯 긴 머리를 뒤로 쓸어 넘기며 대답했다. 그 대답에 아크는 비웃음 가득한 어조로 내뱉었다.

"내 눈에 보이지 않을 정도의, 아니, 내가 어떻게 공격당했는지조차 알아차릴 수 없을 정도의 빠른 공격이라고? 아아, 이해했다. 사람의 눈을 현혹시키는 사술이겠지."

[뭐, 마음대로 생각하셔도 상관은 없습니다.]

유스는 무심한 어조로 대꾸했다. 그러자 아크는 다시 양손에 불길을 휘감은 채 크게 웃음을 터뜨렸다.

"사술은 한번 그것을 깨뜨리면 무용지물이 되는 법! 나 아크 폰 라헬, 반드시 네 알량한 사술을 깨뜨려 주마!"

"흥, 얕보고 있는 쪽은 그쪽이 아닌가. 북부 전선의 사신? 지나가던 강아지가 웃겠군."

팔짱을 낀 채 지켜보던 로엔이 냉소를 터뜨렸다. 하지만 그것을 들었을 리 없는 아크는 양손에 일으킨 불길을 한데 모으고는 유스에게 내뻗으며 외쳤다.

"파이어·블레이징 스타(Blazing Star)!"

아크의 양손에 집적된 강력한 화염이 고속의 탄환이 되어 유스에게 쏘아져 나갔다. 그와 동시에 유스에게로 달려나가며 아크가 거대한 불길의 검을 오른손에 맺었다.

"막을 수 있다면 막아봐라! 파이어·레이징 블레이드(Raging Blade)!"

아크의 마법이 유스에게 날아가고 있음에도, 그녀는 아무런 행동을 취하지 않았다. 미미한 웃음을 띤 채 불꽃의 탄환을 바라보던 유스는 탄환이 그녀에게 작렬하려는 순간 모두의 시야에서 사라졌다.

"어, 어디로?!"

시야에서 목표물을 놓친 아크가 당황한 표정으로 외쳤다. 어디 있는지 모른다면 공격할 수 없다. 게다가 불의의 일격을 맞는다면 끝이다. 그렇게 생각한 아크는 황급히 달려오던 그대로의 기세로 자리를 박차 옆으로 피했다.

"끝났군."

로엔이 중얼거리는 순간, 아크 뒤편의 공간이 울렁거리는가 싶더니 유스가 나타났다.

"커헉—!"

오른팔을 뻗어 그대로 아크의 목을 붙잡아 올린 유스는 냉혹하게 웃으며 비틀어 던지려는 듯 왼팔도 들어 올려 양손으로 아크의 목을 붙잡았다.

"거기까지다, 유스."

로엔이 툭 한마디를 던지자 유스가 멈칫했다. 잠시 로엔 쪽을 바라보던 유스는 고개를 끄덕이고는 아크의 목을 붙잡은 팔을 놓았다.

"쿨럭, 쿨럭!"

붙잡혔던 목을 감싸며 심하게 기침을 해대던 아크는 두려움에 가득한 얼굴로 유스를 바라보았다.

"너, 넌 대체 뭐냐!"

[주인님께서 천사라고 말씀드렸던 것으로 기억합니다만.]

유스의 어조는 차가웠다. 하지만 아크는 끝까지 그것을 부정하려는 듯 바닥에 주저앉은 채 팔을 내저으며 외쳤다.

"믿을 수 없어! 천사… 천사 따위가 있을 턱이 없지 않은가!"

발악적인 아크의 외침에 유스는 길게 한숨을 내쉬었다.

[결국 인간은 눈에 보이는 것만 믿는다는 것입니까? 어쩔 수 없군요. 주인님!]

"어? 왜?"

유스의 외침에 로엔이 고개를 갸웃했다.

[잠시 본체로 현신해도 되겠습니까?]

"아아, 마음대로."

로엔은 아무래도 상관없다는 듯 고개를 끄덕였다. 유스 역시 고개를 마주 끄덕이고는 힘을 끌어올리려는 듯 양팔로 가슴을 감쌌다.

"Set Operating Mode, Fallen Angel. Mode Start!"

유스가 무언가 중얼거리는 것과 동시에 연병장에 폭풍이 휘몰아치기 시작했다. 순간, 아크는 밀려오는 마나의 파장에 두 팔을 내저으며 발악했다.

"이럴 수가, 이런 강대한 마력이라니! 인간은 이런 마력을 얻을 수 없어!"

[분명 인간이 아니라 말씀드렸을 텐데요.]

파앗─

순간 유스의 등에서 열여섯 개의 붉은 실루엣이 솟아올랐다. 마치 날개의 같은 형상을 한 그것은, 시간이 지날수록 점차 선명한 날개의 모습을 갖추어갔다.

콰아아아─!

"뭐, 뭐야 대체!"

점점 거세게 몰아치는 폭풍에 프란이 벽을 붙잡으며 외쳤다. 루세츠와 체시아, 그리고 아라엘은 날려가지 않도록 아예 바닥에 주저앉아 있었고, 마력을 느낄 수 있는 카렌과 로엔은 이성을 삼켜 버릴 것 같은 강대한 마력의 파장에 반쯤 정신이 나가 있었다. 에바만이 아무 일도 없었다는 듯 그 자리에 서 있을 뿐이었다.

[이 모습은 정말로 오래간만이군요.]

그 폭풍의 한가운데에서 16장의 붉은 날개를 펄럭이며 유스가 눈동자를 붉게 빛냈다.

[제2계 오파님의 타락천사, 차원의 레리엘(Reliel) 인사드립니다.]

"천사, 천사라……."

유스가 원래의 모습으로 돌아온 후, 상황이 어느 정도 진정되자 루세츠가 심각한 표정으로 로엔을 바라보았다. 그간 소문으로만 퍼져 왔던 이 소년 같은 청년의 진면모를 오늘 루세츠는 목격했다. 어떤 경우에도 파괴되지 않는 불변의 육체와 그림자처럼 그에게 붙어 다니는 두

명의 천사. 소문은 와전되기 마련이라며 그냥 웃고 넘겼던 루세츠지만, 그것이 사실임을 확인한 지금은 그다지 웃고 싶은 기분이 아니었다.

결국 루세츠는 오른손으로 관자놀이를 꾹 누르며 중얼거렸다.

"종교에서나 등장하는 허구의 존재라 믿고 있었건만, 실재했던 것인가?"

[물론이죠. 창조의 신 오딘님이나 태양의 라님, 혼돈의 레이가르님도 모두 실재하시는 분이랍니다.]

성직에 종사하는 사람이 들으면 굉장히 좋아할 말을 방긋 웃으며 답변하는 에바에게 좌중의 시선이 집중되었다. 그다지 유쾌한 사실은 아니지만 어쨌거나 저들이 천사임은, 그것도 게헨나의 타락천사임은 증명되었다. 제2계 오파님의 타락천사, 그 자체만으로도 이미 차원을 멸할 수 있는 능력을 지닌 것이다. 어째서 한낱 인간에 불과한 로엔 리스나르트를 따라다니고 있는가는 알 길이 없지만 말이다.

"그런데 로엔 군."

"네."

아크의 부름에 로엔은 인상을 살짝 찌푸리며 그를 바라보았다. 무슨 질문이 나올지 대충 예상되었기 때문이었다.

"남부 전선에서 이스카에게 꽤 고전했다고 들었는데, 그렇다면 저들을 전투에 참가시키지 않은 건가?"

"그렇습니다만."

로엔이 고개를 끄덕이자 아크는 상체를 약간 앞으로 내밀며 추궁하듯 물었다.

"어째서 참가시키지 않은 것인가? 저들의 힘이라면 세이레인의 10만 군세 따위 멸하는 것은 한순간이었을 터, 그렇게만 되었으면 무익한 피는 흘리지 않아도 되지 않았겠는가?"

순간 로엔의 눈썹이 역팔자로 치켜 올라갔다. 아크의 질문이 불쾌한 듯 입술을 가늘게 비틀어 올리며 로엔이 비아냥거리는 어조로 대답했다.

"어째서 그래야 합니까? 저 둘은 단순히 제 하녀일 뿐입니다. 뭐, 일상생활에서 그다지 도움은 되지 않지만, 아니, 전혀 도움이 되지 않지만 저 둘은 단순히 저에게 속해 있을 뿐 토라라는 국가에 소속된 존재가 아닙니다. 그녀들이 토라의 독립을 위한 전쟁에 참가할 이유는 없습니다."

[앗, 도움이 안 된다니 너무해요오~]

유스가 로엔의 말에 볼을 부풀리며 부루퉁한 어조로 칭얼거렸다. 그 모습에 잠시 미소 짓던 로엔은 먼저 했던 말에 덧붙여 계속 말을 이어 나갔다.

"인간의 일은 인간의 손으로 해결해야 합니다. 어떤 일을 초월적 존재의 힘에 의존해 해결한다 해서 그 일이 진정으로 해결되는 것일까요?"

"하지만 수많은 사람들이 전장에서 피를 흘렸네! 그 피는 그대의 결심만 있었다면 흘리지 않을 수도 있었지 않은가!"

[과연 그럴까요?]

아크의 반박에 불쑥 에바가 끼어들었다. 그녀의 표정은 진지해서 테이블에 앉아 있던 모두는 긴장한 표정으로 그녀를 바라보았다.

[한 가지 일을 하기 위해서는 반드시 그만한 대가를 치러야 하기 마련입니다. 이것은 세계의 법칙, 시간도, 공간도, 차원도 관계없이 모든 것은 이 법칙에 거스를 수 없습니다.]

에바는 매력적인 미소를 지었다. 그리고 그 웃음은 천천히 잔혹함으로 변해가기 시작했다. 무언가 이상함을 느낀 로엔이 그녀에게 말을 걸려 할 때에 유스가 로엔의 등을 툭 건드렸다.

[성천계의 투천사단입니다. 수는 일곱, 전형적인 1—2—4의 분대입니다.]

"뭐야?!"

로엔의 눈이 경악으로 크게 떠졌다. 하지만 에바는 그다지 개의치 않는지 자리에서 일어나 문으로 걸어나가며 여운이 남는 한마디를 던졌다.

[지금같이… 말이죠.]

로엔들이 먼저 나간 에바를 따라 황급히 밖으로 나갔을 때는 이미 에바가 비릿한 미소를 지으며 하늘을 올려다보고 있을 때였다.

[오래간만이군, 차원의 레리엘.]

여섯 천사가 정육각형을 이루듯 하늘에서 에바를 포위한 가운데, 그 정육각형의 중심에 위치한 순백의 갑옷을 입은 천사가 중후한 목소리로 에바에게 말을 건넸다. 그 모습을 본 유스는 돌연 놀란 목소리로 외쳤다.

[카스기엘? 디바인 나이츠 제1전대장이 어떻게 여기까지?!]

[호오, 환영의 알미사엘까지 있었나. 반가운 일이군.]

카스기엘이라 불린 천사는 팔짱은 끼며 어깨를 으쓱했다. 유스는 낮게 신음하며 한 걸음 뒤로 물러났고, 그 모습을 본 로엔이 의아한 어조로 그녀에게 물었다.

"저들은… 대체?"

그제야 로엔을 돌아본 유스가 창백하게 질린 어조로 대답했다.

[예전에 제가 디바인 나이트에 대해서 말씀드린 적이 있죠? 천계 최강의 투천사단 디바인 나이츠, 개개인의 능력이 악마 귀족, 즉 백작급의 악마에 필적하는 전투력을 지닌 최강의 존재들입니다. 그리고 저 디바인 나이트, 수호의 카스기엘은 그 뛰어난 전투의 귀재들 사이에서 일곱 세라핌(Seraphim)을 제외하면 단연 첫손에 꼽히는, 명실 상부한 최강의 투천사입니다. 그런데 어째서 이런 곳까지…….]

[그것은 간단하다.]

유스의 말을 들었는지 카스기엘이 가벼운 미소를 지으며 끼어들었다. 찬란히 빛나는 은빛의 검을 뽑아 든 그는 무시무시한 투기를 흩뿌리며 벽력같이 외쳤다.

[디바인 나이트의 수치인 너희들을 처단하기 위해서다!]

그 말이 신호탄이라도 된 듯 여섯 방향으로 포위하고 있던 천사들이 일제히 푸른 트라이던트를 소환해 냈다. 그것을 본 유스는 당황한 듯 큰 소리로 외쳤다.

[뇌신의 분노! 제2종 제마병기?!]

[그간 위치 추적이 되지 않아 할 수 없었지만, 너희가 스스로 위치를 드러낸 지금의 기회는 놓치지 않는다! 타락해 디바인 나이츠에 씻을 수 없는 수치를 남긴 너희들, 기필코 이 자리에서 소멸시키고야 말겠다!]

그때 냉담한 표정으로 하늘을 바라보고 있던 에바의 얼굴에 비릿한 미소가 걸렸다.

[그게 가능할까?]

[…뭐라고?]

카스기엘의 얼굴이 마치 못 들을 말을 들었던 것처럼 뒤틀렸다. 그 모습에 피식— 비웃음을 던지며 에바가 공간으로 녹아들 듯 사라져 갔다.

[아니, 혹시 잊고 있진 않았는가 해서…….]

[모두 피하라! 레리엘의 차원간 공격이다!]

[크아악!]

카스기엘이 갑작스런 상황에 당황해 외쳤지만, 이미 한 박자 늦어 있었다. 카스기엘의 왼쪽에 위치한 천사의 뒤에 나타나 그의 목을 수수깡 분지르듯 꺾어버린 에바는 천사가 들고 있던 트라이던트를 빼앗아 들고는 감회 어린 목소리로 중얼거렸다.

[제2종 제마병기라… 오래간만이군. 유스!]

[알았어.]

에바의 부름에 유스는 고개를 끄덕이고는 로엔을 돌아보았다.

[로엔님, 저희가 전력을 다할 수 있게 허가해 주시겠습니까?]

로엔은 순순히 고개를 끄덕였다.

"마음대로 해. 너희가 소멸되면 별로 재미없을 것 같으니까. 게다가……."

[그렇게 둘까보냐!]

카스기엘이 우레가 몰아치는 듯한 외침을 흩뿌리며 빛살같이 유스 쪽으로 날아왔다. 그 모습을 본 로엔이 검을 뽑아 들고 앞으로 뛰어나왔다.

[끼어들지 마라, 인간!]

[주인님?!]

유스에게로 날아가는 가운데에 로엔이 끼어드는 것을 본 카스기엘과 유스가 동시에 외쳤다. 하지만 로엔은 카스기엘의 말에 따를 의사가 전혀 없는 듯, 자신이 낼 수 있는 힘을 모두 짜내어 검을 아래로 내리그었다.

카앙!

"크윽—!"

카스기엘이 로엔과 충돌하면서 그 영향으로 흙먼지가 피어올랐다. 그와 거의 동시에 먼지 사이에서 사람의 그림자가 뒤로 튕겨 나갔다.

[주인님!]

맥없이 날아가는 그림자를 황급히 받아낸 유스가 로엔을 살피니, 이미 로엔은 충돌의 여파로 기절해 있었다. 손에 쥔 검, 디바인 나이트 이즈라펌이 선물한 순백의 검은 중간에서부터 부러진 채였다.

[한낱 인간의 능력으로 천상의 존재에 대항하려 하다니, 어리석은…….]

흙먼지가 서서히 가라앉으며, 아무런 타격도 받지 않은 듯한 모습의 카스기엘의 모습이 드러났다. 유스는 카스기엘과 로엔의 모습을 번갈아 바라보고는 이를 악물고 외쳤다.

[Set Operating Mode, Fallen Angel. Mode Start!]

[제기랄, 또냐!]

갑작스런 힘의 집중에 의한 거대한 폭풍이 유스를 중심으로 몰아쳤다. 재수없게도 그 폭풍의 진원지 근처에 있던 아크와 카렌, 체시아 등은 황급히 자세를 낮추며 뒤로 날려가지 않게 노력해야 했다.

[본모습을 드러내겠다는 것인가! 좋아! 최고의 상태에서 소멸시켜 주겠다!]

카스기엘은 희열에 찬 모습으로 검을 꼬나 쥐고 하늘로 날아올랐다.

마침 에바 역시 그때 봉인을 풀고 본모습으로 돌아가고 있었다.

[지금이다! 저 타락한 악의 사도들에게 뇌신의 힘을 보여주어라!]

카스기엘의 명령에 남은 다섯의 천사가 트라이던트를 양손으로 붙잡고 위로 치켜들었다. 그러자 그에 감응이라도 하듯, 트라이던트의 날에 푸른 전격의 기운이 휘감기기 시작했다. 트라이던트의 스파크가 점점 강해져 최고조에 달할 즈음, 카스기엘이 검에 휘감았던 새하얀 검기를 에바에게 날리며 외쳤다.

[가라! 소멸해 버려라!]

막 본체로의 현신을 끝낸 에바는 검기를 파악하고는 하늘로 뛰어올랐다. 그때 다섯의 천사가 일제히 트라이던트를 아래로 내리그었다.

[뇌신의 단죄!]

순간, 하늘에서 거대한 빛의 기둥이 떨어져 내렸다. 미처 피할 사이도 없이 에바를 휩쓸어 넣은 그 거대한 빛의 기둥은 눈 깜빡할 사이에 지면에 충돌해 거대한 폭발을 일으켰다.

[에바!?]

[어떠냐! 제2종 제마병기의 위력이!]

유스의 비명에 카스기엘이 의기양양하게 웃으며 외쳤다. 그러나 그 웃음은 곧바로 들려온 한 천사의 비명과 함께 당혹으로 바뀌었다.

"크아아악—!"

언제 피했는지 한 천사의 앞에 나타난 에바가 트라이던트로 그의 복부를 꿰뚫은 후 등의 날개를 잡아 찢어 바닥으로 내팽개치고 있었다. 그 모습을 본 카스기엘은 당황한 듯 뒤로 주춤 물러나며 경악한 목소리로 외쳤다.

[어, 어떻게?!]

[역시 잊고 있었던 모양이군, 카스기엘.]

에바는 냉혹한 목소리로 양손에 든 트라이던트 중 하나를 유스에게 던졌다. 그것을 받아 든 유스가 하늘로 날아오르자, 에바는 냉혹한 미소를 지으며 계속 말을 이었다.

[내가 왜 차원의 레리엘이라 불리는지 말야.]

[서, 설마 그 짧은 시간에 차원 왜곡을?!]

에바의 입가에 걸린 미소가 더욱 짙어졌다. 늘어뜨리듯 트라이던트를 쥔 에바는 가볍게 그것을 휘두르며 담담하게 말했다.

"게다가 너희는 이 물건, 제2종 제마병기의 사용법을 잘 모르는 것 같군."

에바가 트라이던트를 휘두르는 것과 동시에 한 천사의 앞 공간이 일렁였다. 그것을 미처 감지할 사이도 없이 그 일렁임에서 튀어나온 빛줄기가 천사를 휘감았다.

[아악!]

[일드라엘!]

비명을 지르며 추락하는 천사를 보며 카스기엘이 절규하듯 외쳤다. 벌써 세 명의 천사가 목숨을 잃고 추락해 널브러져 있었다. 신음하며 그것을 바라보던 카스기엘은 여섯 장의 날개를 크게 펄럭이며 외쳤다.

[기필코… 기필코 너희들을 소멸시키고 말겠다!]

하지만 그 절규는 카스기엘의 목에 순백의 검이 들이대어 짐으로 인해 멈춰지고 말았다.

[그런 건 내가 용납할 수 없지.]

톤이 가는, 얼핏 들으면 여자 목소리로도 들릴 수 있을 듯한 목소리에 카스기엘의 낯빛이 창백하게 변했다. 뒤늦게 그의 존재를 알아차린 유스와 에바는 놀란 듯 눈을 크게 뜨며 외쳤다.

[제크리스?!]

[아아, 오래간만이군. 레리엘, 알미사엘.]

유스와 에바의 부름에 제크리스는 검을 쥐지 않은 손을 들어 가볍게 흔들었다. 백금 빛의 치렁치렁한 머리에 순백의 갑옷을 입고 우윳빛 검을 카스기엘의 목에 들이대고 있는 그는 그와는 전혀 대조적인 여섯 장의 붉은 날개를 펄럭이며 미소를 지었다.

[요즘 많이 출세했던데, 카스기엘? 디바인 나이츠 제1전대장을 맡을 정도라니 말야.]

[다, 닥쳐라! 타락한 자에게 그런 말을 들을 이유는 없다!]

카스기엘은 발악하듯 외쳤으나, 이미 그의 얼굴에선 긴장으로 인해 식은땀이 한줄기 흘러내리고 있었다. 제크리스는 그 모습에 다시 피식 웃으며 검을 거두며 말했다.

[가라. 지금 널 죽였다가는 성마협약 위반이라고 미카엘에게 잔소리란 잔소리는 모조리 들어야 할 테니까 말이다. 저기 널브러진 천사 셋 정도는 정당방위 정도로 어떻게 무마할 수 있겠지. 그러니 돌아가라.]

[크윽!]

살기 가득한 눈으로 제크리스를 노려보던 카스기엘은 자신의 힘으론 어쩔 수 없다 여겼는지 검을 꽂아 넣고는 외쳤다.

[돌아간다!]

[그래, 그래야 말 잘 듣는 착한 아이지.]

장난기 가득한 제크리스의 말에 카스기엘은 화가 치밀어 오르는 자신을 간신히 억누르며 엔젤 게이트를 열었다. 성천계 특유의 광휘가 흘러나오는 게이트로 살아남은 천사들을 들여보낸 카스기엘은 주먹을 강하게 움켜쥐며 제크리스를 노려보았다.

[이 굴욕, 언젠가 갚아줄 날이 있을 것이다!]

[아아, 마음대로. 능력만 된다면 언제든지 환영하지.]

그 말을 남기고 엔젤 게이트로 들어가는 카스기엘을 비아냥으로 배웅한 제크리스는 검을 검집에 꽂으며 유스와 에바를 바라보았다.

[자, 그럼 이게 어떻게 된 일인지 들어보기로 할까?]

기절해서 깨어나지 못하고 있는 로엔을 방의 침대에 눕혀놓은 뒤, 타락천사 일당을 비롯한 모두가 접객실로 모였다. 그들의 표정은 실로 다양해서, 제크리스가 느긋하게 홍차의 향을 즐기고 있는가 하면 유스와 에바는 로엔 걱정으로 인해 안절부절못하고 있었다. 어디 가서 이야기해 봐야 도리어 웃음거리로 취급당할 일을 경험한 카렌과 아크, 체시아, 아라엘, 프란, 루세츠의 표정은 더 말할 것도 없었다.

[그러니까, 저기 인간 분들께서 천사라는 것을 못 믿어서 증명할 겸 현신했다 그거야?]

제크리스의 말에 유스와 에바가 고개를 끄덕였다. 그러자 제크리스는 어이없다는 듯 손으로 이마를 짚으며 중얼거렸다.

[고작 그런 이유로 이런 커다란 사건이 일어났다니 어이가 없군. 분명히 미카엘이 난리칠 텐데 이번엔 뭘로 달래나…….]

한숨 섞인 목소리에 유스와 에바의 목이 살짝 움츠러들었다. 그때 루세츠가 조심스러운 어조로 제크리스에게 물었다.

"실례지만, 미카엘이라면 혹시……?"

[네, 생각하시는 그대로입니다. 세이레인의 경전에 나오는 화염의 세라핌 마스터(Seraphim Master), 치천사장 미카엘을 말함입니다.]

　루세츠가 묻는 게 무엇인지 짐작하고 있었던 듯, 제크리스는 물음을 다 듣기도 전에 대답했다. 그 말에 루세츠를 비롯한 사람들의 얼굴에서 핏기가 빠져나갔다.

　세이레인과 토라는 공통적으로 경전에서 이르는 주신 오딘을 숭배한다. 단지 믿음을 더 중시하느냐 율법을 더 중시하느냐의 차이는 있지만, 그 신앙의 뿌리는 같은 것이다. 그리고 화염의 세라핌 마스터, 미카엘은 경전에서 최고 선신인 태양신 라의 휘하에서 천사 군단을 이끌고 악마를 멸하는 일곱 세라프의 수장으로 일컬어진다. 그런 대단한 위치에 있는 대천사를 옆집 어린애 이르듯 하고 있으니 루세츠들이 놀라는 것도 무리는 아니었다.

　제크리스는 루세츠의 반응에 피식 웃으며 한마디를 덧붙였다.

　[뭐, 미카엘은 지금 신수전쟁의 뒤처리만으로도 정신없을 테니 그다지 걱정하지 않으셔도 될 겁니다. 게다가 저 둘이 현재 인간의 역사에 직접적으로 개입하고 있는 것도 아니니 앞으로 현신만 하지 않는다면 앞으로 성천계에서 투천사가 파견되진 않을 겁니다.]

　“그렇습니까.”

　제크리스의 말에 루세츠는 가슴을 쓸어 내렸다. 지금은 레트니아 대륙 판도에 있어 대단히 중요한 시기였다. 워프 게이트로 토라를 점령했던 세이레인의 힘이 패전을 통해 약화되고, 재건된 토라와 라비니어스의 세력이 점점 강해지고 있는, 토라에 있어서는 정말로 중요한 시기였다. 이런 상황에 제크리스나 아까 보았던 카스기엘 같은 상상할 수 없을 정도로 무시무시한 위력을 지닌 천사들이 나타나 싸움을 벌인다면 대륙은 엉망이 될 것임이 불 보듯 뻔했다.

　홍차를 다시 한 모금 마신 제크리스는 다시 유스와 에바에게로 시선을 돌렸다.

[그런데 아까 그 무모한 녀석은 역시 너희들의……?]

[응. 좋은 분이지.]

[게다가 귀엽기도 하고~♡]

완전히 꿈꾸는 소녀 같은 목소리로 말하는 에바와 유스를 바라보던 제크리스는 질렸다는 듯 고개를 절레절레 저었다. 그러다가 구석에 세워둔 로엔의 부러진 검에 시선이 미친 제크리스는 잠시 고개를 갸웃하고는 유스에게 물었다.

[알미사엘, 내 기억이 틀리지 않다면 저건 분명 디바인 나이츠의 제식 소드인데… 어떻게 저런 물건을 그가 가지고 있는 거지?]

[저거? 아아.]

의아한 표정으로 제크리스의 시선을 따라간 유스가 무슨 말인지 알았다는 듯 고개를 끄덕였다.

[저거, 예전에 이즈라핌이 주고 간 거야.]

[이즈라핌? 그 이중인격의 사이코 천사가?]

황당하다는 듯 바라보는 제크리스에게 유스가 다시 고개를 끄덕이며 말했다.

[이중인격의 사이코 천사라는 말은 그다지 동감 못하겠지만, 아무튼 이즈라핌이 주고 간 거야. 뭐, 제식 소드야 신청만 하면 얼마든지 다시 나오니 이즈 입장에선 별로 아까울 것도 없잖아?]

[하긴, 그건 그렇지.]

제크리스는 납득했다는 듯 고개를 끄덕였다. 그는 남은 홍차를 다 비우고는 자리에서 일어나 루세츠를 돌아보았다.

[원래 우리는 인세에 관여해선 안 됩니다만, 여의치 않게 실례를 끼

쳤습니다.]

"아, 아닙니다. 저희야말로 감사드려야죠."

루세츠가 황급히 답례하자 제크리스는 부드럽게 미소 지으며 다시 입을 열었다.

[타락천사는 인간 세계에서 그다지 좋은 의미로 받아들여지진 않습니다만, 타락천사라는 것이 꼭 나쁜 짓을 해야 타락하는 것은 아닙니다. 뭐, 변명이지만 저희가 악마들처럼 나쁜 놈들은 아니라는 것이죠. 그것만큼은 알아주셨으면 합니다.]

"네, 깊이 새기겠습니다."

루세츠가 고개를 숙이며 대답하자 제크리스는 그의 뒤쪽으로 회색의 게이트를 열었다.

[그럼, 다음에 또 뵐 수 있기를 바라겠습니다. 안녕히.]

제크리스를 집어삼킨 회색의 포탈이 사라진 후, 접객실에는 침묵이 소리없이 내려앉았다. 그간 믿지 않았던, 먼 옛날 신화 시대에나 있었을 것이라 믿어왔던 천사들의 위용을 직접 눈으로 확인했던 탓이 컸다.

무겁게 내려앉은 침묵을 깨뜨린 것은 역시 일반인과는 전혀 관계없는 천사, 유스였다.

[아아, 주인님한테 가봐야지. 지금쯤 깨어나셨을까나.]

[아, 나도, 나도.]

유스가 길게 기지개를 켜며 자리에서 일어나자 에바가 따라 일어났다. 구석에 놓인 로엔의 부러진 검을 집어 든 그녀들이 모퉁이를 돌아 모두의 시야에서 사라지자, 아크가 긴 한숨을 내쉬며 중얼거렸다.

"지금까지 강자 축에 든다고 자부하며 살아왔는데, 내 자만이 얼마

나 큰지 이제 알겠군. 카렌, 술 한잔하겠어? 아카데미에서 나간 이후에
어떻게 살았는지 이야기나 들어보자고."

"그러지."

카렌 역시 맥빠진 어조로 중얼거리며 자리에서 일어났다. 그때 루세
츠가 아크를 불렀다.

"라헬 군."

"네."

변함없이 공손한 태도로 아크가 대답했다. 루세츠는 길게 한숨을 내
쉰 후 텁텁한 목소리로 용건을 꺼냈다.

"시종을 시켜서 내 방에도 한 병 보내주게나."

"컵은 두 개로 부탁하지."

긴장이 풀린 탓에 탁자 위에 뻗어 있던 프란이 손을 흔들며 덧붙였
다. 아크는 가볍게 미소지으며 고개를 끄덕이고는 카렌과 함께 접객실
을 벗어났다.

로엔은 조용히 눈을 떴다. 일어나 보니 자신은 아크가 배정해 줬던
방의 침대에 누워 있었다. 옆에 잘 개어져 있는 상의를 걸쳐 입으며 로
엔은 주위를 둘러보았다.

"…결국 부러진 모양이군. 마음에 드는 검이었는데……."

두 동강 난 채 구석에 놓여 있는 검을 본 로엔이 씁쓸한 미소를 띠며
중얼거렸다. 로엔이 카스기엘과 충돌하려던 그 순간, 카스기엘의 검이
상상하기 힘든 속도로 가속해 로엔의 검을 쳐 올렸던 것이다. 데이탄
헬마스터가 걸어준 마법 '불변' 이 아니었더라면 자신의 검의 칼날에
목숨을 잃었을 위험한 순간이었다.

로엔이 이불을 걷고 자리에서 일어나려는데, 문이 열리더니 유스와 에바가 들어왔다. 둘은 로엔이 일어나 있는 것을 보고는 대번 안색이 환해지며 로엔에게로 달려들었다.

[주인님~ 걱정했어요오~!]

[몇 시간이 지나도록 일어나질 않아서 얼마나 걱정했는데요~]

느닷없이 둘에게 끌어 안겨진 된 로엔은 당황해서 소리쳤다.

"자, 잠깐! 가슴이……!"

하지만 그 말은 유스와 에바가 쏟아내는 말의 폭포수에 파묻혀 버렸다.

[아아, 이대로 일어나지 않으시는 것은 아닌가 싶어 정말로 걱정했다고요~!]

"그러니까 가슴이……!"

[하지만 이제 일어나셔서 정말로 다행이에요! 주인님, 먼저 가시면 정말로 우린 슬퍼진다고요!]

"수, 숨이… 우웁!"

로엔의 사정은 생각지도 않고 사정없이 끌어안는 유스와 에바의 바스트 허그에 로엔은 숨이 터억 막혀오는 것을 느끼며 나오지 않는 비명을 질러대야 했다.

"우우우우우~!"

아크가 시종을 통해 보내온 위스키를 나무 잔에 따르며 루세츠가 길게 한숨을 쉬었다.

"난 지금까지 그대가 했던 말을 별로 믿지 않았는데 말일세."

"네?"

뜬금없는 말에 프란이 고개를 갸웃하며 루세츠를 바라보았다. 루세츠는 위스키를 한 모금 넘긴 후 다시금 한숨을 쉬며 덧붙여 말했다.

"로엔 군에 관한 이야기를 말함이네. 진실이라 하기엔 너무 허황된 부분이 많아서 말일세."

"아아, 솔직히 그 이야기라면 누구라도 그렇게 생각했을 것입니다. 괘념치 마십시오."

루세츠는 프란의 잔에 위스키를 따르며 미소 지었다.

"이해해 줘서 고맙네. 아무튼 말일세……."

"네, 말씀하십시오."

루세츠는 고개를 끄덕이고는 천천히 이야기를 이어갔다.

"난 지금까지 내 눈이 보고 경험한 것만을 믿어왔네. 서로 속고 속이는 외교라는 것을 몇십 년간 하다 보면 자연스럽게 이렇게 되긴 하지. 뭐, 그건 중요한 것이 아니니 넘어가고, 본론을 말하자면 난 지금 리스나르트 군이 우리의 적이 아닌 것을 대단히 다행스럽게 여기고 있네."

"그러십니까."

루세츠는 고개를 절레절레 젓고는 다시 위스키를 한 모금 마셨다.

"허어, 이것은 진심으로 하는 이야기야. 아군조차 믿지 못할 힘을 가지고 있는 자가 적군에 있다고 생각해 보게. 비록 리스나르트 군 스스로가 그 힘을 쓰기를 꺼리고 있네만, 위험한 상황에 처했을 때 그 두 타락천사가 아까 같은 능력을 발휘하지 않는다는 보장이 어디 있겠는가."

"그런 자가 적 세이레인에 있다는 것… 상상하기도 싫어지는군요.

그것은……."

자신의 잔에 있는 위스키를 단숨에 비운 프란이 대꾸하자 루세츠는 고개를 끄덕였다.

"전쟁이나 외교에 있어서 가장 두려운 것은 강력한 군세도, 달변의 외교관도 아니야. 언제 어떻게 돌출할지 모르는 변수, 그것이야말로 정말로 두려운 것이지. 리스나르트 군은 바로 그 계산밖에서 돌출할 변수가 될 수 있다네. 그것도 최악의 변수로 말이지. 절대 적으로 둬선 안 될 사람이지, 리스나르트 군은."

수십 년간 외교라는 전장에서 살아온 루세츠의 말은 결코 가벼이 넘길 수 없는 무게를 담고 있었다. 결코 허투루 들을 말이 아니라는 것을 느낀 프란은 자세를 고쳐 앉으며 루세츠에게 고개를 숙였다.

"깊이 새겨듣겠습니다."

"아니, 아니, 그렇다고 리스나르트 군을 경계하란 이야기는 아닐세. 내가 보기에 그는 절대 적으로 돌아설 인물은 아니니까."

루세츠 역시 잔에 남아 있는 위스키를 마저 비운 뒤 다시 프란과 자신의 잔을 채우며 말을 이었다.

"다만 한 가지, 리스나르트 군을 따라다니는 타락천사들 만큼은 조심해야 될 걸세. 겉보기엔 가벼이 행동하고 있다지만, 그녀들이 무엇을 생각하고 있는지는 알 길이 없으니 말일세."

세월의 무게를 가득 담은 루세츠의 말은 거대한 추가 되어 프란의 가슴을 짓눌러 왔다.

"알겠습니다. 명심하도록 하겠습니다."

그 무게의 압박을 이겨내려는 듯, 프란은 가슴을 펴며 루세츠에게 답했다.

아크와 카렌은 와인 잔을 들고 2층의 테라스로 나와 있었다. 천사들의 공격, 뇌신의 단죄에 처참히 부서진 흔적을 바라보며 아크는 굳은 얼굴로 카렌에게 물었다.

"그러니까 마법 아카데미를 나온 후에 마법의 탑으로 갔는데, 그곳에서 로엔 리스나르트를 만났다는 거야?"

"응. 처음에는 차가운 녀석이었는데, 원래 그런 녀석이 아니었던 거라 그런지 모르겠지만 시간이 지나니 약간은 밝아지던데."

"흐음……."

아크는 낮게 신음했다. 이성을 유지하는 것조차 벅찰 정도로 강대한 마력을 흩뿌리는 천사들, 그리고 비록 일격에 쓰러지긴 했지만, 그 천사의 공격에 과감히 나서서 대항하는 로엔의 모습이 뇌리에서 떠나질 않고 있었다.

"나라면 그럴 수 있었을까?"

"응?"

"아, 아무것도 아냐."

카렌이 반문하자 아크는 손사래를 치며 황급히 대답했다. 와인을 한 모금 넘긴 카렌은 테라스 밖의 하늘을 올려다보며 이야기했다.

"좋은 녀석이야. 비록 남에게 살갑게 대하지는 못하지만, 그만큼 진심으로 남을 대하거든."

"그런가."

아크는 고개를 끄덕이고는 카렌이 바라보는 하늘을 같이 올려다보았다. 찬란하게 펼쳐진 별의 윤무, 크리스털 라인(Crystal Line)의 반짝임이 현란하게 아크의 눈을 어지럽혔다. 잠시 넋을 잃고 그 모습을 바라보던 아크는 다시 시선을 내리며 툭 한마디를 던졌다.

"믿을 수 있겠지."

"뭐?"

"아아, 아카데미에서 따돌림당하면서도 남을 미워할 줄 모르던 카렌 미하이언의 말이라면 믿을 수 있다고 말하는 거야."

"어이, 어이, 옛날 이야기는 그만두자고."

카렌이 퉁명스럽게 대꾸하자 아크는 크게 웃으며 다시 하늘을 올려다보았다.

"그래, 옛날 이야기는 그만두자. 우리에겐 지나온 날보다는 앞으로 살아갈 날이 더 기니까 말야."

지쳤지만, 묘하게 밝은 얼굴로 아크는 별이 빛나는 밤하늘을 바라보았다.

다음날, 로엔을 비롯한 사절단은 목적의 달성을 위해 다시 라비니어스로 떠나는 여정에 올랐다.

"검집이 텅 비어 있으니 허전한데."

언제나처럼 금빛 찬란한 건틀릿에 미스릴 망토를 두른 로엔이 검집만 덩그러니 매달려 있는 허리를 바라보며 입맛을 다시자 옆에서 트라이던트를 불쑥 내밀며 에바가 방긋 웃었다.

[그럼 이건 어때요?]

"가지고 다니는 것도 귀찮을 것 같은 커다란 포크를 받아서 어디다 쓰라는 이야기야?"

[에에~ 하지만~]

로엔이 퉁명스럽게 대꾸하자 에바는 부루퉁한 얼굴로 트라이던트를 작게 휘둘렀다. 그 순간—

콰앙!

"히익—!"

푸른 번개가 한줄기 로엔의 눈앞에 떨어졌고, 로엔은 기겁하면서 한 걸음 뒤로 물러났다.

[이런 것도 할 수 있는데.]

"……."

로엔은 어처구니없다는 듯 에바를 바라보다 결국 길게 한숨을 내쉬며 고개를 저었다.

"내가 저 인간, 아니, 저 천사들 때문에 제 명에 못 죽지."

[어머? 주인님은 영원히 살 수 있는 것 아니었던가요?]

유스가 끼어들며 한마디 덧붙이자 로엔은 결국 참지 못하고 발작했다.

"캬아악—! 내가 이 인간들을 그냥!"

"어이! 참아, 참아!"

검 대신 검집을 들고 발광하는 로엔을 카렌과 프란이 전력으로 뜯어말리는 동안, 옆에서는 아크가 루세츠와 이야기를 주고받고 있었다.

"가능하다면 저도 동행하고 싶지만, 저는 이 요새를 관리하고 지킬 책임이 있는지라 그럴 수 없는 것이 아쉽습니다."

"그대에겐 그대에게 맞는 임무가 있지 않은가. 그대는 그것에 충실하면 되는 것이네."

"고언, 깊이 새기고 명심하겠습니다."

루세츠가 깊이 허리를 숙여 인사하는 아크의 어깨를 두드리며 껄껄 웃었다. 다시 고개를 든 아크는 오른손에 들고 있던 검을 루세츠에게 건네며 말했다.

"이것, 그다지 명품은 아닙니다만 세이레인의 익제큐터 키스테가 사용하던 검입니다. 리스나르트 군의 검이 부러졌으니 이것으로 대체하게 하십시오."

"직접 전해주는 편이 더 낫지 않겠나?"

의아한 표정으로 검을 받아 들며 루세츠가 묻자 아크는 고개를 살짝 가로저었다.

"리스나르트 군에게는 많은 실례를 저지른 탓에 용기가 나지 않는군요. 게다가 지금 상황이 저러니……."

아크가 어깨를 으쓱하며 로엔 쪽을 가리키자 루세츠는 너털웃음을 터뜨렸다.

"하하하, 그건 그렇군."

"그러니 루세츠님께서 대신 전해주시면 감사하겠습니다."

루세츠는 검을 받아 갈무리하며 고개를 끄덕였다.

"그대의 생각이 정 그렇다면 그리하도록 하지."

"이해해 주셔서 감사합니다."

아크는 다시 깊이 고개를 숙였다. 루세츠는 다시 껄껄 웃고는 마차에 오르며 아크를 바라보았다.

"뭐, 리스나르트 군은 어제의 일은 크게 마음에 두고 있지 않을 것이니 신경 쓰지 말게나."

그러고는 체시아와 아라엘 쪽을 돌아보더니 로엔 쪽을 가리켰다.

"리테아스, 시엘홀린스 양, 이제 곧 출발해야 하니 저쪽을 정리해 주지 않겠는가."

“네.”

그녀들은 고개를 끄덕인 뒤 로엔에게로 걸어갔다. 체시아가 과격한 어조로 ‘적당히 해—!’ 라고 외치며 로엔의 턱에 멋지게 한 방 먹이는 것을 웃는 얼굴로 바라보던 루세츠는 푸른 하늘을 바라보며 중얼거렸다.

“어쩐지 잘될 것 같은 느낌이 드는군, 이번 일은.”

세이레인력 1441년 9월 13일. 햇볕이 뜨겁게 내리쬐는 도로를 한 대의 이두마차와 두 마리의 말이 달려가고 있었다. 트롯(Trot)의 속도로 달려가는 그들의 정체는 더 말할 것도 없이 루세츠를 비롯한 토라 사절단 일행이었다.

“더워.”

로엔이 축 늘어진 목소리로 푸념하며 혀를 길게 빼물었다. 영락없이 더위 먹은 강아지 꼴을 하고 있는 로엔의 심정을 이해한다는 듯 카렌 역시 손으로 부채질을 하며 중얼거렸다.

“토라의 여름보다 더 더워. 카르이에 있었다면 지금쯤 서늘해서 창문을 닫고 지내야 했을 텐데…….”

“그러게.”

새도우 키퍼의 온도 조절 기능을 풀 가동하고 있음에도 그렇게 늘어진 것을 보면 로엔은 꽤나 더위를 잘 타는 체질인 모양이었다. 그 옆에서 천천히 말을 몰아가고 있는 체시아가 로엔의 꼴에 한심하다는 듯 타박을 주었다.

“천하의 로엔 리스나르트가 겨우 이 정도 가지고 그렇게 늘어지다니, 지나가는 강아지가 웃을 일이겠다.”

그러는 그녀도 꽤나 더위에 시달린 듯 지친 얼굴을 하고 있었다. 로엔은 천천히 기운 빠진 얼굴로 체시아를 돌아보더니, 툭 한마디를 내뱉고는 다시 앞으로 고개를 돌렸다.

"시끄러워, 절벽 가슴 바보 주제에."

체시아의 얼굴이 벌겋게 달아올랐다. 그동안 유스와 에바를 보며 내심 갖고 있던 콤플렉스를 로엔에게 정통으로 찔려 버렸던 탓이었다. 폭발하기 직전의 화산 같은 기세로 체시아가 로엔을 노려보고 있는데, 거기에 기름을 들이붓는 한마디가 다시 로엔에게서 튀어나왔다.

"어디의 누구처럼 가슴이라도 크면서 바보라면 이해라도 하지."

그 순간 억누르고 억눌렀던 체시아의 분노가 폭발했다.

"로엔 리스나르트! 이 땅꼬마 자식이 뭐가 어쩌고 어째!"

"따앙~꼬마?"

살기를 무럭무럭 피워 올리면서 로엔이 체시아에게로 서서히 얼굴을 돌렸다. 마치 악귀와도 같은 그 모습에 체시아는 잠시 움찔했지만, 이내 질 수 없다는 듯 가슴을 펴면서 큰 소리로 맞받아쳤다.

"그래, 땅꼬마! 막말로, 내 가슴 작은 데 니가 뭐 보태준 것 있나?"

체시아의 반응에 로엔이 멈칫했다. 로엔이 반격할 틈도 주지 않고 체시아는 새빨갛게 달아오른, 잘못 건드리면 눈물이 터져 나올 것 같은 얼굴로 계속 소리쳤다.

"있어? 있냐고?! 나라고 가슴 작고 싶어서 작은 줄 알아?!"

"그, 그러니까 그게……."

로엔은 당황한 표정으로 입을 열었다가 곧 다물었다. 자기가 뭔가 잘못했다는 자각은 있지만, 그 잘못이 무엇인지 깨닫지는 못한 모습이

었다. 어떻게 이 상황을 수습해야 할지 로엔이 심각하게 고민하고 있
는데, 문득 반대 편에서 아라엘의 차가운 목소리가 들려왔다.

"저질."

"뭐, 뭐?!"

"변태."

당황한 얼굴로 로엔이 돌아보자, 이번에는 카렌이 곱지 않은 눈길을
보내며 한마디를 보탰다. 그 말에 로엔이 더욱 당황해하면서 다시 체
시아 쪽을 돌아보려 하는데, 아라엘이 얼음 송곳 같은 목소리로 로엔의
가슴에 대못을 박았다.

"여자의 민감한 부분을 건드리다니, 정말로 최악이군요."

그 한마디에 로엔은 완벽하게 무너져 고개를 푹 숙여 버리고 말았
다.

빌레펠트는 토라와 세이레인, 라비니어스 삼국의 경계에 위치한 요
새다. 지형이나 기후라는 면으로 볼 때 토라보다는 라비니어스에 더
가까운 요새지만, 군사적으로 꽤 중요한 위치를 차지하고 있는 요새인
탓에 항상 토라의 정예병이 라비니어스와 세이레인의 도발을 막아내기
위해 상주하고 있었다.

그 빌레펠트 요새 사령부의 관용 숙소에서 로엔은 루세츠의 끝도 없
는 설교를 듣고 있었다.

"자고로 레이디란 말이지, 기사가 수호해야 할 대상이지 수치를 주
고 모욕해야 할 대상은 아니란 말일세. 알겠나? 그런데 리스나르트 군
이 아까 한 행동은……."

"네, 네, 네."

　연신 고개를 끄덕이며 로엔은 속으로 체시아에게 이를 갈았다. 애초에 그녀가 자신에게 시비를 걸지 않았으면 될 일이었다라고 생각하고 있는 모양이었다. 장시간의 설교를 마친 루세츠는 아직도 식당의 테이블 구석에서 부루퉁한 표정을 짓고 있는 체시아에게 고개를 돌렸다.

　"자, 자, 리테아스 양도 이제 그만 화를 풀게나. 리스나르트 군도 내 말을 잘 알아들은 것 같고, 이제 사과하겠다고 하고 있으니 말일세."

　마음 같아서야 갈아 죽여도 시원찮다고 생각하고 있었지만, 연장자가 저렇게 나오는데 체시아로서도 어쩔 수가 없었다. 체시아가 비척비척 자리에서 일어나 루세츠에게로 걸어오자, 아직도 영 마뜩찮은 표정이 얼굴에 남아 있는 로엔이 고개를 숙이며 말했다.

　"미안하다. 경솔하게 말을 내뱉은 점 사과한다."

　누가 봐도 성의가 별로 담겨 있지 않은 그저 건성인 사과였다. 하지만 체시아의 입장에서는 이렇게까지 해주는 루세츠를 난처하게 만들 수 없는 터라 별수없이 로엔의 사과를 받아들였다.

　"다음부터는 말을 가려서 하라고."

　냉담하게 한마디를 내뱉은 그녀는 루세츠를 돌아보았다.

　"기분이 좋지 않아 먼저 올라가 보겠습니다."

　"그러게나."

　체시아의 기분을 이해한 듯 루세츠는 선선히 그녀의 말에 고개를 끄덕였다. 체시아가 성큼성큼 걸어 방으로 올라가 버리자, 루세츠는 길게 한숨을 내쉬며 로엔을 바라보았다.

　"리스나르트 군."

“네.”

약간 못마땅한 구석이 있는 듯 퉁명스럽게 로엔이 대답하자, 루세츠는 부드러운 목소리로 로엔을 타일렀다.

“내가 마차 안에서 상황을 좀 보았네. 물론 일을 터뜨린 쪽은 리테아스 양이지만, 리스나르트 군이 했던 말은 레이디에게는 과했네. 앞으로 주의하게나.”

“알겠습니다.”

일단 고개를 끄덕였지만, 로엔의 어조에는 마지못해 대답한다는 구석이 역력히 드러나 있었다. 루세츠는 길게 한숨을 내쉬고는 어쩔 수 없다는 듯 어깨를 으쓱했다.

“알았다면 되었네.”

늦은 밤, 잠이 별로 오지 않았던 탓에 로엔은 홀로 아래로 내려갔다. 손님들을 위해 준비된 진열장에서 잔과 와인 병을 꺼내며 로엔은 조용히 중얼거렸다.

“내가 했던 말, 그렇게까지 나쁜 것이었던가.”

[나빠요.]

언제 나타났는지 유스가 로엔의 등 뒤에서 어깨를 짚으며 대답했다. 평소의 경박한 표정과는 다르게 나름대로 진지한 표정을 짓고 있는 그녀는 로엔의 어깨를 가볍게 주무르며 계속 말을 이었다.

[남자 입장에서는 그저 지나가는 말이 될지도 모르지만, 여자들에게는 그것이 상당히 가슴 아픈 말이 될 수도 있답니다.]

[남자와 여자는 아무래도 감성적인 면이나 성격 같은 부분이 다르기 마련이니까요.]

　로엔이 들고 있는 와인 병을 빼앗아 잔에 따라주며 에바가 이어 대답했다. 로엔은 알겠다는 듯 고개를 끄덕이고는 잔을 들어 와인을 한 모금 넘겼다.

　"난 사실 여자라는 존재하고는 좀 거리가 멀어. 17세가 될 때까지는 주변에 여자애라고 해봐야 다들 꼬맹이였고, 그 후에 만났던 여자들도 여자라기에는 어딘가 좀 무리가 있는 사람들이었지. 너희 같은 경우는 여자라기보단 거의 괴물로 보였으니까."

　[앗! 괴물이라니 너무해요.]

　[이렇게 예쁜 저희를~]

　유스와 에바가 칭얼대는 것을 미소로 받아주며 로엔은 나무 잔에 들어 있는 와인을 완전히 비웠다. 로엔이 내려놓은 잔에 다시 와인을 채우며 에바가 매력적인 미소를 지었다.

　[주인님은 충분히 멋진 분이니, 나중에 주인님과 잘 어울리는 분이 반드시 나타날 겁니다. 네, 반드시.]

　"그건 거짓말 같은데."

　[아아, 설마요. 저희는 천사라고요~]

　로엔이 뚱한 표정으로 대꾸하자 유스가 어깨를 주무르는 손에 힘을 좀 더 넣으며 웃었다. 그러자 로엔은 더 믿을 수 없다는 듯, 나무 잔을 집어 들며 다시 대꾸했다.

　"너희는 타락천사잖아."

　[쳇, 쓸데없이 눈치만 빠르시다니까.]

　유스가 짐짓 부루퉁한 얼굴로 투덜대자 로엔은 낮게 웃으며 잔을 입에 댔다. 한 모금 와인을 입에 머금고 그 맛을 음미하던 로엔은 머금은 와인을 넘기고는 근래 잘 짓지 않던 부드러운 표정으로 말했다.

"아무튼 난 여자라는 존재를 로망에서 만났고, 거기에서 막연한 환상이랄까… 그래, 동경! 동경을 갖게 되었지. 내가 여자에 관심을 그다지 갖지 않는 것은 아마도 그 때문일 거야."

[헤에…….]

에바가 몰랐다는 듯 로엔을 바라보았다. 그 얼굴에 부드러운 미소로 답해주며 로엔은 잔을 완전히 비우고는 자리에서 일어났다.

"뭐, 아무려면 어때? 지금은 전란의 시대고, 전란의 시대에 여자에게 관심 가져 봤자 승리에 도움이 되지도 않잖아?"

로엔은 가슴에 담고 있던 무언가를 떨어낸 것처럼 묘하게 개운한 얼굴로 말했다.

"지금은 승리에만 신경 쓰는 거야. 그것만으로도 충분해."

다음날 아침, 식당에서 로엔은 체시아에게 다시 한 번 머리를 숙였다.

"미안하다. 내가 경솔하게 말했던 것 같다."

체시아는 아닌 밤중에 홍두깨라도 두드려 맞은 듯한 얼굴로 로엔을 바라보았다. 진정이 담겨 있는 로엔의 태도에 화가 누그러진 체시아는 튕기듯 고개를 돌리며 샐쭉하게 대꾸했다.

"흥! 뭐, 다음부터는 주의하라고!"

그러고는 자리에 앉는 체시아를 묘한 표정으로 바라보는 로엔의 어깨를 프란이 두드렸다.

"그런 표정으로 안 봐도 돼. 리테아스 양, 방금 전의 사과로 화가 풀린 것 같으니까."

"프란 형은 어떻게 그런 걸 잘 아는 거예요?"

　　어디까지나 순수하게 묻는 로엔의 질문에 프란은 어깨를 으쓱하며
대답했다.
　　"글쎄… 10년이란 세월의 연륜이 아닐까?"
　　프란의 말 역시 나름대로의 묘한 여운이 담겨 있었다.

『레트니아 사가』 4권에 계속…

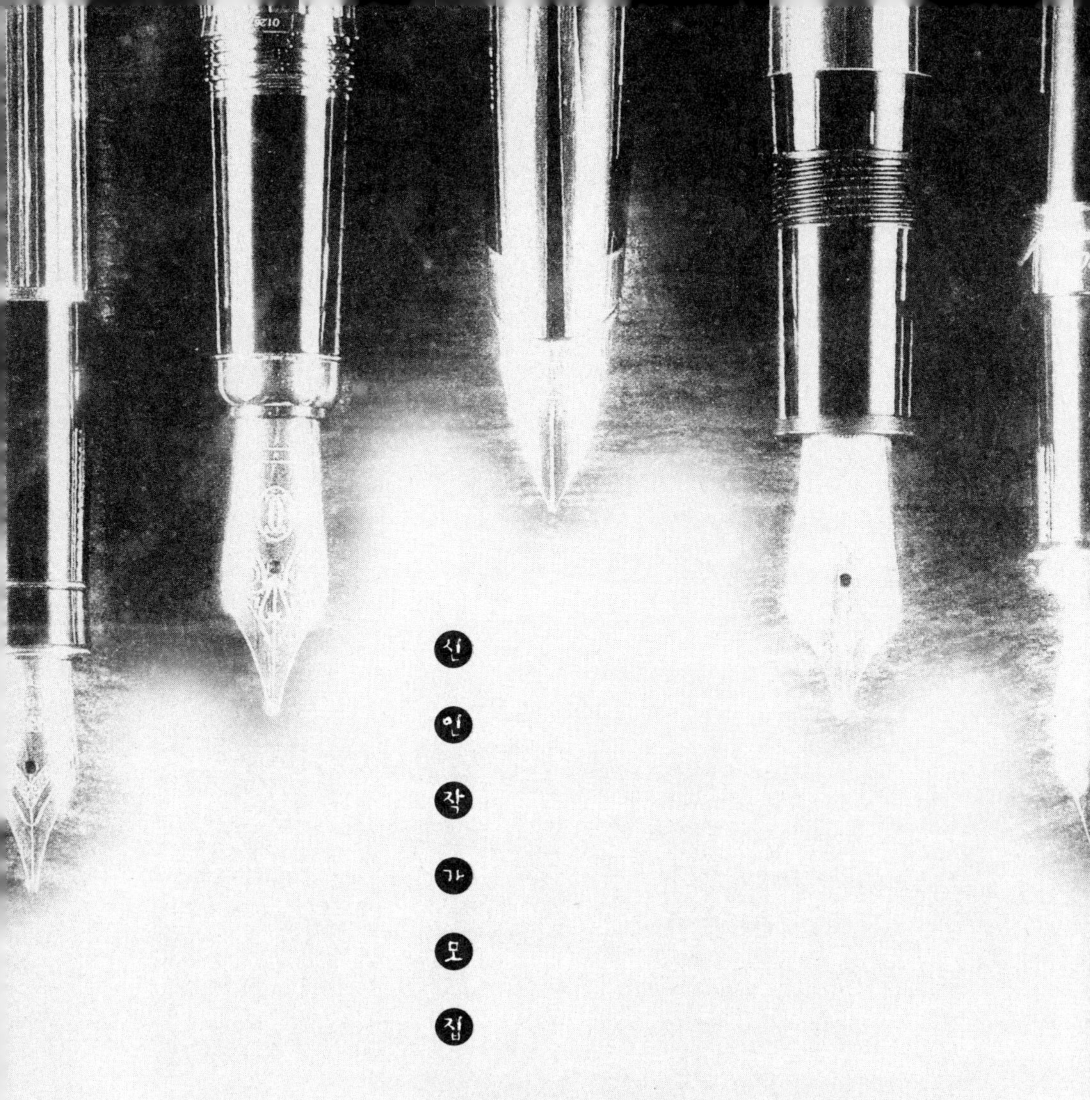
신
인
작
가
모
집

시작이 반이라고 했습니다.
작가의 길에 대한 보이지 않는 벽을 과감히 깨뜨리십시오!
청어람은 작가 지망생 여러분들의
멋진 방향타가 되어드리겠습니다.

저희 도서출판 청어람에서는
소설 신인 작가분들을 모집합니다.
판타지와 무협을 사랑하시는 분들의 많은 참여를 바랍니다.
소정의 원고(A4용지 150매)를 메일이나 우편으로 보내주시면
검토 후 출판 여부를 알려드리겠습니다.

주소:경기도 부천시 원미구 심곡1동 350-1 남성B/D 3F 우편번호420-011
TEL:032-656-4452 · FAX:032-656-4453
http://www.chungeoram.com
e-mail:chungeoram@chungeoram.com